纪念中国人民抗日战争

暨世界反法西斯战争 70 周年

《大明三藏法数》卷一七有云:"五道者,天、人、地狱、饿鬼、畜生也。若言六道,则加阿修罗。此不言者,以阿修罗一道,摄于天、人、畜生、饿鬼诸趣之中故也。"

国殇乱世,诸恶横行,人心荡离,各持执念。此人人为阿修罗,而人间道亦是修罗道。

——寒武纪

阿修罗 I

寒武纪 著

浙江工商大学出版社
ZHEJIANG GONGSHANG UNIVERSITY PRESS

图书在版编目(CIP)数据

阿修罗. Ⅰ / 寒武纪著. —杭州：浙江工商大学出版社，2015.8

ISBN 978-7-5178-1213-5

Ⅰ. ①阿… Ⅱ. ①寒… Ⅲ. ①长篇小说－中国－当代 Ⅳ. ①I247.5

中国版本图书馆 CIP 数据核字(2015)第 166548 号

阿 修 罗 Ⅰ

寒武纪 著

出 品 人　鲍观明
责任编辑　赵　丹　王程洁
封面设计　李黛芸
责任印制　包建辉
出版发行　浙江工商大学出版社
(杭州市教工路 198 号　邮政编码 310012)
(E-mail:zjgsupress@163.com)
(网址:http://www.zjgsupress.com)
电话:0571－88904980,88831806(传真)
排　　版　杭州朝曦图文设计有限公司
印　　刷　浙江云广印业股份有限公司
开　　本　710mm×1000mm　1/16
印　　张　15
字　　数　200 千
版 印 次　2015 年 8 月第 1 版　2015 年 8 月第 1 次印刷
书　　号　ISBN 978-7-5178-1213-5
定　　价　29.80 元

浙江工商大学出版社营销部邮购电话　0571-88904970

序

黄亚洲

谍战小说是大家都喜欢看的。

我指的不仅是阅读的当时，读者的肾上激素那种有效的调遣，那种惊秫，那种讶异，那种激动，那种舒畅，随着线索以匍匐前进的态势徐徐展开，一路都叫人那么的兴奋，双眼在日光里或台灯下始终熠熠闪光犹如饿狼——我指的还是，谍战小说所体现的那种鲜明的不容分说的善恶价值。

尤其是民族危亡之际，这种善与恶的在特殊领域的殊死较量，更加叫人心潮澎拜，浑身骨骼打架，刹然间感到本民族有人，暗中照样有手段如此了不得的死士伏着，他愿反手一击，他愿以死报国，这多么的叫同胞自豪。同胞里不尽是汉奸。

读《阿修罗Ⅰ》，这两种感觉皆备，味道真个不错。感谢年轻的90后作者，他布置了一个背景设置于抗战初期的杭州的惊险故事，使我这个杭州人在阅读中平添一份惊喜。

显然，这部作品在内容上，具备了畅销谍战小说的所有元素。军阀、军火商、救国会、中共地下党人员等各种角色轮番登场，行刺、暗杀、营救和破坏等间谍行动此起彼伏，情节冲突、反转，环环相扣，可读性不可谓不强；而在精神营养的传输上，又把一群死士或者说英雄的内心，表达得如此决绝与感人。当然，作品中插入的当年苏杭小曲、地名习俗，也使得小说的历史感更加浓郁。

至于语言风格，也相当值得一说。作为语言艺术的小说，包括当今日益被所谓主流文学重视的网络小说，归根结底，也是要把语言作为第一艺术要素的。这部《阿修罗Ⅰ》的语言风格，在一定程度上，很是倚重对话。喜用对话推动叙事并且表达人物情怀，这种技法我们已经看得不少，尤其从影视剧本转换过来的小说，这一特色很难避免。其得失，读者自有不同评判。但我要说的是，这部作品的对话风格却又有殊，作者将人物对话处理得十分简洁明快，而在干净利落之中又旁求一份故事叙述的雅致，文字清新，不陈腐，不落套，节奏如奔马，得得有声。一个年轻的90后作者能如此刻意地探索文字、追求风格，驾驭表达，实属难得。

抗战初期的杭城风云诡谲，不妨跟着作者年轻有力的步伐去那里看看秘藏的历史。情节的跌宕给你带来的惊秫，是一份快感；了解“三秋桂子十里荷花”之城在沦陷时代的善恶搏杀，更是一份历史的感受。好在作者的向导风格非常明快，你的阅读会一气呵成。

这种阅读经历，当能令人喜欢。你一定会同意这一点。

（序言作者为中国电影文学学会副会长、中国作家协会影视委员会副主任。曾任第八届全国人大代表、中共十六大代表、第六届中国作家协会副主席、第六届浙江省作家协会主席。中国鲁迅文学奖得主。）

目　录

第一章　鼹鼠

镣铐、围栏里伸出的手、深不见底的监牢。

江义城怎么也不会想到，他前几日还是风光无限的南京国民政府特派员，今日，就变成了一串狰狞的数字。这些数字被印在粗布囚服的胸前，张着血盆大口，啃噬和侵吞他所剩无几的生命。

就像那些，从两侧围栏里伸出的、枯瘦的手，拼命想要拉扯、抓夺。

一、艾蕊

付白衣坐在"维也纳"舞厅的二楼，目光投向舞台中央，丝毫没有注意到坐在对面的李浅已唤了他两声，只顾自心想，台上这女子分明就在唱着些靡靡之音，但一颦一笑给人的感觉尽是高贵且遥远，像是出身高贵的世家大小姐，而并不是这"维也纳"舞厅的歌女。直到李浅掐灭手上的烟，再次唤了声：付先生。

付白衣这才收回视线，道了声失礼。他看上去温良如玉，说起话来也是慢条斯理，他望向倚在他对面沙发里的李浅，李浅的穿着十分考究。付白衣心想，他的生活，一定十分好吧。事实上，他与李浅一个钟头前才碰上头，也只知道，这李先生全名李浅，是军统的人，仅此而已。杭城于他而言完全陌生，不似东北那么守旧，亦没有上海那么开放，却在二者之间，有种莫名的神秘，像一株参天的香樟树，用树冠在空中画着绵长的图案，也像此刻，李浅端着酒杯，和他方才一样地，把视线投向舞台，若有所指地告诉他，这是艾蕊，是个商人，也是杭城红得发紫的名媛。然后李浅一笑，说你不会想认识她的。付白衣看不出他这一笑的含义，但他的确看见了艾蕊应对日本人的样子。

半个钟头前有一队日本人来过，李浅说，为首的那个叫清野建川，是个中佐，在杭城的生意只是他的幌子。

清野象征性地脱下礼帽，说，艾大小姐，我军的北川少将今日抵达杭城，在下欲在“维也纳”设宴，清野说着，又把纯黑色的礼帽戴了回去，说，艾大小姐可否行个方便？

艾蕊依旧站在舞台中央，好笑地看着舞厅里的音乐停了，歌声停了，舞步也停了，安静得甚至连喘息都听得见。她看着这人人自危的样子，说，清野阁下，好久不见。说话间艾蕊始终带着笑，像是面前的根本不是民族的仇人，而是她多年的好友。她的声音却如轻烟一样，淡淡的，通过话筒被放大，能让人的整颗心都凉下来。她顿了顿，又说，只是，“维也纳”今晚，已经被军统调查科给包下了。不如，此处不远有一“大都会”舞厅，倒也金碧辉煌歌舞升平，阁下今日不妨去“大都会”设宴，改日艾某再登门向北川少将赔罪。

清野望着艾蕊，倒是不怒，微微颔首，说，既然不便就不打扰，在下告辞了，艾大小姐，后会有期。然后带着人，转身走出旋转门。门外有些冷，清野把双手放进大衣的口袋里，望着阴沉沉的天色，说，要下雪了。而后坐进车里，念叨了句，“大都会”。

李浅透过酒杯看着清野离开，仰着头把半杯红酒一饮而尽，说，在这杭城里，敢这么拒绝日本人的，恐怕只有那几个大户了。

说到大户，李浅嗤笑了一声，改口说，原本三个大户，但白家的那个老爷，现在是日本人的大舅子。

付白衣：卖妹求荣？

李浅又点燃了一支烟，叼着烟说，谁知道呢。

他抽的是老刀牌香烟，十支软装，烟盒上健硕的男人站立在船头上，手持一柄大刀，看上去像个海盗。付白衣只消看一眼，就认出这是十分名贵的英国进口香烟，他也抽烟，他抽的是华成烟草公司的金鼠牌香烟，也是十支装，价格却便宜得多。

付白衣与李浅所在的，是杭城颇有盛名的“维也纳”舞厅。在付白衣眼里，是否盛名他并不知晓，但舞厅着实奢侈得不像话：巴洛克式的建筑，平面近似橄榄形，舞池和吧台设在一楼，盘旋上升的楼梯，二楼的围栏周围有一些不规则的卡座和包厢，巨大的天花板壁画，强烈的光影对比。方才李浅说，通常有身份的贵族，都去二楼或是三楼的包厢。但这包厢的价格，怕是少有人能承受得起的，即使是在付白衣眼里已经很富有的李浅，也只担得起二楼的卡座。

李浅问他，付先生可愿为党国效力？

说话间，旋转门再次被推动，门外走进一位中年男士，身后只跟了一个随从。中年男人穿着一套合身的黑色西装，手持手杖，三十一二岁，长及小腿的毛呢大衣披在肩上，看上去比李浅还要华贵得多。付白衣心想：这件大衣，应该是上海最新的款式。

男人站在舞台的正前方，台上的艾蕊见到他，微微点头，继续唱着“好花不常开，好景不常在”。男人也不急，笑着听艾蕊唱完了一整首《何日君再来》，方才把请柬递过去，艾蕊只扫了一眼，淡淡地说，三日后？

李浅弹了弹烟灰，嗤笑着说，郑五爷……

付白衣见李浅如此说，不禁好奇：这郑五爷，是做什么行当的？

李浅闻言嘴角一抽，说，行当？他名义上是做丝绸生意，可他到底在做些什么，就没人敢过问了，他绝不是什么善男信女，郑家几乎控制了杭城除租界外的全部码头。

可付白衣觉得，若比起艾大小姐的拒人于千里之外，眼前这位郑五爷，看上去并不似方才李浅所形容的那般，反倒是，投足举手间，有一种让人无法拒绝、又不敢靠近的气场。

李浅复又再次问了句，付先生可愿加入军统？

付白衣刚要张口，楼下轻烟一样的嗓音再次淡然地飘忽起来，艾蕊说，我知道了。

付白衣不由理了理领口，他此刻感到，杭城的冬日，湿答答的，也开始冷了。

二、家宴

仿佛只要西湖的水还在那里，“维也纳”就照样歌舞升平夜夜笙歌，就像只要艾蕊有空，舞台上就有她的影子一样，而杭城的诸位名流，照样为了能见艾蕊一面，终日在“维也纳”流连忘返。

这日却不见艾蕊的身影，南京政府派下一位特派员，监管杭城商会，郑蓦作为商会会长，在郑家公馆设宴款待，自是理所应当。

艾蕊应该是整个杭城最不想踏入郑公馆的人了。所以在整个郑公馆张灯结彩办家宴的门外，艾蕊坐在车里兀自抽着雪茄，迟迟不愿下车，烟味充溢着整个车厢。艾蕊不知道，在时过境迁之后，要怎么看待那个当初跟在她父亲艾成身后，孱弱得像个书生的郑蓦。直到侍者巴结似的拖了长音大声通报：

艾大小姐到——

车外的天气同艾蕊一样不耐烦，雨下得似乎要把她全部的性子都磨掉，长可及地的黑色大衣，烈焰一样红的长裙礼服，和象征贵族身份的网状头饰。

她一下车，早已两列站立的随从们立刻撑起黑伞，把雨挡得严严实实，她的副手项允中，复又撑起一把伞，却不给自己，而是将艾蕊整个人笼罩在伞下。

艾蕊的入场引得场内一片唏嘘、赞美和侧目，郑蓦的排场在杭城已经算是极大，郑家的宴会请来的，全是商界政界有头有脸的人物，而在一些足不出户的贵族大小姐眼里，艾蕊，只是个抛头露面的交际花而已。

郑蓦抬手从一排香槟旁边，拿了杯法兰西红酒递给艾蕊。他知道，艾蕊与其他官家大小姐不同，她向来不喜欢香槟。他说，小艾，好大的排场。

十分钟前清野带着夫人白苏平入场，郑蓦迎上去，看着一身和服的白苏平，愣了一愣，心里竟有种被堵上的感觉，以至于迎面撞向了吧台边摆酒的服务生，服务生汗涔涔地定在原地，郑蓦只低头看了看，复又抬眼，望着已然长成一个成熟少妇的白苏平，问，令兄可好？

当着清野，白苏平向郑蓦行了个日本礼节，说，哥哥一向安好，只因身在外埠，无法亲自前来，非常抱歉。

说话间又来了几位政要，清野向郑蓦道了声失陪，说，苏平就拜托你了。

艾蕊就是这个时候拖着一席烈焰一样的舞裙走向他们，说，苏平是出落得愈发好看了。

清野刚走，白苏平就抬眼直视郑蓦和艾蕊，近乎乞求地说，可否让我见见郑尤？

郑尤是郑蓦身边的副手，此刻正游走在郑公馆大厅上下周旋，跟着郑蓦数年，对于这种场合，他也是游刃有余了。自打跟着郑蓦，郑蓦就拿他当兄弟，但白苏平，却拿他当初恋。

艾蕊刚要说“不可以，你现在叫清野苏平，是日本人的夫人”，但抬头看见白苏平眼里蒙上的薄雾，张口说出的话就变成了：好。

她带着白苏平出现在郑尤面前的时候，郑尤拿着雪茄的手兀地一顿，不自然地咳了两声，他没想到清野会带白苏平来赴宴，也没想到白苏平还愿意来见他。艾蕊说，郑尤，你带苏平出去走走吧。

舞池里响起今晚的首支舞曲，郑蓦看了看郑尤单薄的衣物，将自己身上的羊毛大衣脱下，又亲手披在了郑尤身上，说，外面凉。言罢又说，带上几个兄弟，别落人话柄，开席前回来。然后他转身，对艾蕊做出“请”的手势，用足以让周边所有人都听到的声调说，今晚的第一支舞，艾大小姐可否赏脸？

纯黑色的衬衫，领口处绷开的一粒扣子，温良如玉的微笑。

再一次地，艾蕊只是笑笑，却不说话，这让人看不透她的底。艾蕊缓缓地脱下及地的黑色大衣，随手递给身边的项允中，郑蓦眼里带笑地望着她，烈焰一样红的舞裙，烈焰一样让人欲罢不能的女人。

五爷，请。

艾蕊自然地伸手挽过郑蓦，两人随着音乐旋转着进入舞池，周围又是一阵唏嘘。

二人默契得像是多年的情侣，每一个鼓点，每一次回眸，每一次双手在身体上的游走。郑蓦同艾蕊身高上的差距，外形上的般配，甚至每一个举动，都能引起场上的低呼。

与之形成巨大反差的，是艾蕊对于郑蓦话语里的冰冷和客套，一声声的郑五爷，连现场最善于挖掘细节的报社记者们都看不透这两人的关系。两人踩着节拍和鼓点，旋转，相拥，最后一个音节，郑蓦忽地把艾蕊往怀里一拉，深情地吻住她火红的唇。

杭城那些大户人家的太太哪里见过这样的男女，抬手抚住上下起伏的胸腔。

但她们不知道的是，在吻上艾蕊之前，郑蓦在她耳边轻声说，一点钟方向。

所以艾蕊看起来眯着眼睛沉醉于舌吻时，却是在看似不经意间瞥过郑蓦身后的二楼，透过端着餐盘来去奔走的侍者、伫立在围栏处的安保，看到一个带着报童帽的男人。

江特派员到——

一声通传，曲停舞停。今晚的主角登场，郑蓦和艾蕊一同出迎。清野也从另一个方向迎了过来。江义城看上去四十有余，文质彬彬的倒也客气，同郑蓦握手后，接过艾蕊的右手俯身一吻，又向清野微微颔首，颇有几番风度。

江义城是艾蕊在军校的同学。席间，江义城说了很多军校的事，也学着蒋公的样子说攘外必先安内。江义城把自己灌得有些多了，按照他的描述，若非他一心向商，他应该是国民政府的要员才对。艾蕊只是附和着笑，心想：当年在军校，你也不是十分出挑，我们那一期，出挑的是陈恭澍和陈明楚。

觥筹交错之时，原本灯火通明的郑公馆突然漆黑，只留窗外透进来的些许微光，现场宾客陷入一片混乱，艾蕊立刻起身，吩咐项允中，保护江先生。她刚要转身，被郑蓦拉住，他说，我和你同去。

艾蕊毫无感情地说，你留下来，保江先生周全。与先前缠绵共舞的样子截然不同。

也罢，你自己小心。

此刻如再不放手，郑蓦怕自己又是自讨没趣了，只得吩咐郑尢，查看电路，尽快恢复通电。

这边艾蕊三两步从楼梯扶手翻上二楼，直奔配电房，郑公馆同艾公馆的房屋配置完全相同，艾蕊轻而易举就能找到郑公馆的任何房间。突然断电，一定是有人切断了电路，而目前那个人根本跑不远。

果不其然，艾蕊在配电房附近截住了那个她先前观察到的戴报童帽的男人，他个子不高，但动作灵活，抬手就向冲过来的艾蕊一个摆拳。艾蕊当即停下，左手接住摆拳，同时向左一撇，生生控制住对方，抬腿一个法式踢打，男人被踢至墙边，艾蕊遂追上去左手前手直拳直冲横膈膜，断了对方还手之力，再接一个过肩摔，顺手从对方腰间抽出他佩带的匕首，落地时刺向其腹部，那人的横膈膜顿时大出血。

艾蕊制住那男人，说，刺杀南京特使，你好大的胆子。话音未落，大厅和楼梯处“砰”“砰”两声枪响，男人趁艾蕊抬头查看之时忽地挣脱，从二楼一跃而下。艾蕊见状朝那男人逃遁的方向扔出匕首，复又踩着栏杆，纵身一跃。

电路恢复，大厅瞬间灯火通明，此前宾客已被郑家人保护着离场，厅内登时只剩下江义城、郑家、艾家和清野家的几个人。

那杀手被艾蕊扔出的匕首刺中，砸落在一楼大厅，艾蕊跳下后拔出匕首，死死抵住那人的命门，低吼，谁派你来的。

死一样的沉默，死一样肃杀的大厅。

直到郑尤体力不支地倒在台阶上，众人才发现他受了枪伤，郑蓦见状赶上去察看，也不管自己受伤的左手。艾蕊朝他们的方向看了看，让项允中叫来守在门外的艾家随从，复抬手断了手里男子的脚筋，在屠宰场杀猪一样的惨叫里，面不改色地说，带下去，严刑拷打。

杀手被拖出一道血色的痕迹，艾蕊扔掉还在滴血的匕首，转身走向郑尤，郑尤伤在后肋骨，离心脏太近，又耽搁了治疗，明显失血过多，这会像一摊软泥一样倒在楼梯上。艾蕊尽管面无表情，但眼眶已经泛红，吩咐项允中叫医生来。事实上，父亲去世后，她一直尽可能地控制情绪，尽可能让人捉摸不透，但她实在做不到彻底没有感情。

但此刻最难过的怕是郑蓦，抬眼看向艾蕊的时候，脸上是罕见的伤痛，用一种无法形容的语气说，不用了，医生已经在路上，只怕来不及了。

郑尤是郑蓦看着长大的，虽没有血缘关系，郑蓦早已把他当作手足兄弟。如今这样，郑蓦只能抱着兄弟的头，以防血液倒流。眼看着郑尤呼吸越发困难，郑蓦越发手足无措，恐怕等不到医生来，郑尤就已经坚持不住。子弹距离心脏太近，艾蕊也不敢轻易下手，只俯下身子，撕裂衣服当作绷带，试图控制住大出血。

郑尤挣扎着唤着，艾姐姐，硬是要拉艾蕊的手。他伤在肋骨，此时要动必是极大的痛苦，艾蕊忙伸手过去，也顾不得一贯冷血的形象，说，郑尤，医生马上就到，你挺住。

郑尤摇摇头说，别费力了，我是不中用了，只一件事，姐姐务必要相信我。

艾蕊：你说。

郑尤：这几年我一步不离地跟着五哥，他真的……真的没有……背叛司令。

话音刚落，项允中领着医生进门，大家立刻七手八脚地把郑尤送上担架，大厅只剩下尴尬在原地的几个人。

艾蕊的尴尬持续到江义城和清野夫妇离开，她也向郑蓦道了告辞，兀自转身离开，项允中只得向郑蓦低头一礼，跟上不提。

刚出郑公馆，艾蕊就看到江义城的副官正在郑公馆门口等候，项允中见状，便走上前去说，余副官，您这是？

项副官，我们江处想见艾处长。

艾蕊对于余副官在郑公馆门口就改口很是不满，但毕竟江义城是上面派下来的，当下也并不好发作，只面无表情地上了江义城的车，动作极快，双方的副官都还留在车外。

艾蕊说，江处，好久不见，突然莅临杭城，找我何事？

哈哈哈，艾处长，你的身份还没有暴露？几年了？江义城看起来还是方才在郑公馆的样子，但语气和称呼已经变了。

艾蕊侧身斜倚在车门，点燃一根雪茄说，三年半。江处这次来杭城，是代表军统一处？然后用夹着雪茄的那只手，单手撑头，倒显出几番媚态——事实上，除了对郑蓦，艾蕊对所有男人都有一股发自骨髓的魅惑。唯独对郑蓦，时而火热得像是烈焰，时而又冰冷得像是触碰不得。

不错，另外……

江义城也点起一根雪茄，艾蕊看了看，是目前上海最流行的亨牌雪茄，她对这种舶来品极为熟悉，她是多年的老烟枪，也换过不少牌子，眼前这种被上海人认为是“有钱人的象征”的亨牌雪茄，价钱已经涨到2块大洋一根。江义城叼着雪茄，小口小口地品着，半晌才说，上面要我在杭城建立各界救国联合会，需要你协助。

艾蕊说，好。伸手就欲打开车门。

艾处长留步。

艾蕊闻言回头，及腰的长卷发被盘成当下最时髦的样子，虽已挡住了半张脸，但身上的香气和卷翘的睫毛却是如何也挡不住，何况此刻艾蕊一脸疑惑，说，江处还有何指教？

江义城弹掉雪茄的灰，复又看向艾蕊说，宾治牌的雪茄太冲，要抽就抽亨牌的。

尽管艾蕊知道这并不是江义城真正想说的，还是轻轻颔首说，有数了。然后欲打开车门，略微停顿，像是想到了什么事，复又回头说，江处，只一件事，我的身份还没有暴露，人前请不要称呼我艾处长，我只是贩卖军火起家的艾家大小姐。

江义城似笑非笑地说，有数，有数，看来艾处长很喜欢这个身份掩护。

喜欢谈不上，我确实是艾成的女儿，确实是军火商，只是多了个苏沪杭军统三处副处长的身份而已。

第二日天色一亮，郑蓦就被请至艾公馆，他的脚刚踏进艾公馆，就急忙问在门口迎接的项允中，大小姐怎么了？

项允中说，大小姐很好，五爷请。

厅内艾蕊刚放下电话，抬眼看见郑蓦，吩咐吴妈上茶，就再不说话，只翻看着手里的相片。直到面无表情地把相片递给郑蓦，艾蕊才终于开口，死者是我昨夜派去监视江义城的特工，案发地点距离江家很远，手法也不干脆，你怎么看？

昨晚从江义城的车里下来，艾蕊一路不语，项允中早已等在艾蕊的车旁，开门，待艾蕊上车后跟着上车。良久，艾蕊才吐出一口烟圈，说，允中，通知行动队，派人盯着江义城。

项允中对于艾蕊的任何吩咐都点头称是，随口一问，您怀疑江处长？

艾蕊闻了闻手上的宾治牌雪茄，并没有觉得味道冲，但还是掐掉了抽到一半的雪茄，才回答项允中，不排除，一处是徐恩曾负责的党务调查处，与我们向来没有合作，他成立救国会，怎么偏就需要我的帮忙？就算拉帮结派，他也应该去拉拢郑蓦才是。我怀疑他刻意接近我，醉翁之意不在酒。

昨晚艾蕊看着江义城的车子离去的方向，想起了往日在军校的日子。那时候在上海，她觉得自己满腔热血，而不似现在，懒懒散散的样子。

郑蓦翻看着相片，茶水被放在他的手边，飘飘然地冒着热气，他的眉头皱得像是拧久了的抹布。在杭城混至今日，郑蓦不是没见过死人，亦不是没杀过人，但手法如此不干脆、将人活活折磨致死的方式，就连他看了都觉得残忍，因此只略看了两眼，就把相片递还给艾蕊，说，江义城是军统一处的人，按说不至于如此阴狠，何况死者还是姓国的自己人。

艾蕊接过相片也是扔到一边，说，他这人向来只图财，手段没这么狠，这件事不大可能是他做的。我担心的是，他背后有更大的势力在帮他，比如……日本人。

郑蓦闻言，摆摆手说，日本人目标太大，况且江义城有军统身份，他们不见得愿意蹚这浑水。但有一个人就不一定了。郑蓦若有所指地放下茶杯看向艾蕊。

艾蕊：你的意思是……

郑蓦：日本人的大舅子。

艾蕊：白振平？

艾蕊又低头看了看相片上死者的死相，不排除是白振平的可能。白振平在杭城占据一方势力，人称白三爷，多年来由原本的只做赌场生意，发展到染指各个行业，但凡是他想做的行业，他全部做到垄断，除了军火。加上他现今巴结上了日本的驻华中佐，倒也不排除他和江义城联手的可能。

但让他最痛恨郑、艾的原因，却并不是生意上的事。当日求助郑蓦却被拒之门外，唯一的妹妹白苏平硬是被清野娶了做妾，多年来白振平每每想起，都恨得咬牙切齿。

艾蕊"唰"地点燃了一支雪茄，说，郑蓦，明日下午，你的钱塘江闸堰码头借我。

郑蓦点头一笑，说，好，交货？

党内有内鬼，我去把它抓出来。

三、鼹鼠

不管外面战火烧到哪里，只要西湖的水还在，"维也纳"永远都是夜夜笙歌，似乎这"维也纳"的一道大门，就是一个结界，能把是非战火全部隔开，只留下歌舞和奢靡。

郑蓦和英国的乔治先生刚坐下不久，艾蕊也从外面赶回来，径直走上三楼，在他们身边坐下，像只慵懒的猫，这一刻，她全然不像这偌大杭城的女军火商，而只是设宴招待贵客的"维也纳"女主人，巧笑倩兮。

可能只有郑蓦才能看见，她黑色大衣里面、艳红色的衬衫领口上的那一摊殷红。趁着艾蕊起身拿酒的空当，郑蓦跟随过去，轻声问道，你没事吧？

我看起来像有事？艾蕊这一挑眉，似乎能把所有的干戈划开，都与她无关。

其实有事的是郑蓦。

方才他和艾蕊分别在武林门码头和钱塘江闸堰码头上演了一出调虎离山。此前艾蕊收到线报，内鬼来杭的目标是她即将到货的一船军火，因此她放话出去，说军火会准时靠岸在武林门码头，转而送密函通知真正的买家到钱塘江闸堰码头提货，而江义城的副官余忞毅，就恰好掉入了他们的陷阱当中。艾蕊说，你不会想到买家是谁。

郑蓦顺着话说，詹姆士先生？

艾蕊一笑说，江义城。

郑蓦也不说话，只往艾蕊的领口一个眼色。

艾蕊低头一看，把领口往下翻了翻，说，不是我的。

听到血迹不是来自艾蕊，郑蓦也就放心地开起玩笑。他笑着从艾蕊手里接过她撬不动瓶盖的红酒，说，你不过就是审问余副官，动静也太大了些，能溅得自己一身血？

艾蕊：一滴……

郑蓦：你把他怎么了？

艾蕊：宰了，你信么？

此刻“维也纳”里的任何一个人恐怕都不会知道，此前在武林门码头，郑蓦和余忞毅的一场硬仗。原本以为余忞毅是个文职，会很好对付，但他的身手竟不逊色于郑蓦这种在刀尖上舔血的人，几招下来郑蓦竟渐居下风。

这是十分不可思议的事，郑蓦是武职出身，此刻若非郑蓦轻敌，就是那余忞毅绝不只是个副官那么简单。只是一瞬间的分神，郑蓦就被余忞毅一招舍身技摆脱掉，接着一个反身十字固，落地时郑蓦竟生生砸向车门，车内的乔治先生被震得一惊。

余忞毅转身跳上自家的车，吩咐司机赶紧开车离开，此刻郑蓦根本来不及扶着车门站起来，立即喝令手下，追！言罢，也拉开车门开车去追。

这边余忞毅的车刚启动两步，郑蓦的杀手就冲过去拦截，但司机根本没有停车的意思，反而一脚油门到底，加速轧过去。

眼看就要转弯，杀手跑得再快毕竟也没有车快，郑蓦开始担心一旦目标消失在可见范围，事情就不可控了。

咣——

余忞毅的车刚到路口，被一辆突然冲出来的车迎面撞了回来，车头被撞得瘪了进去，从郑蓦的角度看，这突然的撞击将余副官的车挡风玻璃震碎，连发动机都在冒烟，车里的人就不知道怎样了。

而对面撞过来的车，却是毫发无损，在余忞毅这边完全动弹不得时，对方车队已经开来，杀手和随从纷纷下车举枪，把余忞毅围了个严严实实。

郑蓦在车内扬了扬嘴角，他都不用下车查看，眼前这帮人定是艾家的杀手。

郑家的手下按照计划，把余忞毅的人都逼进码头，然后关上阀门，搀扶起受伤的兄弟，快速地离开现场，速度之快，就好像他们从来没出现过。

其实他们若想当即杀了对方全部，倒也不是不可能，只是此刻郑蓦心情大好，坐进车里，看向面露疑惑的乔治先生，问乔治，这批炸药我还要继续购进，现在，你介意我验验货么？

乔治不明就里地说，当然不介意，郑先生。

好。

话毕，郑蓦从车窗内伸出拿着枪的右手，只一枪，码头瞬间火光冲天，郑蓦的车停在距离码头很远的地方，热浪和被惯性冲出的碎片甚至能迎面扑过来，郑蓦在热浪里更加兴奋，恨不得当下就与乔治先生签约续购。

郑蓦看向烧透了天的码头，笑起来十分儒雅好看。

谈笑间，侍者找到艾蕊，通报说有位付先生找她。艾蕊点头，向乔治先生道声失陪，就随侍者去了楼梯对面的贵宾室。项允中帮艾蕊打开贵宾室的门，艾蕊随手把手杖和大衣脱下来递给项允中，而后向付白衣道了句，久等。

付白衣站在窗前，兀自看着窗外葳蕤的香樟树，闻言即刻回头，他恭敬地把右手伸向艾蕊，却不见艾蕊有所反应。

项允中随即抱歉道，不好意思，我们大小姐一向不与人握手。

付白衣不自然地一笑：原是我唐突了。

艾蕊倒是无妨，抬手示意付白衣坐下谈，项允中这才得空把艾蕊的大衣挂上衣架。

付先生终究还是决定为党国效力。艾蕊说着，在付白衣对面坐下，吩咐侍者倒酒，然后斜倚在椅背，即使是笑着，眼里的气场也让人不寒而栗。

付白衣随声附和道，为党国和戴老板效力，是付某的福分。

而此刻，刚推开门跟进来的郑蓦，只听到"戴老板"这三个字，疑惑地看向艾蕊：他是戴老板的人？

艾蕊答非所问地说，你怎么丢下乔治一个人了？而后吩咐侍者给郑蓦倒酒，让郑蓦在自己身边坐下，却最终也没有回答郑蓦的问题，反倒是问付白衣，这次什么信息？

付白衣闻言，将一个密封的信封交给艾蕊，拿起面前的红酒，一饮而尽，说，另外，戴老板的意思，要拿到日本人针对东南沿海城市的"孤岛计划"。

这不是艾蕊第一次听到"孤岛计划"几个字眼，早些时候清野刚进驻杭城时，戴笠就跟她提起过，只是当时形势没有如今这般紧张，瓦解"孤岛计划”的行动也迟迟不见开展。

知道了。看出付白衣有要走的意思，艾蕊起身一礼，半开玩笑似的回应，付专员。

专员？付白衣走后，郑蓦坐到原先付白衣的座位，正面看向艾蕊。

艾蕊倒是一脸“随你看”的表情，拆开信封看了眼，丢给郑蓦，说，看完烧掉。

听到“烧掉”，郑蓦还没有接信，就从口袋里拿出火柴，看了两眼，近乎自言自语地呢喃，信里这个常先生……

军阀。艾蕊言罢起身，重新穿上大衣，也不管身后的郑蓦有没有把信烧掉，顾自说，我去上海一趟，艾家就麻烦你照应着。余副官在审讯室，别让他死了，好歹，他是我军校同期的同窗。

嗯，小心点。

伴随着这句话一起接近艾蕊的，是一股浓郁的焦味，艾蕊拿起手杖出门，留下一地如鸡毛一样零散混乱的琐事，连同包厢里在歌女舞女之间觥筹交错的乔治先生。

四、诱捕

这并不是艾蕊第一次来上海和平饭店，但这一次，动静却是极大。似乎要让所有人知道，她是冲着军阀常石谷来的。

他们抵达的这天刚好下大雨，艾家的随从自然还是像往常一样站成两排为她撑伞，排场之大，别说是官家太太，就是有些权势的官宦老爷，也比不上。

艾蕊这次是以巨商的身份入住和平饭店的，连同随行人员，同时包下了三楼的七个房间，丝毫没有避讳她军火商的身份。

一进旋转门，就是宽大的大厅，猩红的地毯让大厅看上去骤然高贵很多，在这间饭店下榻的顾客非富即贵，所以对于这样的阵仗并没有特别好奇，反倒是，对艾蕊作为一个女人，拉开这种阵仗，很是新奇。

而艾蕊也确实，除了长相，没有一个地方像女人。

长可及地的黑色大衣，始终不离左手的手杖，黑色垂网礼帽，随意散落下来的黑色卷发，和永远冷着的一张脸。

自从艾蕊住进和平饭店，三楼就不断有访客。艾蕊的军火生意做得早已人尽皆知，不只是江浙一带，各方军阀也从艾氏工业购进军火，谁也不知道她背后的关系到底有多通天，但所有人都知道，她是第一个把军火生意做得如此大鸣大放的女人。

陈明楚是艾蕊住进和平饭店的第一个访客。陈明楚说，艾老板，代问雨农先生好。

当晚，陈明楚在“百乐门”宴请艾蕊，艾蕊居然给面子地出席了。是日的“百乐门”同往日没什么分别，无非是舞池皇后没有登台，反而登上三楼陪客去了。

整个三楼被陈明楚包了下来，对此，艾蕊笑着打趣：陈老板果然财大气粗。

而陈明楚只是笑笑不语，舞池皇后上楼，他起身相迎，随即向艾蕊介绍，这位是良钰小姐，军统一处特工。

艾蕊似乎连眼皮都不曾抬过一下，好像根本没有听到军统一处几个字，整场晚宴要么不说话，要么只开口聊一些边缘话题，对党国、军统等词汇只字不提。

陈明楚见状只尴尬地一笑，事实上，艾蕊这种身份的人，是随时有这种高傲的权利的。只是，同是军校毕业，一个，是在杭城富甲一方的商界巨贾，一个，却是在上海滩刀尖舔血的所谓站长。陈明楚心下想着，仰头饮尽了大半杯红酒，他明显喝得有些多了，杯子被放下时，在桌上摇摇晃晃，像一只喝醉了的麻雀。

良钰只当艾蕊这是军统的职业习惯，不会在她无法确保安全的情况下输出任何有用信息，莞尔一笑，道，艾大小姐放心，“百乐门”可是安全得很。

艾蕊闻言，似乎连眼睛里都在笑，慢悠悠地说着，是么？而后左手从桌下拿出一个窃听装置，说，那这个，你事先也见过喽？

陈明楚和良钰见状，均是一惊。事实上，为了包场接待艾蕊，他们事先已经排查过所有的安全隐患，怎么又……

如果这个东西不是你们安排的，艾蕊说着把早已拆除了的窃听装置往桌上一扔，就是局里已经在怀疑你们了。

楼下的歌舞升平，和楼上瞬间凝重的氛围形成极大的对比，艾蕊往下看了看，歌女在台上随着音乐摇动羽毛扇子，唱着周璇的歌。艾蕊笑着，一张脸透过酒杯，将视线投在舞台上，不知怎的，即使在笑，也让人感到莫名的寒意。

席罢离开的时候，良钰把艾蕊送至门口，艾蕊难得伸手同良钰一握，轻声道，良钰小姐，请认真考虑我说的话。然后兀自上车不提。

良钰怔怔地立在原地，艾蕊轻烟一般的嗓音很好听，但说出的话却是能砸进人的心里。张开手，是艾蕊给她的一张字条，杭城“维也纳”找我。好像她认定了良钰一定会去一样。

之后的几天，平静得连项允中都开始不耐，几次想去问艾蕊，到底何时行动，但每次看向艾蕊，她都是一副悠然的样子，他也就不便张口。

除了每日来访的客户，只有一个裁缝店的老板来过。

以艾蕊的身份，裁缝店老板亲自来量体裁衣是没什么值得奇怪的，但项允中疑惑的是，老板在屋内太久了。

项允中在屋外刚要敲门，门就被从里面拉开，裁缝店老板拎着工具箱，向艾蕊作了个揖，也向项允中点头致意，就下楼离开了。项允中望向老板离去的方向，见他一身灰布长袍，拎着的工具箱里还有一小节卷尺露出来，而虎口的老茧想必也是常年摩擦导致。是裁缝没错，看来是他自己多虑了。

艾蕊：允中，给郑蓦发电，择日行动。

项允中：秘密电台？

艾蕊：不用，用摩斯密码，伪装得秘密点儿。

电报发出去后，很快得到郑蓦的回电，艾蕊当然知道她的电报会被拦截，因此刻意用国际通用的摩斯密码发送，好让对方以为截获了真信息，收到郑蓦的“后方已就位，随时可配合”的回复后，艾蕊还是没有任何动作。

直到又是几天后，项允中递过来一封密函，是从秘密电台发来的，破译后只有五个字，艾蕊却再不沉默，立刻叫来陈明楚。

“鼹鼠已出洞”。

猩红色的地毯，来往的富商，孤独旋转的门，子弹里的发射药。

根据现有情报，常石谷一行住在四楼，艾蕊来时四楼已没有空房，只得包下整个三楼，一来匹配巨商身份，二来，给机动队创造便利。

这不是艾蕊第一次用她的真实身份做掩护。

艾老板莅临之后，上海站的行事风格都不同往日了。陈明楚说着踱进房间，在艾蕊对面坐下，拿出雪茄盒要点。

出去抽，艾蕊看了眼尴尬在原地的陈明楚，继续问，安排得怎么样了？

陈明楚把雪茄原封不动收回去，说，按照计划，三、四楼层的安保、茶房和服务生，全部换成了我们的人。

艾蕊狡黠一笑：好，万事俱备，只等他了。

通常在这种时候，行动队的每个人会有一种箭在弦上的感觉。但是跟气氛截然相反的是此刻艾蕊的态度，依旧云淡风轻地拨弄面前的茶叶，好像就算是世界末日，就算海平面涨到面前，也能笑着看世界毁灭，也能笑着问，良钰是什么情况？

突然这么一问，陈明楚抬头想了想，复又低下头，说，她原先是军统一处派来协助我们工作的，但军统一处和三处原本就没法合作，她现在算是单打独斗。

我知道，我是说她在“百乐门”什么情况？

“百乐门”的头牌舞女，她借着这个身份结识了不少上流人物。

或许……

艾老板，人到了。

艾蕊尚未说出口的“良钰未来会对我有用”，被“茶房”打断，于是不露痕迹地一笑，看向陈明楚，做出个“请”的姿势说，陈老板，去看看货吧？

陈明楚也会意地起身，微微一礼，请。

事实上，能把外勤任务做成艾蕊这种风度，好像无论成败，她都已经成功了。

他二人走上四楼，正对走廊的房间被上海站的特工持枪围住，艾蕊又一个“请”的手势，陈明楚随即拿出钥匙开门。

房间内是艾蕊一早预想好的画面，甚至连对方惊异的表情都一模一样。

艾蕊：江特派员，好久不见。

与艾蕊的静默相反，上海站的特工在门被打开的霎时全部冲上去，把江义城圈在中间。江义城环顾了下现场的局势，复又开口，你把常先生怎样了？

艾蕊依旧懒散地踱进房间，甩开衣摆坐进猩红色沙发里，轻笑一声：谁？常老板？我们谈得很愉快，你信么？

你到底把常先生怎么了？

江义城凶狠的眼神，倒是让艾蕊眼里的笑意更明显了，她说，我没见过他。

江义城：什么？

艾蕊:我没见过他,他也从来没有来过上海,我动静这么大,无非是想引你上钩。艾蕊说着,身子向前倾了倾,她轻笑着说,你还真配合。

江义城怒不可遏地吼,你!

见江义城眼看要拔枪,陈明楚赶紧下令,拿下!

上海站的一众特工哪里是江义城的对手,三两下就被他挣开,这是艾蕊早就预想到的。

但艾蕊没想到的是,此刻江义城居然敢用枪抵着她的头,穷途末路似的吼,你早就知道是我?你是不是把余忞毅给抓了?

即使眼前就是冰冷的枪口,艾蕊依旧窝在沙发里,动也不动地嗤笑一声,说,你想让我怀疑余忞毅,我就抓给你看啊。他在你身边潜伏得也有些久了,他是我军校的同窗。

言罢,艾蕊抬腿猛踢向他的横膈膜,江义城许是没想到艾蕊在这时还能反抗,被惯性踢出,刚要反击,艾蕊立马起身,反身一记鞭腿,再抽出手杖里的长剑,刺伤江义城,在他受伤退后时沉稳下令,拿下。

整个过程云淡风轻,好像方才被枪口抵住额头的不是她,方才刺杀他的人不是她,而她,只是个坐在一边,谈笑风生的"维也纳"歌女。艾蕊依旧笑着,身子前倾,甚至俯身看向被特工按在地上动弹不得的江义城,用轻烟一样的嗓音问他,我唯独不能理解,党国何曾亏欠你,你居然要叛变,而且投靠常石谷?

江义城被上海站的特工控制着,说,常先生无非是想做一番事业,和你们没有不同。

但有一点,人是可以成就一番事业的,狗不行。他常石谷是日本人苦心培养的狗,你还摇着尾巴跟随他。一向散漫慵懒的艾蕊难得正色道,我艾某的军火,绝不出售给日本人的狗。

嗤!江义城冷笑一声,兀地挣脱开特工的钳制,指向艾蕊,厉声呵斥,你卖给日本人的军火还少吗?啊?艾蕊你别给我道貌岸然了,你跟我原本就是一样的，一样的！

一时间，艾蕊竟没有话语来反驳，为了掩饰身份，多年来她确实卖给日本人不少军火，即使说她是汉奸，她也无从抗辩，只眼里带笑，声音却是冰冷，给我拿下。

而江义城再不会给那些特工下手的机会，举枪击倒几个特工，从窗口一跃而下，动作干净利落且不留余地。陈明楚见状立马大骂，娘希匹，废物！一群废物，追！

抬头正对上艾蕊冷漠的眼神。

他们刚要出门去追，艾蕊无声地从沙发里起身，三两步跑到窗台，往下张望，唤了声，允中。话音刚落，楼下一辆车迅速启动，向前方动了动。

艾蕊回头吩咐陈明楚，带人去追。而后转身一跃而下。

在场谁也没想到，艾蕊会为了一个逃犯，亲身从四楼跃下。江义城可能事先做了撤离准备，但艾蕊，身上什么装备都没有。陈明楚想想，赶紧摇摇头，领着弟兄们去追。

这边艾蕊精准地落在项允中的车上，在车顶翻滚一周，平稳落地。抬头却再次迎上枪口，这一次，是还残留着温度的。

上海站的人赶到时，刚好看到江义城举枪指着艾蕊，项允中复又指着江义城。唯独不同的是，江义城的枪紧贴着艾蕊的额头，真要开枪，项允中的手再快，也快不过江义城的枪。

放我走。江义城也料到逃不掉，就打算挟持艾蕊离开。

艾蕊闻言却一笑，自嘲地说，你太看得起我了，我与上海站素无合作，他们会为了我，放你走？

那你就跟我一起死。枪口再次向艾蕊的方向进了进，艾蕊甚至感到，额头一阵灼热。

艾蕊此刻轻蔑地抬眼看着他，忽地嘴角邪魅一勾，左手支撑，右腿一个横扫，趁江义城失重时抬手抢过他的枪。

江义城被放倒，艾蕊却并未直立身子，而是左手钳制住江义城，右手持枪抵在他的下颌，用无论什么时候都平稳如水的嗓音说，我最恨别人拿枪指着我，你放心，我一定吩咐军统大狱，好生“招呼”你。

你……唔！

江义城刚要张口，艾蕊一记击喉，一掌断了他的喉软骨。这才起身，望向陈明楚，说，人交给你们了，别让他太好过了。

多谢艾老板。

告辞。

陈明楚看着她离开的方向，心想她同在特训班时差别极大，那时候，她还不是这种拒人于千里之外的性格。陈明楚也始终弄不懂，她究竟是如何知道江义城是常石谷的人，又为何要设这场局？

他不会知道，此刻艾蕊正在车里，反复重复着一句，我不知道。

因为项允中同样也在疑惑，艾蕊究竟是如何确定鼹鼠就是江义城，分明在杭城，她还在审讯余忞毅，而此刻艾蕊给出的回答，却让他更疑惑了。

看着项允中疑惑的样子，抽着雪茄的艾蕊喷出两口烟圈笑了笑，说，我并不确定他和余忞毅究竟谁才是鼹鼠，但从郑蓦回复的电报来看，鼹鼠依旧在活动，因此我们抓的余忞毅，就是个替死鬼了。

那常石谷？

鼹鼠来杭城，目标恰好是我的一船军火，江义城和余忞毅都是军统一处的人，军统若有需要，大可直接向我开口。地方青帮哪里用得了这么多如此精准的装备，唯一能解释的，就是他们投靠了军阀。

项允中闻言，一边开车一边恍然地垂首点头，顺着话说，而附近急需武力供给的军阀，就是亲日军阀，常石谷。

只可惜，他此刻人在北平，我动不了他。

那你如何确定，鼹鼠会来上海？

猜的，因为他抽的是亨牌雪茄。

言罢，艾蕊就再也无声，抬头看向眼前愈发变黑的天色，和前方蜿蜒的路，看不到头，却愈发狰狞。就像她的生活，一直在出差错，一直黑暗无边。她不知道何时才能天亮，兀地掐灭了手中的雪茄，然后她打开车窗，刺骨的寒风灌进艾蕊单薄的衣领，街边是张灯结彩的喜庆气息，这让艾蕊看上去有些格格不入，她不自觉地缩了缩脖子，说，允中，今日几号？

项允中兀自想了想，说，大小姐，今日是腊月三十。

唔，除夕了……

郑蓦在病房里独自望向窗外，窗外的街道上开始张灯结彩，各家争相挂着殷红的灯笼。其实对于郑蓦来说，什么风景也没收入眼底，他背对着一动不动的郑尤发了会呆，他想了很多，想到当时，他和艾蕊从人贩子手里把这个瘦小的男孩抢回来，郑蓦还甩了那人贩子一脸大洋；也想到艾成答应收养他，却怎么也不让他姓艾，郑蓦当时说，你跟我姓郑吧，若我将来飞黄腾达了，让你进我族谱……

但他一想到那晚郑尤倒下的样子，心口就一阵拥堵。鼹鼠已除，但郑蓦心下的愤怒和不安竟丝毫没有退却。他在刀尖上舔了数年的血，他从没想过最终被牵扯、被伤害的会是郑尤。这种负罪感缠绕着，竟令他不敢回头多看一眼病床上生死未卜的兄弟，只化作满腔的愤恨，不知从何抒发。

如若此时能让他查出那日究竟是谁开的枪，他必将有数十种方法让对方求死不能。

可那日宴会结束后，他曾亲自带人四处搜寻，却并未发现枪支和疑似的枪手。回想当时，关电闸的杀手已被艾蕊及时制服，并未有机会再次下手，那么，枪手究竟藏在哪里？为何在如此漆黑的环境中开枪？他的目标是谁？难道不怕误伤？且不管枪击的对象是否是江义城，最终却又为何会击中郑尤？

未知。全然未知。

这是他为数不多的，陷入一片未知当中，毫无头绪。

回头看看郑尤，心里堵得像是晌午的马塍路，郑蓦无意识地抬眼，想清清车水马龙的大脑，无意刚好看到衣架上挂着的、那日他披在郑尤身上、被血染得殷红的深灰色羊毛大衣，细小的夹缝里，有微小的粉末，戚戚然滑下，无声地掉落，掉落，在衣角和地板之间的空气里，消失不见。

郑蓦望着这些细小的粉末，粉末也印进了他的瞳孔里。

掉落。

第二章　杜诚

雨天，路和天一样阴沉沉的，像是全部被乌云笼罩了。

除了留在地上的，那一摊血。

原本还有一具尸体，但此前巡捕们过来，把他抬走了。

巷道里的居民或站在自家门口，或搂着孩子，看着巡捕粗暴地抬起这具已经快被雨水淹没了的学生的尸体，想着：也许，他也有个家，也许，他的爹娘还在家里，等他回家吃饭。

但这些对他们来说有什么重要呢？这两日杭城不太平，谁也不愿多管闲事，唯独把自己的孩子往怀里紧了紧，而已。

一、竞拍

> 烟浓浓啊烟浓浓，客人来趁三点钟。三节四节八九节，河江里厢来接龙。
>
> ——《拱宸桥踏歌》

三日前。

平津学生南下抗议，整个杭城的大学全都停止授课，学生纷纷上街游行抗议，他们似乎在一夜之间充满了杭城的大街小巷，叫着嚷着，举着旗帜来回穿梭。

但这些都好像同艾蕊无关，她依旧淡然地品着茶、听下属汇报实况，或者站在“维也纳”的窗口，眼看着官兵镇压学生团体。

项允中一边为艾蕊倒红酒，一边唉声叹气。他叹着：区区几个学生，何至于出兵镇压？

艾蕊倒是平静地接过红酒，只浅浅一笑，道了句，与我无关。

与艾蕊的满脸坦荡不同，项允中却像是满腹心事，他望着兀自品酒的艾蕊说，若是真能与你无关就好了！大小姐你就这么直接拒绝戴老板，真的好么？

艾蕊拿着酒杯的手一顿，红酒还是倾斜的角度在杯里摇晃，说，你以为，镇压学生运动这种命令，真的是戴老板下的么？

其实很多时候，艾蕊都不用出手伤人，只消一个眼神，就足够让对方冷汗涔涔了，就像现在，即使艾蕊话语中的冰冷不是针对项允中，余威也足以让项允中定定地站在原地，动弹不得，半晌，才接上话，大小姐的意思是……

陈骏夫……

艾蕊言罢，把高脚杯往桌上一推，也没有过多地谈论这个戴笠的死敌，南京政府的事，她哪里管得到，复又站回到窗台边，正巧看见楼下不远的路口，士兵用枪托砸倒了一个学生。

不论是士兵还是学生，看上去年纪都不过二十，想来在以往正常的杭城，不足二十岁的人，是绝不会走上街头巷口，或是举枪正对着同龄人，或是拉起横幅，喊着口号走过学校、商铺和政府。

倚在窗边，艾蕊顾自哼了声，说你们都没有错，只是碰巧赶上了这样一个时代。

项允中随即应声附和，似乎追随艾蕊多年，不管艾蕊说什么，他从无异议，只随即提醒她，该出发了。

艾蕊再次用大衣把自己裹成了一副慵懒的样子，亦懒懒地问项允中今日都会有哪些人。

今日拍卖的店址在拱宸桥一带，大户们都很重视。项允中说着递上艾蕊的手杖和礼帽，复又继续：郑五爷和白三爷也都会到。

艾蕊何尝不知道，这些人重视的哪里是一个茶馆，而是整个拱宸桥码头。对于郑蓦和白振平的出席，艾蕊仿佛并不在意，只淡淡地问了句，清野呢？

而项允中亦不知道，早前他们安插在日本方面的内应只透露过，日本会有代表出席，暂未确定是否是清野中佐。

唔。

此番过后，艾蕊就再也无话，任由项允中一如既往地走在前方，为她拉开车门，再绕回驾驶座发动；任由学生团体从她车边喊着口号路过；也任由党国的军队像是对待外敌一样，荷枪实弹地镇压这些学生。

以往艾公馆所在的北山路从不会有这么多人，只因地处西湖附近，又多别墅公馆，除了大户人家，很少有人能踏足这里。

而艾公馆便是别墅群中独树一帜的大宅，濒湖临街，建筑面积有九百五十平方米。别墅东侧一幢奶黄色的二层西式楼，构筑精致。此楼面临西湖，上下都有宽大阳台，南部有一钢筋水泥浇砌的楼台，上为阳台，下为廊棚，汽车可直接驰入廊棚进入门厅。

北山路短短一段，车子却开了如此久，久到艾蕊的雪茄已经抽完，也懒得再点第二支。

烟雾吞进肚子里的时候艾蕊在想，这样的拥堵在从前是绝对不可能的，因为她小时候，很怕走这条路，她从不怕刀枪战火，她只怕黑和空旷。

允中，绕开北山路。

大小姐，您真的不下车管一管？

车窗外那些手无寸铁的学生，像是疯了一样妄图去对抗军队，却在警棍和子弹的威慑下四下窜逃，艾蕊看着他们，骂了句蠢货。

告诉张嫂，必要时可以开门救人。

是。

拱宸桥阳春茶园。

艾大小姐到——

到了竞拍场地才发现，今日被堵在路上的并非只有艾蕊一人，在场各位老板无不感叹今日的路况，听闻艾蕊到来后，才安静少许，齐齐看向艾蕊。

郑蓦是早已到了的，原本正与金器行黄老板谈笑，见到艾蕊，即刻向黄老板道了声失陪，转身迎向艾蕊。艾蕊倒也不介意在人前与他相拥，二人娴熟得如热恋情侣。

相拥着的时候郑蓦说，小艾，白老三这次志在必得，你我都不一定敌得过他。

艾蕊像是丝毫不受影响，依旧没有温度地笑着，随手把手杖和刚脱下来的手套递给项允中，露出红得像血的蔻丹，抬眼看着郑蓦脸上严肃的颜色，附在他耳边，轻声问，你我二人财力之和，如何？

呵出的气刚好钻进耳郭，像是羽毛一般，郑蓦不露痕迹地避开，复又把艾蕊往怀里一紧，不置可否。

刚好白振平此刻拉开了架势出现在门口，郑蓦注意到白振平身后的几个日本浪人，就笑笑地对艾蕊说，今日清野恐怕不会来了。

其实清野来不来艾蕊根本不关心，她的眼神现在全部停留在刚就座的白振平身上，她和郑蓦同在前排，中间间隔了四五人，心下同郑蓦的想法一样，清野是不会来的了，白振平身后的几个日本浪人基本就证实了，这位日本人的大舅子，是代表日本来竞拍的。

郑蓦不露声色地向艾蕊递了一个眼色，纵使集两家财力之和，也不能让拱宸桥落入日本人手里。艾蕊望着郑蓦，想着他是个商人，必然不会放过拱宸桥。拱宸桥一带已然成为杭城的娱乐中心。烟花之地或是茶馆戏楼，都吸引武林门以南的杭城人，南来北往，讨黄包车，过登云桥，或是三里洋，都要赶到拱宸桥去。每到傍晚，拱宸桥三条马路上车来车往，这边茶馆的包车刚刚跑过，那边戏院散场的人就嘈杂着涌出来了。

这样一个寸土寸金的地方，断不能落入别国人手中。

而艾蕊自身，倒不十分在乎拱宸桥的商业价值，她顾忌的是，拱宸桥紧邻日租界，又东西横跨京杭大运河，一旦被日方作为军用，后果不堪设想。

这样想着，艾蕊在刚开场就报出一百万的天价也便不算过分了。

场内一阵唏嘘，别说一百万，对于杭城的普通民众来说，五十万，就足够一家人一辈子衣食无忧了。

白振平却并不参与他们的唏嘘，顾自把玩着手里的貔貅。那是由天然钛晶雕刻成的把玩件，在贵族们争相把玩珍珠翡翠的时候，白振平手上的钛晶倒是让人有几分看不懂，艾蕊却对这种舶来的收藏品极为熟悉，就像此刻，她一边判断着这枚钛晶的晶体和价值，一边看着白振平的手指拂过貔貅的头颈，他说，两百万。

四百万。

八百万。

几个回合下来，其他老板已经变成了看客，只得怔怔地看着艾蕊和白振平一来一去，一个轻摇着手中还冒着热气的咖啡杯，偶尔喝上两口，一个把钛晶貔貅翻来翻去，拇指一遍一遍划过貔貅的头部和身体，似乎这样，就能把它磨得锃亮。

一千万。

这二人的竞标终于在郑蓦的报价前骤停，原先直愣愣看着艾蕊和白振平的看客又尽数看向郑蓦，但是只看得到灰黑色的呢子大衣，并不能看清大衣主人此刻的神情。

好，就一千万。白振平兀地站起，年初的杭城是极冷的，白振平起身时，长及脚踝的白色披肩差点带翻了椅子，他从日本浪人手里接过手杖和礼帽，说，但我用金条支付。

郑蓦这才转头望向白振平，眼里含着笑，做出个“请”的姿势，说，那就恭喜白三爷了。

然后白振平双手抱拳，微微回礼，脸上是一种无法形容的神情。他和郑蓦都不会忘记，清野强娶白苏平那年，他是怎么跪在郑公馆门前，被雨淋得像只仲夏里的狗。

二、杜成

“金条!”艾蕊阴沉着脸闷在车里，南京政府刚推行法币，他白振平哪里来这么多金条。

郑蓦也同样阴沉着，兀自在车里抽雪茄，他平日很少抽烟，雪茄上还有上次细心剪过的痕迹，烟雾缭绕里，他还是不能理解为何艾蕊喜欢把自己裹进烟雾当中，尽管这的确是一种灰白如雪、草卷如茄的东西。

他也观察过艾蕊抽烟的样子，她总是用长火柴去点雪茄，点着火柴后，也不急，等硫黄消散，才将雪茄烟身在火焰上不停且有规律地转动略烤，再均匀地点燃雪茄头。艾蕊一边点烟一边说，你上次给我送来的巴西雪茄并不好，以后还是抽古巴的宾治牌吧。

于是他看了看手里的丹纳曼雪茄，巴西雪茄在欧洲的声誉最好，丹纳曼是郑蓦最喜欢的牌子，从苏门答腊进口的烟叶相比于巴西本土货，较为柔韧软绵，烟叶比较清雅，略带坚果味道。

在一片坚果味道的烟雾里，郑蓦兀自在其中瞪着眼。日本人的狼子野心越来越明显，日前大量向中国走私货物吸收法币，妄图同中国打金融战，何况以日本人的横行，直接购买并不是他们的惯用手法。但若不是日本人在背后撑腰，白振平花那么多金条收购拱宸桥码头，到底是为什么？如果他不是日本人的人，那他到底姓国还是姓共？

直到前方艾蕊的车子渐渐开远，郑蓦还是没想出个头绪，只打开车窗，让烟透出去一点，复又小心地把没有抽完的雪茄剪掉收起，这并不是丢人的事情。才抬头吩咐司机，去医院。

郑蓦的车停在医院门口并不稀奇，这家医院几乎姓郑，郑蓦每年不断地往里投资，而这么多年事实也的确证明了他的远虑——在本就不太平的日子里做他那种生意，医院于他而言极其重要。

刚踏出车门，郑蓦就看见郑尤的主治医生景洛伊，这是一位年轻的女医生，刚从德国回来，技术在医院里数一数二。此刻景洛伊正左顾右盼地张望什么，郑蓦随即迎上去，礼貌地微微一礼，问道，景医生，等人？

景洛伊手上提着药箱，看向比她高出一个头的郑蓦，回答说艾公馆来电请她去一趟，可是等了十数分钟，也没有黄包车经过这里。

我送你去，听到“艾公馆”，郑蓦下意识地紧张，面上仍一副儒雅的样子，走在景洛伊前方不远，为她拉开车门，景医生，请。

郑蓦熟门熟路地领着景洛伊走向书房，一路艾公馆的佣人无不毕恭毕敬地喊“五爷”，但也没有一个为他们带路，或者告诉他们艾蕊此刻在哪里，仿佛郑蓦并不是艾公馆的客人，而是主人一样。

看到艾蕊好端端地坐在书房里品咖啡，郑蓦才算放下心来，在艾蕊“你们怎么一起来了”的疑问里，走到可以躺进一个人的欧式沙发里坐下，说，你怎么了，我当你同白老三开火了呢。

艾蕊漫不经心地一笑，让项允中带景洛伊先去客房，自己则拿起咖啡杯坐到郑蓦对面，说，张嫂救了两个学生。

张嫂是艾蕊在路边一家酒馆的掌柜，酒馆的地窖与艾公馆相通，多年来艾蕊并不指望这间酒馆挣钱，更多则是把它当作窗口，毕竟以她的身份，有些事情不方便亲自去做。

所以郑蓦当然知道被艾蕊省略掉的部分是：她默许张嫂救下这两个学生，张嫂救不了，就送到艾公馆来了。他问了句，地下通道暴露了么？

没有，艾蕊说着又划着了一根火柴，看着火焰的光和硫黄味在面前弥散，说，他们来时已经昏迷，不知道还能不能救。

景医生回来的时候，他俩正在商议拱宸桥怎么办。艾蕊提议去抢回来，郑蓦建议干脆炸毁，但是炸毁的计划最终还是顾忌拱宸桥一带有很多居民来不及疏散而作罢。

他俩都看见了景洛伊，只是没人有空去理她。景洛伊帮着郑蓦处理过许多“非正常外伤”，他俨然已经把她当作了自己人。郑蓦示意她先坐，然后继续讨论用什么方式去抢码头。艾蕊说让行动队去，即使失败了，还能把责任往上推。但郑蓦听后摇摇头，说，中日局势一触即发，这么一来，怕是会成为日本人的借口。

最终两人达成一致，还是需要成立救国会这样的独立于政府机关的机构，否则很多很简单的事情无法开展。

艾蕊这才想起来景洛伊还在这里，转头向她，问，学生怎么样？

两个学生都是皮外伤，已经醒了，没什么大碍，休息几日就好。景洛伊其人，同她说话一样大大咧咧的，长得却是很细腻，算不上是美人，倒也有几分可爱。她睁大眼睛补充道，刚同他们聊了几句，颇有救国思想呢，还设定了一整套打击日本金融战政策的方案。

没大碍就让他们走。有热情没脑子，要他何用。艾蕊说完，闷着声把手里的空咖啡杯放在茶几上，再往里弹了弹雪茄，复又抬眼看向景洛伊，问了句郑尤可好。

这一问，原先目光一直停留在艾蕊身上的郑蓦也跟着转头看向景洛伊，在听到“病理上应该醒了，但他一直昏迷不醒”的答复后，沉默了一会儿，蓦地起身，说，小艾，我去趟医院。又说，景医生，你回医院么，我送你。

郑蓦前脚刚走，项允中就送来付白衣的密函，是戴笠的指示，破解后全文尽是催促获取“孤岛计划”和成立救国会。艾蕊把密函和雪茄放在一起，也不置可否，只吩咐项允中去查那两个学生的底。她只知道，这两个学生，一个叫杜诚，另一个叫庞全涛，都是国立浙江大学的学生。

密函很快被雪茄点燃，火光星星点点地跳跃，窗外突然一个闷雷，淅淅沥沥地下起雨。

“救国会……”

再一次听到那两个学生的消息，是在两日后。“维也纳”三楼的弧形围栏，被漆成金色，张开双臂，像是想要拥揽这杭城全部的歌舞升平。艾蕊背倚着围栏，有一搭没一搭地抽着雪茄，郑蓦站在她对面，皱着眉对她说，少抽点。

宾治牌雪茄烟味特别浓郁，艾蕊整个人被烟笼罩着，说，戒不掉，也不想戒。她已经知道了昨日凌晨，郑蓦的一班码头工人去拱宸桥抢码头，原本想打个出其不意，却是损失惨重，对方根本就预料到他们会去。

为了这个，艾蕊特地请郑蓦来“维也纳”商议对策，郑蓦倒是一副无所谓的样子，耸耸肩说，死几个人有什么关系？

项允中气喘吁吁地跑来告诉艾蕊，庞全涛死了，死在路边。

艾蕊咬着雪茄两秒没动，雪茄头扑簌扑簌明灭着。那两个学生，是艾蕊昨日吩咐管家送出门的，依旧是从张嫂的酒馆出去，艾蕊不想给自己惹事。

艾蕊：怎么死的？

项允中：法医鉴定是脑部受外力致死。巡捕房在凌晨带走了杜诚。

艾蕊：关他什么事？

项允中：因为有目击者说，昨晚见到他们二人有过争执，还打了起来。

蠢货。艾蕊骂着，掐灭了还剩半根的雪茄。

郑蓦看了看，从口袋里拿出一盒丹纳曼雪茄，说，还是抽这个吧，烟味没那么浓。然后问艾蕊，要不要去巡捕房看看。

不去，我已救过他一次，他自己没造化。

艾蕊言罢转身，扶着明晃晃的围栏往下看，楼下的舞台上是个新来的歌女，特别卖力地在唱那首《何日君再来》。

早前刚见到这个并不算美的歌女时，艾蕊觉得她的身形有些熟悉，问她，你叫什么？

蝴蝶梦。

你读过这部小说？艾蕊些许惊讶地看着她，怎么也不相信她会读过这本尚未在中国流行开来的、英国悬念浪漫女作家达夫妮·杜·穆里埃的作品。

是，我很向往那个曼陀丽庄园。

嗤，艾蕊嗤笑着说，我倒希望我是书里的吕蓓卡，即使死了，还始终被人惦记着。

像你这样的女人，会的。

不知为何，艾蕊留下了这样一个歌女，也许是她看起来同别的歌女不一样，也许是一种似曾相识的感觉。但后来项允中问过她，她说，我不相信一个靠卖唱为生的女人，会有心思去读一部浪漫主义的小说。

不管怎样，歌女蝴蝶梦，从此便出现在了“维也纳”的金色舞台上，用独特的声线，一天一天不厌其烦地唱着：

好花不常开，好景不常在。愁堆解笑眉，泪洒相思带……

三、救国会

那日从“维也纳”离开，郑蓦就径自开车去了案发现场，地上的血迹还在，淅淅沥沥的小雨根本冲刷不掉，但尸体和证物都不会在这里等他。他问了几个当日的目击者，都是街边小吃店的伙计，比画着说那晚两个学生吵架，一个说要上前线，另一个不知说了什么，两人竟打了起来，从这里一直打到那边的巷子里，就看不到了。

郑蓦也绕着那条不算长的小巷走了一圈，希望可以找到些许遗留下来的线索，谨慎如他，总觉得那两个学生是从艾公馆出去的，此案若不查清楚，恐怕会牵连到艾蕊。

因此对于艾蕊在筹备的救国会，郑蓦毫不知情，直到收到来自艾公馆的请帖。

好在他没有白费心思，在巷口的鸡笼边，一枚与这条小巷格格不入的子弹，光秃秃地躺在地上。这是一枚直径 7.63 毫米的全新子弹，并未经过发射，他拿起子弹看了看，大致判断是来自毛瑟冲锋枪，但随即又陷入了思考。

这种枪当手枪尺寸太大，当冲锋枪又不易控制枪口上跳。但军阀混战时期不在军火禁运之列，因此成了各派武装的首选。换句话说，也就是谁都有可能使用这种枪。

郑蓦想了想，还是拿回去，让艾氏工业的人鉴定吧。

在郑蓦独自寻找线索的同时，艾蕊正忙着在位于西湖边南山路“拱廊”酒吧的开业宴请，酒吧地处柳浪闻莺附近，完全欧式的建筑，垂下来的廊灯，和悠长的抱青长廊。

“拱廊”开业那天全杭城的商贾都前来祝贺，包括白振平和清野建川，艾蕊在给清野的邀请函里特意写了，诚邀清野夫妇，故此清野把白苏平也带来了。

此前郑蓦送景洛伊回医院的路上，景洛伊告诉他，这么些天了，郑尤是应该醒了的，一直昏迷，怕是求生意识不强。她问郑蓦，郑尤是否还有在乎的人。

郑蓦这才意识到郑尤的可悲，除了他这么个兄弟，只有个一直视他为阿弟的艾蕊，除此而外他好像谁也不在乎，也没人在乎他。思前想后，好歹想起，还有个已经嫁为人妇的白苏平。郑蓦当时犯难地同艾蕊一提，要以什么样的由头，才能请来清野的妾室。艾蕊眉毛一挑，看上去并未买账。

而此刻白苏平就在距离郑蓦不足五米的地方，挽着清野的手，留下一副郎才女貌的样子，听着艾蕊说，清野先生，我一定要教会你太太品酒。

清野说，好，那就有劳艾老板了。

其实清野一直想在艾蕊身边安插一个内线，艾蕊的存在对他来说像是一枚不定时的炸弹，他始终觉得，艾蕊这样的女人，会在不知觉的情况下，毫无防备地炸他一下。只是最近时局紧张，再者他是个极精明的人，他估算过得罪艾蕊的投入产出比，因此迟迟没有行动。今次把白苏平放在艾蕊身边，清野求之不得。

谈笑间，艾蕊看见郑蓦示意她过去，向清野道了声失陪。清野也颇有风度地一礼，带着白苏平同别人寒暄去了，不管清野说什么，白苏平始终都是低眉顺眼地站在一边，既已知道她在清野家过得并不好，郑蓦完全不能理解白振平是怎样做到放任不管，自语着说，这白老三，当初可以为了妹妹来求我，如今巴上了日本人的大舅子，兄妹之情哪去了？

艾蕊说，他就不是个人。

第二天，杭城的各大报刊就发出了杭城各界救国联合会成立的消息，这个简称救国会的组织，半独立于国民政府，由杭城巨商郑蓦和艾蕊出任襄理，但没有人知道，它具体在哪儿。

信息满天飞的当天，艾蕊请北川和清野在大华饭店吃饭，她知道清野一定会把白苏平带来，她也确定白苏平一定会不胜酒力。艾蕊让项允中护送白苏平先行离开，清野并没有反对。那天艾蕊喝了很多酒，也说了许多话，说想在当下保持住家族产业有多难，说国民政府逼她出任救国会襄理，也说还不如让她安静地做一个花瓶。

她微醺的样子在追求美女的北川眼里好看极了，递了杯香槟给她，不料竟被拒绝了，艾蕊说，不喜欢这种有气泡的东西，只需要看上一眼，胃里就开始翻滚。

然后艾蕊看到北川和清野都笑了，她也跟着笑了。她不确定北川信不信她说的话，不过，信不信都无所谓，至少现在，白苏平就在医院里，在郑尤的病床边。

项允中一路把白苏平送到医院，没人知道这辆艾公馆的车里坐着的，是日本驻华中佐的夫人，即使只是个妾。

也没人知道白苏平是带着怎样的心情推开郑尤病房的门。

当年的白苏平，也是接受国外新思想的大小姐，并不像现在这副唯唯诺诺的样子，她并不在乎郑尤只是艾家收养的、没名没分的孩子，反倒是常情窦初开地央求：郑尤，你娶了我吧。

郑尤总是半开玩笑地说，我才不要娶你，你那么胖。

其实白苏平并不胖，就算是现在，穿着肥大的和服，身材也是窈窕的。只是同过于消瘦的艾蕊一比，她就有些圆润了。

原本坐在病床边的郑蓦，起身说，来了？他把床边的沙发让给白苏平，转身和项允中一起出去了，项允中跟在他后面，伸手带上了病房的门，门被关紧之前，项允中看见，白苏平坐在郑尤的床前，肩膀微微有些颤动，好像在哭。

门“咔嚓”一声关上的时候，项允中仿佛听到郑蓦对着病房的方向叹了口气，声音很轻，项允中却听到了，说，五爷，您有任何需要，我们大小姐一定会鼎力相助。

项允中只是不知道，郑蓦见到白苏平，就又想到了当年，白振平来郑公馆求他的样子。

当时白振平的产业远没有现在这么大，好端端在学堂上学的白苏平不知怎的被清野建川看上，屡次追求不成，清野竟然派了帮日本浪人，把白家上下围得严严实实。白振平走投无路，只得向当时已出任杭城商会会长的郑蓦求助，却连郑公馆的门都没能进去。

那时候郑蓦正在房里同郑尢打台球，外面几声闷雷，下人来通报说白三爷来了。郑蓦连球杆都没有动一下，就让下人回话，说五爷没空。

他当然知道白振平是为什么而来，清野追求白大小姐的事情闹得满城风雨，他犯不着为了一桩亏本的生意去得罪日本人。何况他问过郑尢，究竟是否中意白苏平，若你喜欢，我做主让你娶了她，若你不喜欢，我便不阻拦她成为日本的中佐夫人。

郑尢也说不上对白苏平究竟是什么感情，直到白苏平出嫁那天，他才意识到一种抑制不住的心痛，这种心痛，在后续得知清野在日本原就有个妻子、白苏平嫁过去只是个妾时，被无限扩大，变成了对她的无尽愧疚。

但无论郑家兄弟心里有多愧疚，白振平都是看不到的，他只记得，当日他在郑公馆门口，呆站了很久，他没有退路，七尺男儿，就这样在商业对手的门前，像一只狗一样地跪下了。

下人再一次来通报，说白三爷跪在门口，郑蓦持杆的手一偏，九号球直直地撞在了库边，原本打算一杆清场的郑蓦，懊恼地挥挥手吩咐下人：请三爷回吧，郑某无能为力。

后来白振平也去过艾蕊那里，同样也未能踏进艾公馆，就被项允中的回话给挡了出来：郑五爷都无能为力的事，艾大小姐更爱莫能助了。

因此他们三人，都不应该忘了那个仲夏，沉闷的气压和淅淅沥沥的雨，以及在雨中摇晃着，独自回到被日本人围得水泄不通的家里，次日就把妹妹嫁给日本人的白振平。

郑蓦回了回神，又叹了口气，才回复项允中说，替我谢谢你家大小姐。复又从大衣口袋里拿出那枚子弹递给项允中，问他可知道是来自哪种手枪。

项允中用拇指和食指捏着两厘米左右的子弹看了看，说，不好判断，要拿去给工厂师傅鉴定。郑蓦说，别闹大，让小艾自己鉴定吧。

深夜，艾蕊坐在书房里，像一个专业的师傅那样，用镊子拿起那枚子弹，放在灯前反复翻转，不时拿着仪器比画，最终摇摇头，把眼镜拿下来，看了眼一直等在书房的项允中说，没用的，只能证明是 M1932 毛瑟冲锋枪，这种枪谁都能用，根本不能作为证据。

项允中：那是否可以证明，杜诚不是凶手？

艾蕊：不能，子弹未经发射，只能证明当时有第三人在场，但无法证实这个第三人就是凶手。

项允中：看样子，杜诚是没得救了？

艾蕊：不一定，看谁去救。

项允中把子弹还给郑蓦的时候，郑蓦正在他的丝绸公司开董事会，项允中在一边等到他散会，才一字一句地将艾蕊的话转达给他。郑蓦接过子弹，不置可否，转身倒了杯香槟递给项允中说，我不明白小艾为什么不喜欢香槟，然后冲着项允中举了举杯，Cheers。

Cheers。

在项允中眼里，艾蕊和郑蓦的一切行为都高贵得不真实，像个贵族，在他们面前，他就像一只狗一样颤颤巍巍地生活着。但转念一想：现在这种时候，哪还有什么名门望族，战争一打响，一样说死就死。

还是需要找个人证。郑蓦说着，仰头又喝掉了一杯香槟。

项允中并不明白为何郑蓦对于杜诚的案子有如此执念，何况这是个连艾蕊自己都不在乎的案子。前些时间是有巡捕来过艾公馆，都被项允中拦在门外，艾蕊的身份，哪是区区巡捕说查就能查的。

巡捕的头子姓马，这一带都叫他马头，在项允中面前点头哈腰地解释，说，这只是例行公事，简单的背景调查。项允中说，滚蛋，你有几个胆子，敢来查艾大小姐。

对于项允中的态度，艾蕊一向无所谓，事实上，她好像对什么都无所谓，对郑蓦也一样。

四、保释

直到杜诚案眼看就要开庭审理，郑蓦还是没能查出来什么头绪。他有种感觉，杜诚一定是无辜的，否则巷子里凭空出现的子弹无法解释，两个学生，游行那天被巡捕追打得四处逃窜，哪里可能会有枪这种物品在身上。

何况那日，他俩伤势刚好，就算是年轻人热血上头打上一架，也没可能当场打死对方。

只是目击证人都一口咬定，确实有两个学生走过这里，一路打到那边的巷子，然后只有一个人从巷子里出来了。

那么，巷子里的居民呢，难道什么都没看到，也没听到？

艾蕊也知道现在外面的流言有多难听，有说因为那两个学生听到了艾蕊什么不可告人的秘密而被灭口的，也有说她收了日本人的钱，所以要杀了这两个爱国学生的。总之一时间所有人都认定了，艾蕊就是汉奸。

这是从那日，艾蕊在大华饭店宴请北川和清野开始的。

那个寻常得不能再寻常的午后，艾蕊抽完最后一口雪茄，同北川和清野一起出门。走到门口，北川看看外面晴好的天气，说，艾老板，以后还要多多合作。

艾蕊笑笑，刚要说合作愉快，余光瞥到对面的楼顶，一闪而过的光。艾蕊下意识地认定是狙击镜的反光，猛地把北川往反方向一推，自己则扯过大衣的裙摆作掩护，裙摆立即变成宽大的屏风，把她自己和北川都牢牢罩在里面，清野登时掏出枪，往对面的楼顶“砰砰”两枪。

混乱中一枚子弹穿过艾蕊的大衣，“砰”地打在门框上。

他们三人都没事，当然，清野也没能抓住楼顶的杀手。但那之后，杭城就遍布了艾蕊同日本人交好的消息，甚至传说得有鼻子有眼，连艾蕊自己都快要相信了。

当时艾蕊把报纸往桌上一拍，眼里含笑地说，杭城军火巨商舍命救日本人，谁取的标题，怎么不干脆说，艾某情系日军少将好了。

项允中莫名地看着她在快被流言吞了的时候还能用事不关己的态度开着玩笑，心里猜测着艾蕊是否真的不介意。刚好这时候，郑蓦来了。

郑蓦告诉艾蕊，目击证人找到了，是巷子里的一位老人，当天看到了杜诚同庞全涛打进巷子，然后杜诚一拳打下去，庞全涛就倒在了地上。但是杜诚离开的时候庞全涛并没有死，老人反复确认这一点，还说当时犹豫了一下，要不要下楼去看看。但杜诚刚走，就有个高个的男人走过来，俯身看了看倒在地上的庞全涛，然后站起来，走到鸡笼那里捡了块石头，猛地砸了下去。

这枚子弹，应该就是凶手去捡石头的时候掉落的。郑蓦又拿出了那枚没什么用处的子弹。

艾蕊边听边摆弄手上满是流言的报纸，后来干脆折成小船，说，那名男子，有什么特征么？

老人只说是大高个，穿着灰黑色的呢子大衣，头发梳到后面，看起来像个小开。

那岂不是和子弹一样没用，这种特征的男人，“维也纳”门口的拆白党们个个符合，同样无法定位。艾蕊说着，拔出手杖里的长剑，“噗”的一声刺进报纸折成的船。

相对于艾蕊的泼冷水，郑蓦倒显得热情十足，项允中倒也见怪不怪，凡事只要能同艾蕊沾上边，郑蓦就会变得很上心。郑蓦对艾蕊的用心，所有人都看得见，只有艾蕊在装看不见。

或者看见了，她只是不在乎。

开庭那天艾蕊根本就没有去，自始至终艾蕊就没有露面过，也不会有人觉得奇怪，她若是露面了，才意外呢。

被押着出庭的杜诚，即使换了身干净衣服，脸上也明显有被虐打的痕迹。这让在一旁顾自摆弄雪茄的郑蓦有些好奇，被打成这样还没有屈打成招，也算是条汉子。

可是刚开庭不久，就有巡捕来通知法官，证人死了。

全场一片哗然，最震惊的应该是郑蓦，他手里还捏着一根没有点着的雪茄，脸上的表情越来越冷，在法官还没有宣布休庭之前，就戴上礼帽，独自离开了。

郑蓦赶到的时候现场已经被巡捕封锁，他走过去，不露声色地往马头手里塞了叠法币，马头便扬着声说，五爷，亲自查案哪？

老人看上去安详地躺在卧榻上，屋内并没有打斗的痕迹。马头蹭过来说，应该是自然死亡。郑蓦摇摇头，问，老人可有遗嘱？

巡捕找遍了房间也没找到任何一个可以当作遗嘱的东西，郑蓦哼地一笑，说，叫验尸官来吧。

后来艾蕊问他，你怎么认定老人是他杀？

郑蓦说，因为那日老人说过，他有两个和杜诚差不多大的儿子，在争抢他的房产。

由于证人意外死亡，案子一时无法审理，但证人的遇害，证明了此案并不是两个学生斗殴那么简单，确实存在第三方势力，一时间，案子又被顶到了舆论的风口浪尖。

景洛伊是受郑蓦之托去探望杜诚的，回来后她难得一脸严肃地告诉郑蓦，如果再不救他，杜诚就要死在里面了，他身上的伤不送医院根本没法治。

郑蓦沉默了一会，说，景医生，你开个证明到我这里盖章，去把他保释出来，我不能让一个无辜的人被冤死。

而后郑蓦在杭城的冬夜里，一个人，一盏灯，反复看着那枚没什么作用的子弹，然后从书桌的抽屉里，打开早就被锁上的盒子，那一堆工具，就和当年，他还在艾成身边时一样。

“小艾，等你长大，嫁给蓦哥哥好不好？”

“好啊！”

艾成司令还在的时候，总是开玩笑似的问艾蕊要不要嫁给郑蓦。那时候郑蓦还是艾成的副官，对艾蕊而言，艾成并不算是个严父，但对于艾蕊那两个兄弟，却是极其严厉。艾成的如夫人总是抱怨，说他对亡妻留下的女儿，比对儿子还要重视。

这一点从遗嘱上就能看出来，不管如夫人怎么闹，艾成还是将五成的遗产都给了艾蕊，也在生前就把家族产业转到了艾蕊的名下。而艾蕊的大哥艾坤和弟弟艾肯，二人一共才拿到五成的家产。

而艾蕊对郑蓦的疏远，也是从艾成过世后开始。她始终认为，艾成的离世是因为遭人背叛，刚好此时，是郑蓦消失的那三年。艾蕊也始终不相信，郑蓦是靠自己白手起家，成为这偌大杭城的丝绸巨商。

郑蓦也无法解释，这么些年，他只得在艾蕊冰冷的眼神里加倍地对她好，试图去挽回一些。但艾蕊，已经完全变成了一个冰冷的人，都说女人是水做的，可她就好像是零度的水，怎么也捂不热。

入夜的艾公馆，伫立在漆黑的西湖边，和闹市区的车水马龙不同，这里幽静得让人心寒。

书房里，艾蕊从口袋里摸出一枚子弹头，这是那日，她从大华饭店的门口捡回来的。自家产的弹头，发射药已经烧完，只剩被熏成黑色的空弹头，艾蕊看了看子弹，又抬眼看了看项允中，说，下次留点神，这种规格的子弹，很容易让人认出来。

项允中不自觉地双脚并拢说，明白了。而后又疑惑地问，为什么要安排大华饭店这场戏。

艾蕊再一次用足以让人冷汗涔涔的眼神盯着项允中，良久才说，连同我一起刺杀，北川才会相信，我是他那边的人。

项允中：可是目前的舆论对你很不利。

艾蕊：舆论有什么要紧？

艾蕊说这话的时候，项允中有一种错觉，这话的语气很像郑蓦。

“死几个人有什么要紧？”

不管艾蕊再怎么疏远和否认，她和郑蓦，始终都是一类人。

此时与艾蕊和郑蓦不同，杜诚的眼前好像一切都明亮了，在他见到景洛伊持有郑蓦签字的证明书来保释他的时候。景洛伊看着他身上脸上的伤口，说，你不用感谢我，是郑五爷的意思。

不管怎样，杜诚觉得，总算是离开这个鬼地方了，他早前还听说，自己要被转到上海工部局的监狱，一时绝望得差点一头撞死在监狱。景洛伊听他这么说，含着笑责怪他：那你当初的救国热情呢？

自己都快要死了，还怎么救国。

人快死了，医生会救，国家快要死了，谁来救。景洛伊说着，办完全部的手续，把杜诚塞进车里，径直开到医院去了。

那晚大风掠过杭城，满城的香樟树被吹成狰狞的样子，艾蕊叫下人关上了艾公馆的所有窗子，她从小就怕带着哨子的风声；郑蓦也睡不着，躺在床上想着：艾蕊小时候，一有刮风打雷，就吓得躲进他的房间，那现在，你能躲进哪里呢？

而杜诚，干瞪着眼躺在病床上，身上的伤口尽数被细心包扎好，回忆起这两日发生的事情，好兄弟莫名死了，自己更是莫名地含冤入狱，原来书本上说的，都是假的，并不是你有满腔的热情，就真的能干出一番事情的。

窗外的香樟树，被风吹得，更加狰狞了。

第三章　明楚

这日的“大都会”舞厅十分清冷。

半个钟头之前，这里发生了枪战，打扮得体的男女一时间全部抱头鼠窜。地上还留着尸体被拖动过的血迹，长条的，十数米。

有不怕死的路人，哆嗦着问巡捕，老总，这儿发生了什么事？

巡捕象征性地挥着警棍说，上面办案，想活命别多嘴。

巡捕房的探长，这一带都管他叫马头，兀地扔掉抽完了的烟头，恶狠狠地踩了踩，还啐了一口，说，娘希匹，军统那帮混蛋，每次都让老子来擦屁股！

一、春意

杭城这样的地方，一旦入了春，就是极美的，满园满园的郁金香，同柳浪闻莺一样浪漫。

如果这种浪漫不被打断的话，甚至少有人会意识到，如今身处这样一个乱世。

朴旭伟是晚饭后才到家的，自从出任钱塘江工程局副局长，他就总感到盗汗，整夜整夜地胡思乱想，生怕哪一天，上面一变动，自己连跑路都来不及。

所以他把老婆和孩子都送到了香港，他知道局里和他一样想法的人还有很多，只是互相都不拆穿。工程局统筹办理的海塘工程，从一九二八年开始，这么些年，不仅国民政府重视，日本人的眼睛也没少盯着。

何况现在，清野建川还掌握了拱宸桥。

朴旭伟像一只垂头丧气的公鸡，耷拉着脑袋晃进门，随手把脱下的大衣挂上衣架，大衣的重量明显不同于往日，衣架跟着动了动，朴旭伟才想起来，从大衣内袋里，拿出一大一小两根金条，“啪啪”两声扔桌子上，说，他奶奶的，跟着谁不是混。

“混”字还没说完，“砰”的一声，朴旭伟的头上就多了个血洞，他没来得及看清从对面大楼内一晃而过的杀手，瞳孔就已经扩散，他真该庆幸把老婆孩子送去了香港。

听到上海陈明楚叛变的消息时，艾蕊正窝在“维也纳”的沙发里看《蝴蝶梦》，歌女蝴蝶梦的出现，倒让艾蕊重温起世界的另一边那个浪漫的曼陀丽庄园，她刚读到吕蓓卡的忠仆点燃一把火，阴森狰狞着想要烧毁整个庄园，项允中就风尘仆仆地走进房间，打断她说，大小姐，上海的陈老板，叛变了。

陈明楚？艾蕊合上书本，实际上，未经翻译的英文原版书，着实看得艾蕊眼睛生疼，艾蕊转头问项允中，他投靠谁了？汪精卫？

项允中点点头说，是，刚从上海传来的消息，陈明楚后天会抵达杭城。

艾蕊“哼”了一声从沙发里坐起来，手指了指桌上的雪茄盒，项允中立马上前两步拿过来递给她，为她点燃一根雪茄，登时浓郁的烟味就弥漫了整个房间，艾蕊弹了弹烟灰，说，去年不就有医生断言，汪精卫活不过十年，陈明楚现在去投奔他，不是自寻死路？

项允中应承着，又拿过一个烟灰缸放在艾蕊面前说，汪精卫现在同日本人走得很近，怕是要再次对抗蒋公。

那就等戴老板的指示吧。艾蕊说完，又打开那本《蝴蝶梦》，翻到刚才读到的那一页，继续看那个中年善妒的老仆，纵火毁掉迈克西姆苦心建立的曼陀丽。

陈明楚是艾蕊在特训班的同学，当时在班里，他就是个特别出挑的学员，艾蕊记得当时戴笠莅临特训班，说“天下兴亡匹夫有责”时，陈明楚当时眼里的光。

而今年除夕还在上海合作过的陈明楚，已显然没了当年的意气风发，也不再学着蒋公的样子说“地无分南北，人无分老幼，无论何人，皆有守土抗战之责任，皆应报定牺牲一切之决心”。那时候艾蕊兀自认为，可能是军统上海区总不太平，人员又多，且官场险恶，已经磨灭了陈明楚当年的热情和雄心了。

依照戴笠的脾气，陈明楚是不能活着走出杭城了，都不消付白衣出现，艾蕊就知道戴笠一定会下令，要她制裁陈明楚。

艾蕊这样想着，根本再看不进一个单词，便掐掉手中的雪茄，叫项允中下去准备去了。既然这个昔日同窗自己选择了这条路，那就把他当作救国会的第一个制裁目标吧。

这个案子她没有打算叫上郑蓦，因为艾蕊知道，郑蓦如今正在忙另一件案子，这是他对于拱宸桥的执念。有些时候艾蕊特别不能理解，郑蓦这样一个商界的大亨，总是对于一些事情有种莫名的执念，这让艾蕊觉得，特别娘们。

而此刻的郑蓦，又坐在桌前，反复地用各种仪器，鉴定一枚细长的子弹头，初步判断是来自 M1891/30 狙击步枪。他昨晚去过朴旭伟的家，这枚子弹头，就是他从家中带回来的。

其实朴旭伟的死活，郑蓦一点也不在意，唯独他手里有一份日本人拟定的拱宸桥码头开发方案，才是郑蓦昨晚的目的，他是抱着能收买最好，不能收买就暗杀的想法踏进门的，却惊讶有人比他快了一步，子弹已穿透了朴旭伟的头颅。

当时朴旭伟的身体还没有变冷，郑蓦绕着房间走了一圈，始终找不到码头开发方案。现场没有强行闯入的痕迹，没有打斗的痕迹，只可能是远距离狙击，而从尸体的温度来看，凶手应该还来不及折回来清理现场，因此当他在朴的脑后不远处找到一枚子弹头时，郑蓦并不感到意外。郑蓦只想：找出凶手，不管是谁，我只要开发方案。

然后郑蓦竖了竖衣领，兀自从朴旭伟家的后门走了出去。杭城的春季，风已经不再刺骨，郑蓦抬头看了看，好像这两日，春意更浓了些。

二、学联

艾蕊一直搞不清楚那些学生是怎么想的，前段时间学生闹着游行声援北平“一二·九”学生运动，随后就有十二名学生代表被捕，当中的杜诚，虽然没有因为游行被捕，却也没逃得过牢狱之灾。

尽管这样，学生们仍旧认不清鸡蛋碰石头的下场，这就又开始罢课抗议，甚至派出代表去南京请愿去了。城站火车站被一千多名学生围得不成样子，因为国立浙江大学校长郭任远近日宣布，开除几个学生的学籍，其中包括学生自治会主席施尔宜、副主席杨国华和尚未出院躺在医院病房里的杜诚。

项允中说，他们这次请愿的目的，是要求当局承认杭城学联为合法团体。

艾蕊听了，摆摆手说，我懒得管，然后吩咐项允中盯紧这两日要到杭的一船军火，说，必要时可以找郑蓦帮忙接货，就顾自下楼，换上满脸的笑，迎上玉器行的章老板，说，章老板这刚娶了第三房姨太太，看起来红光满面啊。

那晚艾蕊陪着章老板在“维也纳”喝了许多，她并不是个懂玉的人，她只懂天然水晶，但陈明楚却是个玉器行家，此次冒险来杭城，就是为了章老板刚到的这一批货。艾蕊取笑过陈明楚，说，你对玉器的瘾，跟我的烟瘾似的，只是你这个，更费钱。

艾蕊也开玩笑似的问过陈明楚，要不别干了，来我这做军火吧。

曾经陈明楚把玩着手里的和田玉，说，就让我们这种粗人在前线厮杀吧，你给我们提供后方补给不是很好吗？还说，像你这样的一个女人，如果辞去军统的职务，专心从商，必是党国的损失。

因为郑家的关系，杜诚所在的病房在医院里算是优待了，但郑蓦和艾蕊却从来都没有去探视过他，不仅没有探视，连关心都很少有，反倒是，他经常听说，郑蓦，或是艾蕊，又去了他隔壁的病房，去探视一个叫郑尤的人。

杜诚想去问景洛伊，这郑尤究竟是个什么角色，能让这样两个人一趟一趟地探视。但刚好在这个时候，他从来探视他的同学嘴里，听说了学校对他的处置——开除学籍。

然后他就像具尸体一样，躺在床上，瞪着的眼睛也不眨，就直勾勾地看着盐水一滴一滴地灌进他的身体。杜诚是余杭人，家里只有母亲和他，母亲一直期望他能通过读书走出去，砸锅卖铁也要供他念书。这是他第一次，感受到无边的绝望。比含冤入狱带给他的、比高利贷带给他的还要绝望，比先前的任何一次都绝望。

景洛伊就一直在旁边看着他，说，要不，你去投奔郑五爷。

就像是在黑暗里抓到了一点微光，杜诚的眼睛回了点神，说，好，但很快，又暗了下去，说，郑五爷，会收留我么？

景洛伊说，这个你不用担心，我可以帮你引荐。

其实杜诚真正应该担心的，是他即将投奔的郑蓦。景洛伊说，我自回国后，认识郑五爷少说也有三年了，怎么也看不懂他这个人，明明总是很谦逊儒雅的样子，却不知怎的，让人不敢靠近。

二人正说着，有护士进来找景洛伊，说，景医生，郑少好像醒了，因为原本应该放在床头的杯子被推到了地上。景洛伊猛地起身就往隔壁病房走，连多余的话都没来得及对杜诚说一句，哪怕是你早点休息。

于是杜诚就对着空气，咧开嘴，苦笑了笑。

可是三五个医生一起查了很久，郑尤还是同往日一样，没有要醒过来的意思，景洛伊一边为他盖好被子，一边暗自庆幸还好没通知郑蓦或是艾蕊，又担心郑尤，怎么还不醒来。艾蕊已经习惯了三两日就来看他，也把很多事情都说给他听，希望这些他熟悉的东西，能唤醒他的斗志，所以，连景洛伊都问或听到了制裁陈明楚的消息。

景洛伊若有所思地看了郑尤一会，就转身出去了，路过杜诚的病房时，她往里张望了几眼，可是杜诚好像已经睡着了。她一个人换下白大褂走出医院，对着远处的空气，开始想念她的家乡，那是一个纯净且四季如春的地方。

陈明楚是凌晨抵达杭城的，没有人来接站。他低调地在小旅社里住了一夜，翌日中午出发去了大华饭店，那是他和章老板约好见面的地方。侍者打开一扇包间的门，他就把手提箱和大衣都挂在架子上，兀自坐在桌边，让侍者上了壶老酒，边品边等着章老板。

但是侍者再一次拉开包间的门，走进来的却是艾蕊。

见到艾蕊的时候，陈明楚下意识猛地站起，红木的椅子也被他带得摇摇晃晃，最终“啪嗒”一声整个倒下来，陈明楚一脸见了鬼的表情：艾处长，你是来制裁我的？

艾蕊说，我看起来像么？然后自己斟了杯酒，招呼陈明楚一起坐下。她终日最爱的黑色长大衣把气氛染得很严肃，但是她的脸上却是一点杀气也没有。陈明楚不禁问她，那你是？

我只是想同你做一单生意，汪精卫那里，也是需要军火补给的吧。子弹还是订单，你自己选。艾蕊说着，慢吞吞拿出一支盒子炮放在桌上，说，我向来不喜欢用这种枪，后坐力太大。

同大华饭店里的气氛不同，正午的钱塘江闸堰码头，郑蓦和项允中有一搭没一搭地聊天，郑蓦问项允中，对于拱宸桥，你和小艾怎么看？码头的货架上，两个正月里挂上的红灯笼，惺惺相惜地在风里互相推攘。

项允中今日错误地估计了天气，穿得有些单薄，死撑了个笑脸出来，说，既已是别人的，大小姐自然懒得管，大小姐都不过问的事，我也没资格过问。

先前郑蓦在去医院的路上遇到项允中，项允中便再也不肯放过他。多年来艾蕊合作的军火商都是极其谨慎，若非艾蕊亲自去提货，就必须见到郑蓦，否则是拿着谁的签名也不肯放货的。既然遇到了郑蓦，项允中怎么也不愿冒着被责怪的风险去大华饭店打断艾蕊了。

郑蓦当时在车里，一边掐灭手上刚抽到一半的雪茄，一边笑着打趣：我这个名存实亡的未婚夫，也就这点作用了。

就像现在，郑蓦又自嘲着问，我的这个未婚妻，现下在何处？

项允中此刻正感受着倒春寒在他身上游走，拼命忍住了一个哆嗦，从西裤口袋里掏出烟，“啪嚓”点上，说，大小姐正在大华饭店，谈一个单子。然后把烟盒递给郑蓦，问他抽不抽。

郑蓦亦笑着摇摇头，看着水面上越来越近的货船，说，我没你家大小姐那么大的烟瘾。空了空，又说，今日到的这批，是什么货？

M1891。项允中报了个货号，就顾自猛吸香烟去了，香烟的味道同雪茄是没法相比，但项允中觉得自己是无福消受雪茄的。之前在艾蕊那里抽过一根，差点被突然涌进嘴里的烟味冲晕过去，还是老实地拿起了他的金鼠牌香烟。

M1891/30 狙击步枪？郑蓦心下一怔，问，这是小艾第一次拿这种货么？

项允中也愣了愣，说，不，二号仓库还有一些。然后看向郑蓦问，怎么了。

当日从尸体旁拿到的子弹，就是来自 M1891/30 狙击步枪，郑蓦转头看了看项允中，他手上的烟烧得很快，郑蓦说，这种枪太笨重，后坐力也大。

项允中弹掉烟灰，又吞吐了两口烟圈，说，没关系，又不是自己用，客户点名要的货。

郑蓦刚想问这批货发往哪里，货船就“呜呜”地到了，项允中刚好抽完了一根烟，指挥着随从七手八脚地卸货，郑蓦一笑，朝货船上走下来的英伦绅士走了过去。

这天艾蕊好像兴致极好，叫服务生上了一桌子菜，也同陈明楚聊了许多，他们聊到了当年在特训班的时候，艾蕊并不是太会拆弹，有一次演习还多亏了陈明楚的帮忙。陈明楚也说当时对艾蕊多少有些冲动，只可惜，她是艾家的大小姐，艾成司令最重视的女儿，而陈明楚自己，只是个普通人，普通到一旦投入战斗，哪天死在路边，恐怕也没人知道。

陈明楚仰起脖子，把满满一酒杯白酒一饮而尽，说，艾蕊，你要做汪精卫的生意，党内允许么？然后红着眼睛，盯着艾蕊那张这么多年几乎没变的脸。

艾蕊又抽了口雪茄说，党内怎么会知道。言罢突然意识到，自己这个语气，特别像江义城，当日在武林门码头，艾蕊问他，你化名詹姆士移居英国，党内允许么？江义城亦是如此回答她，党内怎么会知道。

不知道江义城在军统大狱里，被关照得还好么。而他的那个副官余忞毅，艾蕊一早就放了他，不止放了，还请他加入了救国会，艾蕊说，好歹同窗一场。

同窗一场，就如眼前的陈明楚。

艾蕊满意地看着陈明楚脸上细微的表情变化，她仰头饮尽了一杯白酒，接着说，不过这单子我不跟你谈，我跟汪精卫谈。

你以为汪精卫是我啊，陈明楚显然喝得有些高了，哑着嗓子说，你想见就能见吗？

艾蕊：那我也不能跟你谈。

陈明楚：为什么？

艾蕊：你会死的。

最后，艾蕊要求陈明楚给她一个汪精卫的心腹名单，她说，跟汪精卫这种人谈生意，没有后顾之忧，跟你谈，我还要担心你的安危。陈明楚说，好的，给我点时间。

而在码头，郑蓦当着英国军火商的面拆开了一个封得严严实实的箱子，拿出一把 M1891/30 狙击步枪，这种枪经过改进，已经没有了原先“水连珠”的笨重。郑蓦端着枪，找项允中要了枚子弹，“砰”的一声，货架上的红灯笼飘飘忽忽地掉下来一只，另一只还残缺地吊在上面。郑蓦满意地看了看，抬手把枪递给项允中，说，你来。

接着项允中熟练地装入子弹，快速地瞄准、射击，另一只灯笼紧接着就掉了下来，项允中说，这破灯笼，早该打下来了。郑蓦浅笑着说，别这样说，这是我家的码头。又说，允中，好好跟着你家大小姐，你会有出头之日的。

项允中不明白郑蓦说的“出头之日”要等到何时，只是礼貌地对郑蓦笑了笑，说，能跟着大小姐就是我的福分。

被打落下来的两只红灯笼，飘着飘着就落进了江里，然后随着水波两只漂到了一起，又一起往不知道哪里漂走了。留给岸上的人，一副鸳鸯戏水的模样。

三、情报

陈明楚原本应该住在艾蕊安排的大华饭店，但这日一早，项允中就匆匆来找艾蕊，说，陈明楚跑了，艾蕊只是笑笑，一副意料之中的样子说，他到底不相信我。

项允中问艾蕊，为什么不直接杀了他？

这次艾蕊没有用可以剜死人的眼神看向项允中，而是把视线落在了窗外，她似乎有些失落，说，毕竟还没接到戴老板的锄奸令。末了又说，今日制裁了他，下一个会是谁来制裁我。

项允中赶紧说，怎么会，大小姐是戴老板身边的红人。

艾蕊"哼"地冷笑说，戴老板身边的红人，只有王天木和陈恭澍，我艾蕊算个屁，哪天要是王天木也叛变了，他才会记起我来。

闻言，项允中也是愣了愣，不知该怎么说，早些年艾成还在的时候，戴笠对艾蕊也是极好的，只是艾蕊自己一直对谁都是一副"生人勿近"的态度。

正说着，有下人来通报，说有三个汉子被绑着，扔在了"拱廊"门口，郑五爷接到消息，已经在赶去的路上了。

艾蕊刚要起身，付白衣就送密函来了，这封迟到了两日的、只有四个字的密函，登时让艾蕊透不过气来：毙陈明楚。艾蕊努了努嘴，用嘴里的雪茄点燃了密函，看着熟悉的火光，让付白衣把她的话传递给戴笠：

收到，陈明楚活不过今天。

"拱廊"酒吧门口，郑蓦正拄着手杖，站在那三个被捆成粽子的汉子面前，每个人的身上都被绑了块板子，都写了四个同样的字：杀尽汉奸。郑蓦想到前段时间，一直有消息在传，说艾蕊是杭城最大的汉奸。他又想起那枚在工程局朴副局长尸体旁找到的M1891/30狙击步枪子弹头，有些沉重地叹了口气，如果你真是汉奸，你让我怎么办。

艾家的车就是这个时候到的，郑蓦听到声响，转身看到项允中先从驾驶室下车，然后绕到艾蕊这边打开门。郑蓦一直觉得，不管到哪里，面对何种情况，艾蕊都能风雅自如地应对，哪怕是刑场就在眼前，她可能也会淡然地点上一根雪茄。这让郑蓦很是佩服，有些时候，连他这个大男人，都做不到这样的心如止水。

然后，郑蓦向着艾蕊的方向走了两步，伸出手把她牵了出来。

艾蕊今天依旧一席黑色及地大衣，里面却是一件杏色长裙，艾蕊从不穿当下富家小姐喜爱的洋装或者旗袍，她说，像我这种人，不知道何时就会碰上追杀，何必穿成那样取悦他人，反而给自己找麻烦。

对此，郑蓦总是笑着说，你怎么不穿长裤马靴，逃跑起来更快。

艾蕊则是一挑眉，我需要逃跑么？

她的裙摆总是很大，黑色的大衣已经很长，但杏色的裙摆还是忍不住会从大衣的下方露出来，郑蓦拎过她的衣服，尽管看上去这般冗长，料子确是极轻的，而且大衣的内侧，还添置了五六处内袋，这些内袋，通常都能被艾蕊塞满，装备成一个小型的军火库。郑蓦有些惊讶地说，你还真是时刻准备着战斗。

车门被关上的时候“砰”的一声，听起来有些像枪响。地上被绑着的带着头套的三个“粽子”，都吓得抖了一抖，艾蕊说，他们是什么人？这样没出息。

项允中在他们身上搜了搜，找到一封信件，信封上只有三个字：救国会。艾蕊看了看，又把信递给郑蓦，兀自说了句，陈明楚得罪谁了。又吩咐项允中，把人带去审讯室。

“拱廊”酒吧的地下室，已经被建成了救国会的总部，项允中带着人，像拎粽子一样拎着那三个汉子走在前面，艾蕊和郑蓦慢悠悠地跟在后面。一进门，几个书记员立马起立，齐声唤着“艾襄理”“郑襄理”。

艾蕊白眼一翻说，难听死了，照旧叫艾老板好了。

书记员立刻讪讪地改口，“艾老板”“郑五爷”。

他俩名义上是襄理，实际上艾蕊明白，就像军统局长贺耀祖，挂了这么多年的名，军统局一直掌握在戴笠手里一样。这点，大多数人都明白。

一个联络员拿了份文件过来，说，艾老板，您要的老先生联名书，拿到了。

艾蕊一边“沙沙”地签下名，一边说，好，救国会需要这些老先生的声音，明日就登报发出去。

只是……，联络员开口想说什么，但看上去有些为难。他指着文件里的联名书说，只是，老先生们说……说艾老板是杭城最大的汉奸，救国会在你手里……恐怕要成为日本人的傀儡。

也难怪联络员吞吞吐吐不敢说，在前方不远押着“粽子”的项允中听到，都下意识地一身冷汗。艾蕊拿过联名书看了看，又递给郑蓦，说，五爷你怎么看。

郑蓦扫了一眼，就丢回给联络员，说，把最后一段截了，明日登报发出去，头版头条，说，杭城文坛诸位前辈联名支持救国联合会。顿了顿，又吩咐说，给你们联络组三天时间，把杭城学联也给我并进来。

审讯室里，皮鞭、烙铁、辣椒水随处可见，但艾蕊却在这里开了瓶红酒。项允中把那三人的头套扯下来，说，你们老实点都招了，艾老板不会亏待你们。

这三人原是军统上海区的特工，追随陈明楚多年，也追随着陈明楚叛逃，原本想在汪精卫那里谋个一官半职，未曾想连汪精卫的面都没见到，先被押到了艾蕊这里。尽管不在一条线上，但是同处一个系统，他三人怎会没听过艾蕊的手段，想到这里，三人都不由冷汗涔涔了。

反而艾蕊，没有一点在查案的样子，小口小口地品着酒，也不看那三人，审讯室里一时间寂静得吓人。良久，她才说，都是军统的兄弟，艾某不想对你们用刑，告诉我，陈明楚在汪精卫那里的上线，还有，他留了多少内线在军统。

见那三人沉闷着不说话，郑蓦又冷笑着补充道，郑某跟你们可不是兄弟，你们的命对我来说毫无价值，我只要这些信息，你们若老实招了，郑某有的是钱送你们去香港，喝酒听曲，避避风头，若抵死不招我也无所谓，毕竟……，郑蓦说着，身体往前倾了倾，手上的红酒杯距离其中一个男人极近，那人几乎闻到了红酒的味道。

毕竟……，没有我问不出来的情报。

艾蕊在郑蓦身边，不轻不响地笑了，她笑着仰头把手里的红酒一饮而尽，又给自己点了根雪茄，她笑着说，我忘了这里还有个不姓“国”的人，他可一点儿也不怜惜你们的命。然后看了眼郑蓦，又看了眼面前的那三个人说，你们可不要挑战五爷的耐心。

为首的一个男人说，艾处长，上次你来上海，我们陈老板还鼎力配合过，你何必要置他于死地？

艾蕊答非所问地说，你不该知道我是处长。然后兀地从大衣内袋里拿出把枪，“砰”的一声。

开枪的时候，艾蕊用左手把头上宽大的女式礼帽拉低，用帽檐把脸整个挡住，再次拿下来的时候，艾蕊翻过手，看到了手背上被溅上的血，也不擦，就垂在椅子的扶手上，一滴血静默地从指面滑落，这让艾蕊看上去，像个女巫。

艾蕊问剩下的两个人，你们是即刻招了，还是要我用自己的方式拿到答案？

中间那个男人的心脏都快要跳出来了，说，我招，我招。

但是艾蕊却不急，冲他做了个噤声的动作，说，别急，慢慢说。然后又拿起枪，“砰”的一声，那人身边一直死撑着不说话的男人头上，就多了一个小洞。

郑蓦一直冷静地看着这一系列，然后笑笑，心想：你不是说，你们都是兄弟么。

那天这个男人交代了很多，从上午说到了晌午，记录员一直不停地记录，很快军统的叛变名单就挤满了整张纸。然后“唰”的一声把纸撕下来交给艾蕊，艾蕊迅速在纸上写了“活埋”两个字，递给项允中，而后向那个男人说，让项副官带你去换身干净衣服，备些好酒好菜，压压惊。就挥手让项允中带他出去了。

审讯室里登时只剩下艾蕊和郑蓦两个人，郑蓦的右手在口袋里反复把玩着那枚子弹头，说，小艾，你是汉奸么？

艾蕊转过头，把满口的雪茄烟喷在郑蓦脸上，说，我看起来像么？

郑蓦装作认真地在艾蕊身上上下打量，说，挺像的。

艾蕊"嗤"的一笑，就再也无话。

直到郑蓦把手里的子弹递给她，同她说，小心点，如果你不是，就是有人要害你。

艾蕊用左手食指和拇指拿着子弹头，举到眼前看了看，说，想害我的人太多了，不差这一个。然后随手装进了口袋里，说，出发吧，待会我不想开枪。

左手上还没有干的血迹，也被悄无声息地擦在了大衣的口袋边，天晓得这件大衣上，沾过了多少人的血。

四、制裁

陈明楚可能也意识到自己活不长了，中午他在下榻的小旅馆里，叫厨子师傅做了好些的菜，一个人在房间的饭桌边，自斟自饮。没人知道他是怎么想的，因为他一句话也没说。

傍晚的时候，玉器行的章老板送来信，约他在"大都会"舞厅一聚，说要当面解释那日的失约。陈明楚对章老板那日的失约并不感兴趣，但对他手里那批新到的货可是很感兴趣。何况他想着："大都会"距离艾蕊的"维也纳"不近，应该相对安全，自己也好久没去过这种地方了。

原先在上海，整天干着些不知道何时就会死的事，哪有心思来这种烟花之地。

艾蕊和郑蓦坐在同辆车里，郑蓦盯着对面的"大都会"舞厅，舞厅的服务生里，已经混进了好几个救国会的兄弟。郑蓦转头的时候刚好看到，艾蕊拿了瓶药水，往眼睛里滴，很快，她的眼睛就因为药水的刺激变得通红。郑蓦说，你这沙眼的毛病，还没治好？

治不好的。艾蕊把药水放回口袋，郑蓦觉得她的大衣口袋里，永远不知道下一秒又会变出什么东西，艾蕊抬头看了看屋顶上的狙击手，和舞厅门外化装成安保的行动队员，说，郑蓦，待会你开枪。

为什么？

我不想杀兄弟。

相比起艾蕊的怅然若失，郑蓦的心里一点也不比她平静。早前在救国会的实验室，景洛伊拎着他的大衣告诉他，大衣上残留的粉末不是墙灰，而是被人刻意撒上去的荧光粉，时间间隔有些久，荧光粉大部分都脱落了。但可以肯定的是，郑公馆家宴的那晚，枪手的目标并不是江义城，也不是郑尤，而是郑蓦。

“大都会”舞厅一点儿也不比“维也纳”逊色，舞厅外蹲守着好些黄包车，男男女女也互相挽着扭着推开旋转门，等得无聊的时候艾蕊会说，这天下怎么就这么多小白脸呢？说着指向舞厅门口把头发梳得都能滴下来油的拆白党，然后转头看着郑蓦说，你也挺白的。

郑蓦笑着，此刻他十分想把艾蕊搂进怀里，但是手伸到一半就变成了点了根烟——他发现了正要从黄包车上下来的陈明楚，划火柴点烟是行动的信号。

陈明楚一下黄包车，就专挑人多的地方走，不时地插入人群当中，也不同门童或服务生有任何接触。这毕竟是救国会的第一个案子，碰到这样棘手的反侦察，队员们一时不知道该怎么做。

我去牵制住他，否则他一旦走进舞厅，人多眼杂，更不好处理。郑蓦说着，带上宽大的礼帽，下车向陈明楚走去。

陈明楚并不认识郑蓦，也许在上海听说过，但从未见过，只是警觉地觉得，眼前这个一身黑衣的男人来者不善，再看向他腰间鼓起的一块便知情况不妙。陈明楚猛地将一个正在聊天的贵妇向郑蓦推过去，自己则继续往人多的地方挤。

郑蓦侧身一个闪避，丝毫没有影响他向陈明楚靠近的速度。贵妇尖叫着摔到地上，陈明楚一惊，他原以为郑蓦这种看起来像个绅士的人，再不济也会伸手扶一把。

艾蕊一边在车里嘲笑陈明楚对于郑蓦的无知，一边从大衣左上方的口袋里拿出象牙白色的口袋巾，慢慢地折着小花。

即使陈明楚再闪避，他面对的，是根本不在乎别人死活的郑蓦，因此他拿再多人做挡箭牌，也根本阻挡不了郑蓦。就如此刻，陈明楚一边往舞厅的方向退，一边推了一个油头粉面的男人出去，郑蓦却不闪不避，反而借着男人拱起的背部一个空翻，落地时一记鞭腿直劈到陈明楚的耳郭。

陈明楚的脑子"嗡"的一声，下意识地出手反击，但很快被郑蓦逼得只能格挡、格挡。在他再一次格挡住郑蓦的右冲拳之后，郑蓦出其不意地左手一击，一记重拳直冲其胃部，陈明楚觉得，有一种甜腻的液体，正在冲向他的喉咙。紧接着，他就被郑蓦扔到了马路中间。

舞厅外的男女见状都各自尖叫着散开，他们并不知道发生了什么，只用一种事不关己的心态各自抱头鼠窜。艾蕊觉得，如果真的开战，这样的一群人，能护得住自家的土地么？

一旦失去了人群的掩护，陈明楚就立刻暴露在各方位的瞄准镜里。艾蕊这才慢悠悠地下车，把折好的一朵白花放在陈明楚起伏的胸口，说，兄弟，安息吧。

陈明楚张口想说话，但是终究只吐出来一口血泡，他的胸骨刚被郑蓦打断了。

艾蕊朝着楼顶一抬手，三声枪响，子弹准确地穿进陈明楚的身体，艾蕊看着他的身体抽搐了几下，就再也动弹不得了。她看着陈明楚，又说了句，兄弟，安息吧。

项允中从对面的楼顶跑下来，问艾蕊，尸体怎么办？

艾蕊说，找个好地方埋了，先控制住消息，等些时日再发。

郑蓦也从舞厅门口走了回来，说，等什么？

艾蕊转过头，看着队员们拖着陈明楚，在地上拖出一道血迹，说，若是汪精卫当真敢背叛党国，就给他个见面礼。

那之后的不久，陈明楚留在军统的内线全部被捕，有的在上海，被新上任的上海区区长下的锄奸令铲除，有的则在周边城市，或落入艾蕊的手里，或莫名地死在路边，然后尸体上多了一块牌子，上面写着四个字：杀尽汉奸。

杜诚在医院里住了许久，身体已经大好了，正和景洛伊一起，在院子里逗小孩子玩，杜诚拿着用纸做成的枪指着一个小孩子说，你不能赖皮呀，你已经死了。这时候他看见了郑蓦的车，他看着郑蓦和艾蕊一同从车里下来，景洛伊迎上去，说，五爷和艾大小姐，又来探望郑少？

迎面走来的艾蕊看上去心情极好，竟然对着景洛伊笑了一笑，说，是的，这段时日景医生辛苦了。

景洛伊殷勤地陪同他们一起上楼，一边说，可惜我至今都还没有能力让郑少醒过来。

此刻郑蓦也笑了，说，你永远也叫不醒一个装睡的人，然后一把扯开了郑尤的被子，说，别装了，罗宾汉。

然后景洛伊惊讶地瞪大了眼睛，看着病床里那个原本应该穿着病号服，现在却一身衬衫西裤的郑尤笑着站起来，说，到底让你们发现了。

艾蕊"嗤"的一笑，把上次在"拱廊"边那三个军统叛徒身上发现的信丢回给郑尤，说，你这几个狗爬一样的字，早就暴露了，还装病给谁看，也就只能骗骗景医生了。

郑尤翻了个白眼，扁着嘴说，我就是看着你们两夫妻最近合作得挺愉快，不忍打扰么。

杜诚这才从门外看到，郑尤是这样一个特别的男人，个子相较于郑蓦稍矮一些，相貌却是极好的，更甚的是，他说话的谈吐，并不像艾蕊这般咄咄逼人，也不像郑蓦这样给人以莫名的压力，而是十分轻松的，所以此刻，郑尤的病房里，一阵一阵的笑声传来，杜诚清楚地分辨着，这其中，不时也夹杂了景医生的笑声。

就在这样一片欢笑当中，杜诚也咧开嘴笑笑，然后转过身，一个人独自走下去，回到方才的院子里，穿着病号服的小孩子拿着纸糊的枪对着杜诚啪啪两声，说，杜诚哥哥，你死了。

杜诚说，好，然后倒在草地上看着天，看着小孩子在他身边跳来跳去，说，哦，杜诚哥哥被我打死喽。

那晚艾蕊在“拱廊”酒吧开了好几瓶珍藏的红酒，也开了香槟，庆祝郑尤归队。她把郑尤介绍给救国会成员，说，他今后就是救国会的行动队长。

景洛伊多喝了两杯，说也想要加入救国会，郑蓦点头答应了，他觉得今后案子越接越多，总是需要医生这种角色的。

艾蕊看上去真的很高兴，连她平时不爱喝的香槟，也在郑尤的撒娇打滚下喝了两杯，然后她说，不行了，胃里简直在翻滚。

郑蓦也顺着她的话说，小艾你喝多了，让允中送你回去吧。

项允中一路把她扶到艾公馆，刚进门，艾蕊清醒地说，允中，去书房。

一进书房，艾蕊就顾自走在前面，一点儿也看不出喝醉了的样子，可能，她根本就没有喝多。而后在项允中带上书房的门，转身向她的时候，朝着项允中一记耳光打下去，说，允中，你跪下。力道之大，连她自己的手都在痛。

项允中的脸被突如其来的外力打得偏向一边，他看着艾蕊，顺从地在猩红色的地毯上跪下，这是一条奥比松风格的地毯，是艾蕊长期合作的法国军火商送她的，同时送来的，还有一大箱红酒。

艾蕊走向项允中，看着他低眉顺眼跪在地上的样子，把那半截M1891/30狙击步枪的子弹头扔在他面前，咬着牙训斥，我说过让你留点神，你是怕没人知道朴旭伟是我杀的么？

然后她脱下厚重的呢大衣，坐进项允中对面的沙发里，顾自说着，我理解戴老板的命令下得急，你若是来不及取枪你告诉我，我手上有的是能让你瞒天过海的枪。你何必用只有我这里才有的狙击枪。

对不起。

我真该一顿家法打死你。艾蕊说着，尽可能克制住心里随时会涌上来的怒火说，还是，你是有意的，想要借着舆论把我拉下来，你好接手这整个艾氏工业？

此前不管艾蕊怎么责骂，项允中都是低着头，只顾听着不说话，而听到艾蕊怀疑他有异心，他立刻慌乱地抬起头，看向沙发里的艾蕊，说，大小姐，允中不敢，我始终记得，我是你捡回来的家犬，是怎么也不敢背叛主人的。

艾蕊闻言，眼睛轻轻一闭，皱着眉头调整了两下呼吸，咬着牙说，项允中，我从没把你当作家犬，你在我眼里，和郑尤在郑蓦眼里是一样的。唯一的区别是，你被我救回来的时候，能清楚地报出你的姓名，而郑尤，连他的父母是谁都不知道。

言罢，艾蕊从沙发里站起来，也不去拿放在一边的大衣，轻飘飘地说，在这儿跪一夜，明日再来见我。

走出书房，艾蕊想，她怎么也不会告诉项允中，当年她在死人堆里把他救回来，只是觉得他眉眼间，极像她那个离家出走的大哥。她这么想着，向着楼上，曾经大哥住过的房间，红着眼恨恨地说了句，艾坤，你这个王八蛋，你死到哪里去了。

第四章　止月

上海，药水弄。

姆妈，姆妈，我阿爸呢？

阿毛别闹，你阿爸生病了，他去了一个很远的地方治病。

年轻的妇人坐在床边补着衣服，这些天她不敢让儿子出去瞎跑，费了好大的力气才把儿子留在家里。家里的米也快没了，她想着这些，也想着她那个在码头做工的男人，她的眼睛像是被糊住了，再也无法动手缝补。

小妇人干脆把破旧的衣服放下，抬眼望向并不太远的苏州河。她的男人回不来了，苏州河里漂了几具尸体，她不敢去认。

她突然扔下针线，双手合十，向上天祈祷：

老天爷啊，求你了，千万要保护阿毛，千万别让他也染上瘟疫，老天爷啊……

一、三娘

三娘出现在“拱廊”的时候已是傍晚，天上的云像是谁的后花园着了火一样的红，艾蕊穿着和火烧云一样红的绯色长裙窝在沙发里，抽着雪茄，听三娘说要她去上海大狱里捞个人出来。三娘的摊位在“拱廊”门前不远，艾蕊一度以为她真是个卖烧饼的。

艾蕊沉默着听完，也不回应，只不时地吐口烟圈出来，盯着三娘，很久才说，你姓共？

三娘说，现在国共合作。

艾蕊把雪茄头猛地一掐，说，你怎么确定我就姓国？

三娘看看她，答非所问地拿出一个包袱，打开竟是十几条“小黄鱼”。

十几根金条在包袱里被码得整整齐齐，艾蕊知道这一定是三娘那条线上的全部积蓄了，“嗤”了一声，说，三娘，十几条“小黄鱼”就想救一个人，你们组织上很缺经费么？

三娘说，组织上并不富裕。间隔了会，又从身上摸出本书，递给艾蕊，说，艾大小姐，这个人你一定会救。

见艾蕊不为所动，一直站在一旁的项允中这才替她接过这本书，放在艾蕊面前，转头向三娘解释说，我们大小姐不习惯和人接触，不好意思。三娘点点头表示理解。

艾蕊扫了一眼被放在她眼前的书，登时脸色一变，说，允中，安排一下，我去趟上海。

其实封面上什么细节也没有，除了标题和署名，而艾蕊，刚好就看到了署名那里，赫然两个不大不小的字：止月。

二、傅老

项允中被艾蕊留在了杭城，当天艾蕊从他的手里接过箱子，说，允中，这事你不用参与。就一个人，只身前往上海去了。郑蓦最近也被自己丝绸公司的事物搅得焦头烂额，救国会上下完全交给了郑尢打理，项允中明显感觉到，自从上次那两枚子弹后，艾蕊和郑蓦对他，都没有以前那么信任了。

他谁也怪不得，只能把自己关进房间里喝闷酒，他觉得，不管别人怎么称呼他做“项先生”，他始终都是艾蕊的一条家犬，招之即来挥之即去的一条狗。

下人来通报，说，项先生，郑少来了。紧接着郑尢就风光满面地走进来，朝着项允中，唤了声项大哥。

项允中也起身相迎，说，不敢，郑少，坐。

郑尢这次是来请项允中帮忙，早前杜诚见大家都在救国会里忙碌，又说近日局势紧张，也硬闹着要加入救国会，郑尢见他没有经验和底子，就安排他去做文职，想着借用他的学生人脉，安排他去做救国会和杭城学联的联络员。

这个案子，就是杜诚带来的见面礼。

郑尢说，这是一次保护任务。

项允中反复看着郑尢递给他的照片，说，这个人，什么背景。

郑尢指着照片告诉项允中，这是傅老先生，杭城文坛的老前辈，写过很多鼓舞人心的著作，但是老先生说话不留神，得罪了一些不该得罪的人。

日本人？项允中说着，学着艾蕊的样子点了支烟。

也不只是日本人，总之我们要尽快把他送出杭城。

项允中闻言起身，走到窗前，窗外一片安逸祥和，他不知道这种祥和还能维持多久，这些时日他一直收到风声，北方局势尤其紧张，就连杭城和上海，看上去歌舞升平，但哪个不人人自危，前往南洋和香港的船票已经涨了几番都供不应求，生怕哪天真打起来，连个藏身的地方都没有。项允中说要在开战之前把老先生送出去，言罢他又问郑尢，为什么找我？

郑尢笑着说，因为你是我嫂子的心腹。

项允中想：若是艾蕊听到了这句话，一定会翻个白眼回应说，谁要嫁给你大哥。项允中甚至能想象得到艾蕊翻白眼的样子。

事实上艾蕊不在，这种小事郑蓦并不会放在心上，他摆摆手对郑尢说，去找项允中，他的枪法和身手，或许能帮到你。

于是他们很快就形成了由郑尢、项允中、景洛伊和杜诚组成的四人行动小组。之所以带上景洛伊，是项允中的意思，他说，老先生的身体状况是个不稳定因素，还是保险些好。

只可惜，傅老先生自己根本没有意识到危险，郑尢等人从教室的后门走进去时，刚好听到他在台上激昂地说着国家兴亡匹夫有责，又怒斥国民政府的不作为。

景洛伊气不过地嘟囔着，国民政府若真是不作为，你哪还有气在这里指指点点。项允中听见了，笑笑让她别乱说。

一直等到下课，郑尢和杜诚二人才得以上前接近傅老先生，老先生看着被学校开除学籍的杜诚，心生狐疑，怎么也不相信有人要对他不利，也不管杜诚怎样劝说，始终坚持：国家不倒，我不走。

项允中说，国家不会倒的，傅老先生，但你若不走，是会死的。

傅老先生说，我为什么会死，还能兴文字狱不成？

项允中再次儒雅地笑笑，说，既然如此，傅老先生，保重。然后招呼郑尢等人走了，走到门口的时候他又停住，回头对傅老先生说，您的心血管不太好，保重身体。

其实这是景洛伊看出来的，因为老先生看起来很疲劳，且左手臂抑制不住地轻微颤抖，应该是左肩痛长期不愈导致，另外，景洛伊还注意到，老先生的手指末端有些变形的肥大。

回去的车上，郑尢一直在问项允中，为什么不坚持把老先生带走。项允中说，他自己意识不到危险，强行带走等于绑架。杜诚也跟着说，别急，他很快就会需要我们的。

但是这句话，郑尤刚开始一直没懂，直到亨瑞俱乐部出事的时候。

亨瑞俱乐部是白振平的产业，说是俱乐部，实际上就是个大型的赌场，土的洋的这里都有，原先白苏平还没有嫁给清野的时候，艾蕊和郑蓦偶尔也会来这里玩上几把。

但是这天白振平却去警察局报案，要求出警封锁亨瑞俱乐部，因为俱乐部昨夜丢失了一份重要文件和五十条“大黄鱼”，白振平说，当时在场的所有人都有嫌疑。

让郑尤特别诧异的是，傅老先生竟然也被困在亨瑞俱乐部，他问杜诚，这种老先生，也会去赌场的吗？杜诚也摇摇头说，怎么可能。

接到消息没多久，景洛伊就转身走进实验室，郑尤跟进去看到，她在鼓捣一些看上去是炸药的东西，郑尤随手拿起来一个看了看，取笑她说，我们这里还需要你配炸药么？艾姐的仓库里有的是，何况你配的这是什么，连只兔子都炸不死。

景洛伊翻了郑尤一眼说，谁说我要炸兔子了。

那你要干什么？

不告诉你。

三、重燃

艾蕊总算在上海的公共捕房监狱里见到了她要营救的人，她冷着脸扫了一眼监室里被关押着的、折磨得不成人形的犯人，随手往监狱长手里塞了沓钱，说，行个方便。

监狱长打开那扇破旧的门，然后板着脸离开，监室里登时只剩下两个人，艾蕊也不顾自己的形象，烧红了眼睛似的，走过去抬手一记耳光，手上甚至还沾上了些黏糊糊的血。艾蕊反手看了看，说，你爹就是这么被你气死的。

缩在角落里的人被艾蕊这一记耳光抽得头“咚”的一声撞在墙上，他已经感觉不到痛，剩下的只有麻木。他麻木着说，我爹是被我大哥气死的，不是我。

你和你大哥一样没出息，艾蕊说着，监室里发了霉的味道，差点让她一口气没上来，她用手抚着胸口说，你怎么进来的。

男人这才抬头望向她，说，姐，我怎么进来的，你不知道么？

艾蕊看着被折磨得不成形的弟弟，然后猛地抬起头想把快要流出来的眼泪收回去，咬着牙骂，艾肯，我早说过你玩的那些不靠谱，国家不是你动动笔杆子就能救的。

要怎么救？像你那样舞刀弄枪？

至少我还没把自己弄进大狱。艾蕊说着，再也不想去看不知是蹲着还是坐在地上的艾肯，她转身出去，直奔上海警备厅赵部长办公室，说，那个叫止月的犯人，放了他。

赵部长说，凭什么？

艾蕊把提在手里的箱子拎到桌子上，打开，二十根“大黄鱼”，和赵部长的一颗牙一样金灿灿的。见赵部长还是不表态，艾蕊复又从身上抽出国民政府军官证拍在桌上，说，放了他。

赵部长紧紧盯着艾蕊起伏的胸口说，这可不是军统说了算的。艾蕊今日一身黑白相间的长裙，长发随意地飘在脑后，宽大的礼帽和垂下来的网状发饰，把她上翘的眼角修饰得刚好。赵部长接着暧昧地一笑，说，我说了才算。

如果郑蓦再晚一点冲进来的话，赵部长可能已经下去陪他的昔日同事陈明楚了。

郑蓦原本在隔壁办公室，因为丝绸厂上海分公司的事故，来请苏厅长“行个方便”，是苏厅长先听见旁边科室内的响动，二人一同冲进来，刚好看见艾蕊用枪口抵着赵部长的下颌，说，你放是不放，赵部长被死死抓住的手,还停留在艾蕊胸前一厘米的距离。

不用想郑蓦也知道发生了什么,赶紧说,小艾,别闹。而后向苏厅长微微点头,说,苏厅长,这……而苏厅长自知赵部长的人品,则一脸家门不幸的神情,说,老赵,还不放人。

郑蓦当即打开一箱法币,说,那就有劳苏厅长了。

苏厅长腆着肚子说,客气,明天直接来提人就好。

当晚,郑蓦陪着艾蕊在霞飞路上漫无目的地走着,他问艾蕊,怎么至于连一辆车都不开过来,还和赵部长起了争执?艾蕊红着眼睛反问他,你听说过止月么?

郑蓦原本想说不认识,随即想了想,说,艾肯?

艾蕊点点头,又抽动着肩膀苦笑了声,说,我能怎么办,监狱里那个,是我的亲弟弟。

这样说着,他俩走到了"百乐门"舞厅门口,艾蕊说,进去散散心吧。

"百乐门"的周领班是老江湖了,即使并不认识郑蓦,她也能从穿着上判断他是个富家老爷,而他身旁的艾蕊,不管是什么身份,自是得罪不得,因此大老远的,就扭着丰腴的臀部走来,说,爷,楼上请。

他们被周领班领着,在二楼的一间贵宾包间里坐下,说是包间,实际上只是三面封闭,剩下的一面,刚好正对着一楼的舞台,百乐门的歌女,也在尽力地扭着,唱着"好花不常开,好景不常在"。

周领班问他们可有认识的姑娘,艾蕊想到,她半年前来上海,陈明楚宴请她,也是在"百乐门",也是坐在这个位子,于是艾蕊亲昵地挽过郑蓦的手,对周领班说,我们家老爷就喜欢你们那个舞池皇后,叫什么……良钰是吧。

郑蓦低头看看艾蕊挽着他的手,也伸出手去回握了握,他并不明白艾蕊的意思,但也随即看向周领班说,就请良钰小姐。

让艾蕊有些意料之外的是,周领班为难地说,二位一定有些时日没来了，良钰这丫头，已经不干了，说是回老家嫁人去了，我给二位请梦兰来可好，梦兰是我们这里最俊俏的舞女了。

郑蓦摆摆手，随手递了几张法币，一副随便你的样子。

领班刚走，艾蕊动了动，想把挽着郑蓦的手抽回来，却被郑蓦按住，艾蕊抬头看着他愣了一愣。郑蓦放在艾蕊手背上的手愈来愈热，他终于忍不住说，小艾，你什么时候才答应嫁给我？

艾蕊冷冷地说，等你能解释你消失的那三年在做什么的时候。

郑蓦闻言，原本炙热的眼神又慢慢冷了下去。松开紧握住艾蕊的手，顾自点了根雪茄。

艾蕊看着，伸手从郑蓦嘴里抢过雪茄，然后自己一边抽一边说，这个牌子的雪茄哪里有味道，干脆倚在他的肩头，像小时候那样，唤，蓦哥哥……

小时候有无数次，艾蕊也是这么倚在郑蓦的肩头，或是在自家的庭院，或是在练习过后的打靶场，只要她累了，就会拉着郑蓦坐下，然后挽着他的手，轻轻地唤，蓦哥哥……

郑蓦低着头，看着倚在自己肩头吐着烟圈的艾蕊，伸手把雪茄从她嘴里抽出来，说，你少抽点。艾蕊竟笑笑不说话，依旧倚在郑蓦肩头，闻着他身上的味道，呼吸越来越平缓，也越来越沉，她像是累坏了，慵懒得像一只猫。

郑蓦的右臂被艾蕊挽着倚着，只有左手可以动。远远地，周领班带着梦兰走过来，说句老实话，梦兰确实是极标致的，即使距离不近，也看得出白雪为肌玉为骨，一对顾盼生姿的眼睛，老远就落在了看上去颇有风度的郑蓦身上。郑蓦向着她们做了个手势，示意她们不用来了，而后，又转头看向已经熟睡的艾蕊。

雪茄在手上烧得很慢，慢到郑蓦都差点忘了它。

四、营救

白振平去报案后不久，亨瑞俱乐部就被巡捕包围了个水泄不通，包括傅老先生在内的很多人已经被困了一整天，他们以为真的如白振平所说，俱乐部丢失了五十条“大黄鱼”，还在互相猜测。

杜诚在对面的民宅窗台，通过望远镜找到了傅老先生，反复确认了很久，才说，我怎么也不相信他会来这种地方。郑尤背对着俱乐部的方向坐着，说，由不得你信不信，或许他就是爱赌，你也没办法。然后四个人在窗台上等着亨瑞俱乐部的安保换班的空当，他们好冲进去救人。

很多时候，项允中都觉得，郑尤在某些方面同艾蕊很像，比项允中自己同艾蕊还要像。对此，郑尤也通常都是一笑而过，说，那当然，我和艾姐可是一起长大的，如果中间没有我大哥，我们才是青梅竹马。

听到郑尤说他和艾蕊青梅竹马，连景洛伊都忍不住笑得前仰后合，说这种画面实在是没法想象。项允中也笑说，连你大哥都驾驭不了我家大小姐，你就别闹了。

天色快要黑的时候，他们四人都看到了清野，身后跟着大批的日本浪人。杜诚清楚地看见清野往带队的马头手里塞了点钱，就仰着头走了进去。杜诚猛地摔了望远镜，说，他娘的，清野进去了。四人小组就立刻按照计划好的路线各自散开。

按照计划，杜诚留在窗台上监控，发出信号。项允中先下去，三两下解决掉几个在亨瑞后门的安保，郑尤随即带着景洛伊从后门冲进去救人。这是景洛伊反复申请的，她说傅老先生心脏不好，带着她方便应对。

郑尤和景洛伊刚潜进去，就听到清野用生硬的中文说，你们不用惊慌，我们只是来找一个人。

此刻傅老先生也意识到清野的确是冲着他来的，从自己莫名被约到亨瑞来开始，他就意识到有些不对。当然，他也发现了身后逐渐向他靠近的郑尢和景洛伊。

清野说，我要找的，是杭城的一位文人，他的笔杆子非常好，但是骨头却很硬，我需要……亲自请他去见我们将军。言罢似笑非笑地看着在场所有人。项允中在后门口看着他的眼神，突然意识到，清野并不认识傅老先生，他此刻正在人群当中寻找。项允中赶紧往郑尢的方向进了两步，但要避开清野等人的视线靠近他们，也是个难事。

果然，项允中还没来得及靠近郑尢，清野就拿出把枪"咔嚓"上膛，说，我每问一遍，就杀一个人，反正你们中国人多。然后随意地用枪口指向一个穿着金色旗袍的女人。女人一看就是个交际花，尖叫着躲到身边的男人身后，那男人也不管她，顾自颤抖着蹲下嚷，不是我，不是我！

清野说，我知道不是你，而后转向人群，说，我还知道是位老先生，你不是想要反日么，现在躲在这里，你的傲骨哪里去了？我再问一次，傅先生是谁？

眼看傅老先生就沉不住气要起身，郑尢赶紧从一张宽大的赌桌后站出来说，是我。

按说他的身形一定会被清野认出来，但刚好在这个时候，景洛伊从身后拿出两枚看起来像是炸药的东西，往人群当中一抛，烟雾瞬间在整个房间内弥漫，很快，就什么也看不清了。

景洛伊扶着傅老先生，递给老先生一个口罩，说，您得戴上。然后又向清野的方向抛出一枚，轻喝了声，撤。郑尢和项允中立刻捂紧口鼻，搀扶着傅老先生，从后门上车，项允中一边发动汽车，一边向追到后门的白家安保一阵扫射。

紧接着，烟雾当中有人开枪，杜诚在对面的窗台只看到一片白色的雾，白雾慢慢散尽的时候，是瘫软在室内的一屋子人。

后来杜诚问过景洛伊在烟幕弹里加了什么，景洛伊一笑，说，乙醚。

望远镜一闪而逝的反光还是被一直在亨瑞门外的白振平发现了，他指着杜诚所在的方向说，追，几个白家的人立马往这幢楼里跑。杜诚紧张地猛吸两口大气，然后尽可能冷静地按照原先设计好的撤离方案，快速从对面向北的房子里爬窗撤离，留给白家人一个还有余温的望远镜。

项允中今日没有开艾家的车，日本人方面一时还不知道是什么人劫走了傅老先生，只一味地在项允中的车后面穷追不舍，同巡捕的车一起，分两个方向夹击。郑尤一边死死地护住老先生不被流弹击中，一边不时回头同身后穷追不舍的车辆交火。项允中猛地一打方向盘，一脚油门甩掉身后的几辆车。

坐在副驾驶位的景洛伊看不下去，从座位底下找到把冲锋枪，让郑尤和老先生把头低下，说，我来，然后越过被打成碎片的后车窗，枪口直对着他们车后紧追不舍的驾驶员，一发毙命。

在景洛伊又向后扔了两枚手榴弹之后，车在岔路口被突然闯出来的一辆车撞到路边，郑尤听到项允中怒骂了句，妈的。然后拎了手杖下车，说，郑少，保护老先生。

对面车里下来两个青色制服的白家打手，挥着砍刀嚷着“把人交出来”，项允中邪笑着看着他们，挥起手杖一棍打在左边男人的颈部，同时双脚登墙缠绕，落地时双腿猛地用力，“咔嚓”一声夹断对方颈部。

眼看另一个男人的砍刀就要挥向项允中，景洛伊冲上去一个法式踢打，男人被踢至墙边，景洛伊追上去左手前手直拳直冲横膈膜，断了对方还手之力，再接一个过肩摔，落地时肘击腹部，横膈膜大出血。

郑尤在车里，以匍匐的姿势目睹整个过程，诧异地看着景洛伊，步法灵活，快摔凌厉。这是经典的欧式擒拿。

“百乐门”奢华的大厅，不时有些油头粉面的小开和生意人出入，这让郑蓦觉得，以他这种身份，在上海滩也算不了什么，偌大的上海滩，四爷五爷六爷比比皆是，郑蓦这样想着，“嗤”的一笑，口中还留着些坚果味道的烟草味。

一支雪茄还没抽完，楼下“砰”的一声，紧接着是舞池里男人女人的尖叫声，和闯进来的一堆人。艾蕊在郑蓦的肩头忽地睁开眼睛，郑蓦觉得，她根本就没有睡着。

然后他二人一起扶着二楼的围栏往楼下看，是一队日本人，为首的那个，生硬地说，沈浩，你的，把药方交出来。被唤作沈浩的年轻汉子眼看就要后退到楼梯了，他说，你们就是杀了我，也别想知道药方在哪里。

巴嘎！

艾蕊慢悠悠地晃下楼梯，回头向着郑蓦说，我这才知道，日本人在上海这么嚣张。而郑蓦此刻，正盯着为首的那个日本人，在他拔枪的时候，郑蓦比他更快地“砰”的一声打了一枪，然后从二楼围栏借力空翻下去，艾蕊下楼下到一半，翻了个白眼说，你急什么，然后快走两步，在厅内一片混战的时候，把那个叫作沈浩的小伙子拉上楼梯，说，二楼三号包厢，自己躲起来，然后也拔枪射杀两个日本人。

她看到郑蓦可能没有了子弹，右手紧抓着一个日本人的手腕，在男人骂骂咧咧的时候，左肘猛击肺部，同时抬左手击喉，短时间内男人发不出声，接着一个过肩摔，生生把男人拎起来，再摔到地上，郑蓦起身，抬手调整中指上的戒指，朝着那个日本人的脸，再一拳下去，直冲视网膜——即使外伤治好了，也是终身残疾，艾蕊随即一笑。

平息了之后艾蕊问他，何必这么狠，郑蓦说，因为他骂骂咧咧的日文，我听不懂。艾蕊听得放声大笑，完全没有方才跳起一招缠绕十字固夹断敌人喉骨的样子。

被救下的沈浩递给他们一张药方，郑蓦看了看，应该就是楼下横了一片的日本人要的那份药方。沈浩看上去挺憨厚，不像个惹事的人，他挠挠头说，我不知道你们是谁，但一定是好人，日本人狼子野心，要在中国打细菌战，我们有许多同事都是因为研究这方面的抗体被日本人给杀了。

艾蕊皱着眉说，消息准确么。沈浩说，一个月前，他们（日本人）就在苏州河附近做实验了，当时死了很多人，还以为是瘟疫。

郑蓦也是神情严肃的样子，这让艾蕊觉得很难得，印象里没有什么事，能让郑蓦一脸严肃。郑蓦说，沈先生可否同郑某回杭城，顿了顿，又补上一句，杭城救国会需要你。

沈浩摇摇头说，我要留在上海，换个地方藏身。日本人还会继续培育细菌，我必须尽快研制出抗体。

罢了，艾蕊说，不管你在哪里，国家需要你。然后拿出纸笔，"沙沙"地写了些字递给沈浩，说，如有需要，杭城救国会找我。

走出去的时候艾蕊突然想起来，她也对百乐门的舞女良钰说过同样的话，如有需要，杭城"维也纳"找我。可是这个军统一处的特工，一声不响地不知道去了哪里。艾蕊转念一想，可能是接到了新的任务，在新的地方继续战斗吧。

"维也纳"里的歌舞升平和先前路面上发生的枪战交织在一起，加上些拱宸桥的小曲儿，构成了项允中眼里的杭城。四人安顿好傅老先生，在"维也纳"的贵宾包间里开香槟庆功，杜诚喝了满嘴的泡沫，说，我怎么也想不通，傅先生怎么会去赌场的。

郑尤接过话茬说，我好像听到他说了句，是被人约去那里的。

杜诚：什么人？

郑尤：那我就没听到了。

项允中倒像是想起了什么，问景洛伊，景医生怎么有这样好的身手。

景洛伊举着喝了半杯的香槟，有些微醺地说，怎么，医生就不能防身么？

然后四个人就谈笑着，快要把老先生给忘了。这些日子杜诚跟着他们几个，眼看着郑尤和项允中挥金如土的做派，拼命感叹着同人不同命，若说郑蓦和艾蕊的钱财都是刀尖上舔血换来的，那这两个小开算什么，有些时候杜诚的清高劲儿上来，觉得他们二人连“维也纳”的歌女都不如。

歌女蝴蝶梦在台上，依旧摇曳着唱《何日君再来》。她和许多歌女不同，总给人一副冷艳的颜色，也不和任何客人接触，即使是有些时候，领班要她去接待客人，她也不去。领班每每苦恼着告诉艾蕊，艾蕊都轻描淡写地说，她是歌女，就让她唱歌好了。

后来艾蕊从报纸上看到当天的事，放下报纸望着项允中，说，那日傍晚时分，在街上火拼，是你们干的吧。

项允中垂手站在一旁，有点结巴地说，是，是救国会的一次营救任务，对方……

话未说完，就被艾蕊的手势打断，艾蕊看着吴妈一盘一盘地把菜端上桌。就在艾蕊和郑蓦把遍体鳞伤的艾肯带回艾公馆的时候，吴妈的眼泪差点掉下来，一个劲地喊着小少爷。这位在上海念书几年未归的小少爷恐怕是艾家唯一的男丁了，一想到离家出走的大哥，艾蕊就又不由得顾自叹息。好容易回过神来，艾蕊问项允中，老先生怎么样了？

项允中：安全送到桐乡了。

艾蕊：唔，桐乡现在还是安全的。

项允中：是。

坐下吃饭吧。艾蕊说着，无奈地盯着满桌子的菜，赶紧让吴妈别再上菜了，然后浅笑着问项允中，他还觉得救国会在我手里是傀儡么？又转头对着艾肯唠叨着，你看，傅老先生倒也是爱国文人，不还是被日本人和汉奸追杀到需要救国会保护的程度？

那晚郑蓦喝了很多酒，他不确定那日在上海“百乐门”，艾蕊那样的举动算不算是放下了，如果真的放下了，那为何一到杭城，就立刻触景生情般地冷了回去。就如在这家宴上，艾蕊也不同他说话，只不断地给艾肯夹菜，同艾肯聊一些东拉西扯的话题，看上去真的不像是平日里的艾蕊，反倒是一个大不了几岁，却撑起了一个家族的大姐。

艾蕊夹了整条淡水鱼到艾肯的盘子里，突然想起来问，你跟三娘是什么关系？

艾肯盯着盘内突出的死鱼眼，说，我是信息员，她是我的上线。

那你的上线也太缺钱了，艾蕊说着，顾自喝了一口红酒，半开玩笑地说，她拿着十几条“小黄鱼”就想要我去救你。

艾肯答非所问地说，姐，三娘告诉我，有一个叫“雪茄”的同志已经激活，不过不在我们这条线上，她也不知道在哪里。如果你遇到了，不要阻拦他的活动。

其实艾肯后面说什么，艾蕊根本就没在意，只笑着同项允中打趣：“雪茄”？怎么会有人用这种代号？项允中在她身边，也是笑笑不语。

艾肯紧接着问郑蓦，姐夫你认识这个人么？

郑蓦喝得眼睛通红，说，我怎么会认识，他又不是共党近日里那个出尽了风头的“阿修罗”，你管他“雪茄”还是“香槟”，好好养身子，身体好些跟着救国会做一些正经事，别整天舞文弄墨的。艾蕊闻言也抬头看了艾肯一眼。艾肯则是一脸不情愿地埋怨，姐夫，怎么连你也这么说！随即就遭到艾蕊当头一拍，姐夫个头！

席罢离开的时候，郑蓦突然回头，艾蕊看到，他的眼里还是烧红着，像她那日在上海霞飞路上一样，郑蓦说，小艾，对不起。

对不起我什么？

对不起，我现在还没法解释那三年。

艾蕊慵懒在椅子里，说，反正我不急。

夏日的风吹在身上已经感受不到凉爽，反倒是沉闷得让人难受，夏虫也在“嘤嘤”的叫着，愈发让人觉得沉闷和心慌。郑蓦记得，艾成就是在这样一个沉闷的夏夜离开的。

艾成离开得很突然，突然到艾蕊白天还在码头接货，夜里就送走了自己的父亲。她好像就从那晚开始，变成了另一个人，变得三年后郑蓦回来，已经不认识了的一个人。

那年郑蓦最初出现在艾蕊面前，像一个书生，文弱地跟在艾成的身后。他不知道，当时才五岁的艾蕊就是在那个时候种在了他的心里，在他眼里就像一个高傲的皇室贵族，这样小的年纪，就有这样从内而外的贵族气质。

艾成离世之后的第四年，细雨落入初春的清晨，艾蕊冷眼看着白手起家荣归故里的"郑五爷"，像是要用眼睛剜死他，但她不知道，那个清晨，像个歌者，亦像是一只撩拨着人的手，悄悄唤醒了郑蓦心里埋藏已久的枝芽。

杜诚心里的枝芽同样也在发着芽，只是他自己还不知道而已。

自从加入到救国会，杜诚就搬进了救国会的宿舍。有杭城各界商会出资，宿舍的条件自然不会差，只是他现在，更想搬到医院的宿舍里去住，他自我安慰地以为只是因为他在医院住过一段时日习惯了，其实，在他还没有意识到的时候，他的脑子里就在不断回放近几个月的生命中，有景洛伊的场景，她摆弄烟幕弹的样子，她快摔凌厉的样子，她明明不会喝酒还要硬撑的样子，然后，在他意识不到的时候，就渐渐地，睡着了。

深夜的救国会同样也是死一样的一片寂静，除了实验室传来的微弱的光。景洛伊没有穿白大褂，拿着些许的药剂，"啪嗒"一滴，再"啪嗒"一滴，试管里的液体立刻变了颜色，然后她盯着试管看了看，摇摇头，又全部倒进废水槽，不知道这是第几次，继续配置药剂。

夏天的风，透过窗子吹进来，景洛伊明明记得，她是关了窗的。

第五章　攻城

一九三七年十二月二十四日。

杭城。

一、占领

这并不是顾近冬第一次来杭城，但这着实是他第一次见到这般狼狈的杭城。

他是来杭城谈生意的，却没曾想被困在了杭城。头顶上接连着飞了几天的轰炸机，这一秒不知下一秒会不会被炸上天去。顾近冬穿着灰布长袍，跑起来十分碍事，他扶着宽大的礼帽，对身边的随从说，找地方藏身。

随从阿水气喘吁吁地拎着箱子跑进一间茶馆，茶馆的主人已经不见了，门也没有关，巨大的茶海上的工夫茶具还有些温度，应该是听到轰炸机的声音，店家来不及关门，就跑着躲进防空洞了吧。阿水放下箱子，望着满街逃窜的人群，他说，会长，杭城都这样了，绍兴……

顾近冬顺着他的话说，绍兴也不远了。

他是绍兴商会会长，他眼看着有腿脚不便的老人被人群推倒，连爬都爬不起来，就又被慌乱逃命的人推倒或者踩到。不时有人在喊，别往城北去了！城北失守了！

阿水东张西望地寻找安全路线，突然像是发现了什么，他指着外面喊，会长，你看！

顾近冬顺着阿水指着的方向，赫然见一个黑衣及地的女人，身后跟了十几个杀手模样的人，还跟了数十个难民，有些还带着孩子。不时有人跑来俯在她耳边说些什么，她随即带着人变换撤退路线。

阿水亢奋地指着，他说，这女子是政府的人么？说这话的时候，女子在一个路口猛地拔出两把手枪，双枪齐下地打死了几个日本兵，她的枪很快，子弹像是打不完。她收了枪，有人跑来告诉她，城西也失守了。

北川部队、日本军部和三林部队分三路侵入杭城，国军经三天三夜的奋战已经损失过半，顾近冬摇摇头，他并不认为眼前这个女子是政府的人，她应该是个地道的战斗人员。顾近冬说，看路线，她是想把难民送出城，阿水，我们跟着他们。

他们刚跟上，有个粗布大袄的男人跑来，喘着大气说，艾老板，没有路了。

艾老板？顾近冬在心下反复搜寻着关于这三个字的记忆，想着：如果判断没错的话，她是艾蕊，杭城的地头蛇。

而眼下艾蕊根本没有顾及后面多了两个人，她只知道队伍越来越大，也越来越难以转移。她听到了太多遍“没有路了”，她反复想着国民政府刚下的自卫抗战声明书，也想着“中国决不放弃领土之任何部分，遇有侵略，惟有实行天赋之自卫权以应之”。她换了个弹夹，又把美制柯尔特手枪放回了内袋，这才问探路的手下，武林门现在怎样？

还未失守。

走武林门。

可是她带着人刚走了几步，就被迎面开过来的“铁王八”给逼停。那是一个十字路口，从三个方向汇聚过来的日本兵把他们一行困得死死的。有个孩子看着日本兵的刺刀，“哇”的一声哭了，带着孩子的妇人吓得赶紧用手捂住孩子的嘴。

从顾近冬的方向，看不见艾蕊此刻的表情，他只觉得，艾蕊似乎深吸了口气。她用不轻不重的声音说，兄弟们，如果艾某今日没能保护你们的家人，这份债，艾某只有来世再还了。

这话的语气有些苍凉。顾近冬这才知道，队伍里的这些人都是艾蕊手下的家眷。这让他心下一惊，事实上，作为一个商人，他并不认为艾蕊有必要对手下的家属负责。他听着艾蕊用准备应战的语气说，子弹上膛。

顾近冬是会用枪的，但他唯独此行没有带枪。队伍里的男人很快把妇孺围在中间，这也让顾近冬心里燃了起来，他问身边的人，能否给我一把枪？

一个西装革履的男人闻言，把枪塞进顾近冬的手里说，兄弟，用我的，保护好你身后的孩子。

小孩子躲在顾近冬和阿水的中间，他看上去并不怕，他说，项叔叔，我也要打鬼子。

项允中淡然地摸了摸孩子的头，转身向着艾蕊走去。

“铁王八”里下来一个艾蕊十分熟悉的人。清野今日穿着军大衣，看上去确实有了中佐的样子。他像往日一样对着艾蕊微笑，像往日一样象征性地提了提帽子，说，艾大小姐。

此刻的形势十分奇特，艾蕊和清野站在十字路口的中央，似是好友碰面，但各自的身后却是截然不同的两个画面。

艾蕊说，清野先生有礼了。

清野也含蓄地一点头，扫了一眼艾蕊身后的难民，他让手下收起枪，说，艾大小姐这是要出城？

艾蕊把半人高的手杖递给项允中，说，我带着艾家人出城，似乎不用告知清野先生吧。

项允中接着手杖，他明白这是准备战斗的讯号，放在口袋里握着枪的那只手不由紧了紧。

清野说，没用的，大小姐，现在城外和城内一样，都是我们的天下。大小姐还是回你的艾公馆，享受荣华去吧。

艾蕊冷笑着说，荣华？你们这样糟践杭城，我艾公馆的荣华，还能持续多久？

清野也笑，说，只要大小姐继续同帝国合作，在下一样尊你一声艾老板，艾公馆必将和以往一样荣华富贵。

艾蕊双手抱臂交叉在胸前，似乎无论何时，她都能用盛气凌人的态度让对方灰飞烟灭，她问，我若说不呢？

清野倒也一副胜券在握的样子说，你不会愿意说不的。

言罢，清野只是笑着，再不说话。艾蕊转过身，去看队伍里那些无助的难民，他们有些还这么小，别说是荣华富贵，他们连人生都没有见识过。她望着一个男孩看向她的眼神，那是一种容不得一点失望的清澈的眼神。

她转身回来，双手从大衣两侧抽出两把勃朗宁手枪，肃穆的黑色大衣被她带动得向后甩开，她举枪指着清野说，那就试试看。

艾蕊一举枪，所有人立刻举枪对峙。清野用日语喝令士兵放下枪，而后依旧不温不火地说，没用的，你看看你周围，再看看城外。你们的二十五集团军根本来不及赶到救援，杭城已经是我们的了。请大小姐不要再做无谓的挣扎，在下也不想伤了和气。

二、汉奸

那日之后日本人占领了杭城，也在杭城建立了一个在艾蕊眼里莫名其妙的新政权。艾蕊喝着咖啡，把报纸往桌上狠命一摔，骂着，废物，一群废物。

报纸上连着几天都是国军节节败退的消息，自从国民政府迁都重庆，亡党亡国的谬论就像是鼠疫一样在坊间传开，艾蕊从没有像现在这样在意过，尤其是在她被人骂作“汉奸”的此时。

郑蓦此刻也在“拱廊”，他摆弄着面前已经满了几次的烟灰缸说，你已经尽力了。

尽力有什么用，国民政府也说尽力了。艾蕊说着，盯着剩下的半杯咖啡，胃里有些绞痛，她捂着胃，想着再不能空腹喝咖啡了。她吐了口气，似乎这样就能抑制住想吐的念头。她说，他们也说尽力了，可是他们连钱塘江大桥都守不住。炸桥的时候倒是果断，鬼子进杭城的时候，他们人呢？一群废物。

郑蓦也不说话，他知道艾蕊这是在骂当权的一些政客，在艾蕊的眼里，政客一直都是一群废物。郑蓦唯独觉得，钱塘江大桥被炸，是有些可惜了。这在当日“轰”的一声过后，他就这么说过，可惜了，建好才八十九天。

那日在十字路口，清野威胁艾蕊，战争总会死人，大小姐若今日不幸遇难，贵国也不会为你哀悼，何必呢。

郑蓦就是此时从屋顶上跃下，他抬手把艾蕊护在身后，也不说话，只用一个轻蔑的眼神看向清野。清野倒也不怒，反倒轻声问候了句，郑五爷，已经把那些老弱妇孺都安置好了？防空洞可不太安全。

顾近冬此刻也是一惊，他除了在心里骂着日本人简直是牲口，也在心里叹着他们的情报系统实在强大，能够实时跟进目标。

郑蓦咬了根雪茄，说，清野，好歹合作一场，何必这么剑拔弩张。

清野说，是的，好歹合作一场。如果您的未婚妻和您的想法一样，在下就省心了。

郑蓦划了根火柴，说，我的未婚妻和我的想法一直一样。若无国仇，你我可以合作，但今日你们打进杭城，你我就再没了合作的可能。

不管他们怎么说，清野始终一副胜券在握的样子，这让艾蕊心里十分窝火。清野此刻云淡风轻地说，前几日我军攻陷了南京，虽然我本人也十分不认同他们的做法，但我实在不希望，南京的悲剧再一次发生在杭城。

他的话音未落，艾蕊的脸色登时变了，她骂着，牲口，清野建川，你简直是牲口。郑蓦也兀地抬眼望向清野，雪茄头冒着些许的白烟，有股淡淡的坚果味。

阿水把躲在他身后的小孩子护在怀里，他小声问顾近冬，南京发生了什么，抬头刚好撞上顾近冬此时也像是要杀人的脸色，顾近冬咬着牙回答，屠城。

清野满意地看着众人突变的脸色，他笑得更放肆了，他说，艾大小姐，我给了你足够的时间考虑，眼下我也累了，这样，我每问你一次，就杀一个人，直到你答应合作为止。

这句话他是用日语说的，难民根本不知道发生了什么，就被一圈刺刀围在了中间。他们有的吓得凄声尖叫，有的被男人保护在身后，一脸惊恐地盯着不远的刺刀。艾蕊说，你无耻。

说话间一声巨响，天上很快又被烧红了一块。艾蕊看了看方位，仰头望了郑蓦一眼，竟坦然一笑，她说，清野，你今日若再逼我，艾某就死在这里，我艾家的产业，你一个子也别想拿到。

那是艾家军火库爆炸的声音，艾蕊预先同郑蓦商议，在每个仓库都布下了定时炸弹，间隔时间各半个钟头。艾蕊说，我的东西，死了我也要带走。

清野的耐性似乎极好，他说，这么说大小姐是不打算合作了，看来南京事件是需要重演一次，就从防空洞开始吧。

正说着，一个士兵来报，他用日语说，我军在城外，大胜七十四军。

艾蕊闻言，心里一阵怒其不争，她像是死过一次，望了望身后的难民，缓缓地收了枪，她问郑蓦，今日几号？

郑蓦说，民国二十六年十二月二十四日。

艾蕊望了眼烧红了天的方向，对着空气说，记住，今日，老子做了汉奸。

轰——

艾公馆确实一如既往地荣华富贵，包括“维也纳”和“拱廊”，还有郑蓦的丝绸公司。

除了每日见报的“军商两界友好”的报道，和日益增长的“汉奸”的骂声，艾蕊和郑蓦的日子看上去并没有受到影响。

“拱廊”不时会被人砸碎玻璃，但每当杜诚或是景洛伊气不过冲出去的时候，砸玻璃的人就跑开不见了，也不知道是小孩子，还是无聊的大人。

景洛伊气得窜来窜去，骂道，这群人，简直忘恩负义。

艾蕊倒是觉得无妨，她这些天忙于接待一位叫胡蝶的电影明星。胡蝶是来做劳军公演的，她演的电影艾蕊看过不少，前几年的一部《姊妹花》，让艾蕊感触颇深，她认为，胡蝶当之无愧是电影公司的头牌。而让她有些诧异但又意料之中的是，戴老板对胡蝶异于寻常的在意，即使她名义上有一个丈夫。

艾蕊懒得管他们之间的家长里短，她只顺着戴笠的意思，照顾好胡蝶就行，不该问的，她也懒得问，这反倒让胡蝶觉得放松，毕竟她正处于“九一八事件”的影响，生怕莫名地就被问到一些让她尴尬的问题。艾蕊窝在“拱廊”的沙发里，咬着用牛油做成的糕点，有一搭没一搭地陪着胡蝶聊天。她顺着景洛伊的话说，刚开始我很愤恨，那些口口声声骂我汉奸的人，在鬼子攻进来的那天，还不是手脚并用地在地上爬着逃生。有时候想想，我堂堂党国少校，为了救这些人同鬼子合作，简直愧对党国，也愧对我的父亲。

艾蕊说着，倒了三杯红酒，她示意景洛伊也坐下，接着举起了红酒杯，沁香的味道扑面往她的鼻子里钻，她轻声地说着，也许我此生就做不到像我父亲那样，在战场上厮杀，我注定做不到。

她说，胡蝶小姐，我很羡慕你，你有你自己的战场。

“维也纳”出事的时候，胡蝶还在同艾蕊说着她此次来杭的安排。前来报信的人告诉艾蕊，日本兵在街上强行收税，正在“维也纳”门口对峙。

艾蕊闻言，似笑非笑地从沙发里起身，她把大衣披在身上，项允中适时地递来手杖和礼帽。景洛伊也“噌”地蹿起来，说，他们找死啊！

“维也纳”在杭城的地位一向是没人敢动，日本小队被“维也纳”的守卫举枪对着，立在门外。附近有些老实交了税的商户，探着脑袋想看“维也纳”这次能顶到什么时候。一个皇协军跟在日本人身边，他看见了驶向他们的郑蓦的车，他赶紧点头哈腰地说，太君，这个真惹不起。

日本人操着十分拗口的中文说，巴嘎！只要在大日本帝国的辖区内，所有人都得效忠大日本帝国。

放你娘的屁。艾蕊说着，三两步走至为首的那个日本人面前，也没给他骂骂咧咧的时间，抬手抡起手杖接连几棍把他打倒在地，复用手杖抵在他的喉咙。她俯身一把扯下那人风纪扣上的军章，胡乱扫了一眼，就扔回到那人脸上，说，我当是什么角色呢，一个二等兵小队长，也敢来“维也纳”撒野。

她这么说着，连正眼都没有再看一眼，就“砰”的一枪，在那个日本兵的头上开了个血洞。

景洛伊立在“维也纳”的门口，被这毫无征兆的一枪吓得惊叫了一声，脸色惨白地捂着嘴，眼睛瞪得十分大。

原本趾高气扬的那一小队的日本兵，此刻只剩下举着枪呆在原地的份了。艾蕊根本没把他们当人看，凌厉地说，拿下。

郑蓦隔着车窗，眼里带笑地看着，也看着周边人的反应，有尖叫着跑开的，有说杀得好的，也有吓得立马关上自家的门的，似乎动作稍慢一点就要大难临头。

地上很快漫开了一摊血水，死了的日本兵就这么被晾在街口，也没有人会来给他收尸，风纪扣上被扯下来的军章盖在他的脸上，上面用日文写着，北川部队，藤井中祥。

白振平来得比艾蕊想象的要慢一些，他是来给清野当说客的。

从白振平的角度看，艾蕊还是那副高高在上的样子，似乎任何事情都不能影响她傲慢的形态。她的舞裙下摆很大，拖在地上成了一小块移动的红色地毯。外袍从她的肩膀披垂下来，在衣服的躯干部分拼接了许多窗格式样的滚边。白振平不由看向足够露出她纤长脖子的高开领，几乎要用“母仪天下”来形容她了。

艾蕊从金色的楼梯上缓慢地走下来，裙摆在她身后拖了好几级台阶。她的手杖有半人高，极少有女人随身佩带文明杖的，白振平也带手杖，红木镶银的，文明杖在他这个阶层，是身份和风度的象征。艾蕊手里这根，是用象牙制成的文明杖，包了三段白银，顶部的包银被抚摸得发亮，手杖在她的手里，也变得像是权杖一样无限威严。

她说，白三爷，别来无恙。

“别来无恙”这几个字，被艾蕊说得，带有些许嘲讽的意味，白振平也笑，他听得出艾蕊的意思，他白振平原先就是卖妹求荣的汉奸，现在日本人打进杭城，他一样是汉奸。

白振平把一封请帖递给艾蕊说，北川将军今晚在军人俱乐部设宴，请艾老板务必赏脸。

艾蕊接着请帖，也不看，似笑非笑地说，他凭什么认为我会去，他上午不是还向我收税来着？

白振平颔首一笑，那是底下人办事不力，不知好歹。

艾蕊把手搭在手杖上，拇指来回抚摸着手杖顶端的包银，她慢条斯理地说，办事不力，不知好歹，那就是该死。北川将军日理万机，这点小事，艾某代劳了。

说这话的时候，艾蕊浅浅地笑着，她的头偏向一边，这个样子看上去是极好看的，如果白振平不知道艾蕊做了什么的话。

他当然知道艾蕊做了什么，像她这种女人，前一秒开枪杀一个人，下一秒还能不动声色地对着你谈笑风生。他自然是见识过的。那时候日本人还远没有打进来，艾家出过一个叛徒，艾成亲手把枪递给艾蕊，要她执行军法，艾蕊就是那样，眉眼带笑地，“砰”地开了一枪，神色淡然地，和在打靶场练习精准度没有任何分别。那时候，她不过十几岁。

所以这样的女人，在收到“日本兵在凌桥难民收容所烧杀奸淫”的消息后，当即炸了艾家在凌桥附近的一个仓库以示警告，是再正常不过的事了。

何况她如今只是杀了一个二等兵。

白振平了然地挑眉说，有劳艾老板，那剩下的那些，可否让我带回去？

那是自然。艾蕊依旧笑着，她说，我总要留几个活口回去告诉北川和清野，要合作就要有点儿诚意，若再有人这样踏进我的地界，艾某不管他是什么军衔，乱枪打死。

“乱枪打死”几个字，她几乎是咬着牙说出来的，白振平自然是相信她的话，这个女人和她的后台一样，是轻易惹不起的，北川也这么认为，所以当艾蕊一次一次触及北川的底线之后，北川还是不动声色地容忍她，只一次，北川用日语说，除掉一个艾蕊尚且困难，何况她身后还有个郑五爷。白振平不大听得懂日语，但他也多少猜得出北川的意思。

白振平点着头说，我一定原话带到。接着他又说，今晚的酒会是特地为艾老板举办的，请艾老板务必赏脸。

艾蕊不置可否地说，不送。

请帖的材质非常好，连艾蕊的名字都是用烫金制成的。

和她的名字一样十分醒目的，是嘉宾栏里，赫然印着的“胡蝶”二字。

艾蕊有些疑惑，心里登时有种不好的感觉，她从不知道胡蝶会接日本人的酒会，那年东北爆发“九一八”事变，伴随着战争而来的是胡蝶和张学良的“跳舞事件”，一时之间胡蝶成了“红颜祸水”的代名词，多年来她一直耿耿于怀，她恨毒了日本人，怎么会接日本人的邀请。

艾蕊想着，心下突然一惊，难道……

她拖着舞裙赶回“拱廊”的时候，如她所想，胡蝶不见了。三三两两的富家千金在“拱廊”里会朋友、喝咖啡，一副天下太平的样子。艾蕊用手杖敲了敲吧台，杜诚穿着服务生的制服，从厨房里擦着杯子走出来说，艾老板，胡蝶小姐留下话了，说是去电影公司一趟。

艾蕊兀地把手杖砸在地上，她压着嗓子骂，蠢货，日军攻陷了上海和杭城，眼下哪还有什么电影公司。

郑蓦是和着骂声走进“拱廊”的，他也收到了请帖，刚想向艾蕊确认胡蝶应邀是否是艾蕊的安排，就听见了艾蕊难得动怒地呵斥，他说着“杜诚懂什么，他就是个学生”，伸手把艾蕊拉进了酒窖。

郑蓦：胡蝶是不是你们的人？

艾蕊：你疯了？她就是个电影公司的演员，她手无寸铁的，怎么可能是我军统的人。

郑蓦：那戴老板如此关照她？

艾蕊：爱美之心，人皆有之。胡蝶若是军统的人，她要执行特别任务，我没理由不知道。

酒窖里一格一格横了不少的红酒，但今日郑蓦和艾蕊都没有了兴致伸手去拿。郑蓦说，但愿她不要惹麻烦。

艾蕊再一次把手杖砸在地上，包银的底端落在水泥铺成的地面，发出清脆的一声响，她骂道，这个蠢货，她本身就是麻烦。

而后她“嗤”的冷笑了一声说，看来我这汉奸的头衔，是真的要坐实了。

三、酒会

军人俱乐部，距离日本人的宪兵队不过两三分钟的路程。门口堵了许多的汽车，有些耐不住性子的，走下车看了看，又被堵在门口的那辆给吓了回来。西药公司的董事长萧瑟也被堵在外面，他听着助手向他汇报说，老爷，是艾大小姐。

她又怎么了？

她在拿架子，要北川将军亲自来接她下车。

萧瑟闻言一惊，下意识地问，北川怎么得罪她了？

不知道，据说艾大小姐前些天炸了凌桥附近的一个仓库。

她炸她自己的仓库干吗？

听说是因为日本人在难民收容所胡作非为，艾大小姐这是在警告他们，惹怒了她就让日本人在她身上一个子也拿不到。

萧瑟在车里放声大笑，他摇着头，一副拿艾蕊没办法的样子说，我已经能想象北川看不惯她又除不掉她的样子了。

萧瑟今天看上去心情极好，他划着了一根雪茄，吞云吐雾地说，有得等了。

他们并没有等太久，北川将军穿着军服，拉开了阵势亲自迎接艾蕊下车。艾蕊这回倒也没有再摆架子，她把手搭在北川的手上，任北川牵着她下车。

她的出场毫无疑问地引起一阵侧目，从来没有哪个交际花，能有像她这样的待遇。但没有人知道，在北川把她从车里牵出来前，他隔着车窗问艾蕊，你到底要怎么样？

艾蕊在车里不为所动，她笑着说，要脸。

此刻她依旧孤傲着走在红毯上，每一步都十分优雅，她的眼睛从每一个人身上顾盼游走，直到她看见一身盛装的胡蝶。

胡蝶原是十分骄傲的，毕竟她是当之无愧的电影皇后。可她的那份气场，在艾蕊入场后，就再也没有迸发出来过。清野先前去接艾蕊下车，却被艾蕊一句“让北川亲自来见我 ”给堵了回来，此刻他站在胡蝶的身边，有一搭没一搭地谈笑着。

白振平见艾蕊的穿着同白天在“维也纳”时无异，在心里笑了笑：她根本懒得刻意打扮。

她的长发垂在脑后，有几缕随意地披在了胸前，头上戴了一个闪着银光的发箍，看起来更加母仪天下了。白振平心想，她本就是个自带荣光的女子。

艾蕊极少在“维也纳”以外的场合献声，今日也不例外，她端着高脚杯走向胡蝶说，胡蝶小姐，久仰，不知艾某可否有幸，能见识到胡蝶小姐的歌喉？

她这么说着，逐渐走近胡蝶，压着嗓子说，你别胡闹。

而胡蝶却在她面前不动神色地微微一礼，转身走向舞台，她甩开一把红色的羽毛扇子，唱着“玫瑰玫瑰最娇美，玫瑰玫瑰最艳丽”。

艾蕊在舞台前，她眼里带笑地望向舞台，笑得有些冷。

刚好在这个时候，北川走过来请艾蕊跳第一支舞，艾蕊点点头，把手杖随手递给项允中，这是一个信号，项允中向她点了点头，退下了。她和北川旋转着进了舞池，她说，北川将军好舞技，看来平日里很是清闲。

她这句话声音不响，却刚好被同在舞池里的萧瑟听到，萧瑟差点“嗤”的一声笑出来，清闲？

萧瑟和现场众人不可能知道，军人俱乐部里张灯结彩地办酒会的此时，从不出席这种场合的郑五爷，此刻正潜在日本宪兵队里。他咬着电筒，撬开了清野办公室的门。

他要找“孤岛计划”的副本，但他和手下翻遍了档案室、机要室和通讯室都一无所获，眼下只剩清野和北川的办公室了。他蹲在保险柜的门前，向着密码锁的位置，拿了一小袋面粉，“呼”地吹了口气。

一曲终了，舞池里的男女互相屈膝致意，艾蕊再次夸着，北川将军好舞技。

北川硬朗地笑着，他对美女的追求丝毫不亚于金钱和地位，他做出一个“请”的手势说，艾老板过奖，一起喝一杯？

没了手杖在手的艾蕊看上去少了些剑拔弩张的气势，入舞池前她还把厚重的外袍脱下来挂在了项允中的手上，此刻她俨然就是一个妩媚的女子，而不是昔日冰冷的艾老板。

但她的眼神一刻也没离开过胡蝶。她始终不相信，恨日本人如斯，她会接这场酒会的邀请。艾蕊在心里想着，若胡蝶真的打算在此时对北川下手，那就是蠢到极致了。

觥筹交错之间，艾蕊已经陪了三四个政要，或跳舞，或饮酒。她可以驾驭许多舞种，俨然是一个合格的交际花，即使她从眼底里透着让人发怵的冷傲。清野端着酒杯说，我真不明白她哪来的这份高傲的底气。

军人俱乐部的舞池并没有“维也纳”那么大，但也装饰得金碧辉煌，艾蕊此刻被萧瑟邀请到舞池中央，从白振平的角度看过去，萧瑟把左手背在身后，右手伸出，做了一个“请”的姿势，这让萧瑟看起来十分有风度，他是西药公司的董事长，也是留过洋的。白振平望着舞池里纠缠着的颇有风度的两个人，也说，没错，有时候我都想砸开她的脑子，看看里面到底有些什么。

清野像是没有料到白振平会这么说，饶有兴味地转头看了他一眼。随即清野看到艾蕊往他们这边扫了一眼，他登时心里一虚。

其实艾蕊的眼神只在他们身上一扫而过，她根本不在意他们在说些什么，她唯独在意的是不动声色地寻找胡蝶。她和萧瑟拥在一起，萧瑟压着嗓子说，艾老板，你的那批货，已经顺利接收了。

早前艾蕊托萧瑟运送了一批黄芪出城，这着实让萧瑟费了一番力气。黄芪是管制药品，送出城的那天，他把弹夹都给打空了。

艾蕊：好。

萧瑟：你没有告诉我，那批货是送往延安的。

艾蕊：告诉你又怎样，你就不帮我送了？

萧瑟：告诉我，我可以帮你送到地方，而不是交给别人中转。

艾蕊：交给别人，我反倒更放心一点。

一曲终了，艾蕊拎着舞裙向萧瑟屈膝一礼，她似乎累了，伸手从项允中手里拿回她的手杖，她倚在吧台边，从堆成塔的香槟杯边，不合群地拿了一杯红酒。

萧瑟不记得艾蕊的酒量这样好，离开了杭城数年，他觉得一切都变了。萧瑟今日一身黑色的燕尾服，衬衫的领口系了一个领结。艾蕊把红酒杯举到眼前，视线透过红酒，整个世间一片艳红，她眼里带着意味深长的笑意，想着当年，父亲还动过要和萧公馆联姻的念头，那时候，和现在不一样。

当年艾成站在书房的窗边，背对着艾蕊说，萧瑟的父亲是党国驻俄的外交官，如果萧艾两家结合，艾家的生意会更好做。艾蕊想着那些话，她扯了扯嘴角。她此刻已经不像父亲刚去时那样想着，倘若父亲能回来，能多活几年，她也可以嫁给萧瑟。她不再这么想了，她也没了想这些的时间。

萧瑟端了一杯白兰地走近艾蕊，他的文明杖和艾蕊的靠在一起。萧瑟说，十一点方向。

顺着萧瑟说的方向，艾蕊的眼神掠过萧瑟的肩头。舞台上早已换了歌女，胡蝶穿着华贵的礼服，背对着艾蕊，站在一张堆满了酒杯的圆桌边缘。艾蕊不动声色地抬起酒杯，冲着萧瑟，做了一个“干杯”的姿势，然后一饮而尽。

她把手杖挥成了剑花，萧瑟望着她淡然离开的背影，他不确定她这次是否又在执行军统的特别任务，唯独能确定的只有，她是个处在台风眼里的女人，她能掀起巨大的风浪，但她自己，始终是最冷静、最淡然的那个。

他这么想着，叫来了洛茱，他的养女。

洛茱到底已是个十五六岁的女孩子，出落得愈发好看，此刻她游走在政客和商贾之间，看上去俨然是个上流社会的大家小姐，萧瑟满意地看着洛茱替他应付着商界的同僚，想象着她将来独当一面的样子。

若是把萧家的产业交由洛茱打理，她会不会变成艾蕊这样？

这样冷漠，这样沉静，也这样的，不容接近？

洛茱提着裙摆从舞池里走至桌边，萧瑟抬手递给她一杯度数不太高的葡萄酒，他说，少喝点儿。而后他把左手背在身后，右手向前伸出，他挂着浅笑说，洛茱小姐，萧某可否有幸，请你一舞？

洛茱看着萧瑟的样子，“咯咯”地笑着，她说，好的，爹地，萧七爷有礼了。

洛茱的舞技全是萧瑟教的，尽管最初洛茱不断踩到萧瑟的脚，萧瑟始终极耐心地教她。洛茱问过萧瑟，她说，我将来需要流连于舞场么？萧瑟笑着摇摇头，又点了点头，说，会有用的。

事实上，直到今日洛茱才算真正见识到萧瑟的舞技。在萧瑟和艾蕊共舞的时候，洛茱看着他二人像是旋转的蝴蝶，艾蕊的手搭着他的肩，和着清朗明快的四分之三圆舞曲，反身、倾斜、摆荡、升降。这是一种对双方的配合要求极高的舞种，洛茱和萧瑟从来没有成功过，洛茱也顾自懊恼过，不过是原地的斑点式左右旋转，仅仅是因为速度较快，她就总是跟不上。

而此刻，洛茱被萧瑟带着，跟着他的舞步旋转交叠，她是充分信任萧瑟的，她甚至可以不用听音乐的鼓点。萧瑟揽着她，在她的耳边轻声交代了一句话。他似乎是踩着鼓点说完，洛茱提着裙摆屈膝，她和其他小姐一样，和她的舞伴互相行礼。

舞池顶端的那盏巨大的吊灯，萧瑟记得“维也纳”也有一个，玻璃切面反射出刺眼的光，和“维也纳”里的那盏一样耀眼。但是这盏，要比“维也纳”的还要再大一点，大到看上去可以笼罩整个军人俱乐部。

站在吊灯的角度往下看，可以看到艾蕊和胡蝶从舞池的两个方向，各自缓慢地，一个走近北川，一个不露痕迹地想要离开。

汪伪政权的人自然不会放弃这样好的机会示好，艾蕊看着财政署长向北川敬酒时候那副嘴脸，在心里翻了个特别大的白眼。北川的手里拿了一杯香槟，那是方才胡蝶递给他的，这才是艾蕊的目标。

艾蕊拖着舞裙走近北川，手杖在她的手里再一次挥出了剑花，酒杯落在地上，也开成了一朵四分五裂的花。没等北川开口，艾蕊像是极生气地说，不要再让我听到你们在杭城胡作非为，凌桥的事也就罢了，把火烧到我“维也纳”这事儿，我还没跟你算呢。

财政署长尴尬地立在原地赔着笑，他方才刚说了“税收”二字，不知怎的莫名地触怒了艾蕊，她连北川手里的酒杯都敢打落，他甚至怀疑，下一杖是否会落在他的头上，也许不是手杖，是子弹也不一定。

北川的脸距艾蕊非常近，他几乎可以感受到艾蕊的愤怒，他用日语说，艾大小姐，你到底要做什么？

酒杯被打落的清脆声响，在各种声音交织在一起的舞场并没有引起太大的波澜，唯独玻璃的残渣，在胡蝶的眼里十分扎眼，洒落在地上的香槟，流了一摊就再也不动，似乎也在嘲笑她的无能。胡蝶的左手暗自握了握，手心里还有一张被汗浸湿了的、泛着黄的纸。

艾蕊抬眼给项允中使了个颜色，项允中立刻会意地递给她一杯香槟。艾蕊用拇指和中指捏着郁金香花形的香槟杯，细长的杯身里倔强地冒着泡。郁金香形的酒杯，杯口小而杯肚大，它能拢住酒的香气，直到艾蕊把这杯香槟交给北川的时候，香槟的香味还能迎面扑到北川的脸上。她用极淡然的语气说，我要亲口告诉你，若再有人这样踏进我的地界，艾某一定会让他，追悔莫及。

说“追悔莫及”四个字的时候，项允中已经往她的身上披上了她的披肩外套，艾蕊的双手交叠着放在手杖的顶端，这让她看上去十分从容。

她也的确是十分从容，因为那杯带着毒药的酒，现在和一小堆碎片在一起躺着，等着女仆跪在地上把它们放进垃圾箱。

一杯酒砸落在地上，是断然引不起多大的涟漪的，但是一整个香槟塔的倒掉，必然能让整个舞场瞬间安静下来。舞池里的贵妇和绅士各自惊诧地看向倒掉的香槟塔，以及被香槟淋坏了衣服的洛茱和胡蝶。

留声机里还在尴尬地放着舞曲，洛茱在圆桌边，踩到了胡蝶的舞裙，她此刻和胡蝶倒在一起，摔下去的时候洛茱扯住了桌布，紧接着就是整个香槟塔砸在她和胡蝶的身上。

萧瑟在众人惊愕的神色当中走过去，他伸手扶起了被称作“电影皇后”的胡蝶，说，小女太过冒失，冲撞了胡蝶小姐，请您原谅。然后他也拉起了洛茱，说，洛茱，还不快向胡蝶小姐赔不是。

洛茱扯了扯被香槟淋了半身的舞裙，向着胡蝶低头一礼，说，胡蝶小姐，失礼了。

他三人站在众人的视线正中，胡蝶就是心里有几百个不愿，也只得屈身回礼。她扯着被淋湿了的舞裙，转身从一个边门离开了，跑得十分快，像是一只蝴蝶。

洛茱不动声色地递给萧瑟一把匕首，那是她跌倒时从胡蝶身上顺下来的。萧瑟的猜想没有错，艾蕊今日的目标是胡蝶，而胡蝶，的确有问题。

此刻没有人会责怪胡蝶的离开，她是电影公司的演员，不过是一朵交际花。何况，现场还有艾蕊，明艳的灯光并没有熄灭，留声机里的音乐也不再尴尬地放，艾蕊走上舞台，她的披风搭在舞裙的边缘落在地上，在台阶上拖了几级。她此刻站在舞台中央，用轻烟一样的声音说，《何日君再来》。

《何日君再来》的音乐响起的时候，人们的记忆也像是被拨动了开关，他们似乎瞬间忘记了仓皇离开的胡蝶，和着“好花不常开，好景不常在”的歌声双双旋转起来。

一切都按照计划，有条不紊地进行着。

郑蓦在舞场外，避开了两个小队的巡逻兵，伸手把仓皇逃离的胡蝶拉进掩体后，他说，胡蝶小姐，请。

胡蝶顺着郑蓦手指的方向，看见郑家的车停在不远的位置，在他们和车之间，横了一地的日本兵。郑蓦为胡蝶拉开车门，转头对郑尤说，清理尸体，酒会结束前回来。

车内缭绕着一片坚果味道的烟气，胡蝶和郑蓦彼此沉默地坐在车里，窗外不时有香樟树掠过，夜晚行驶在西湖边，风会止不住地往车里灌，胡蝶下意识地耸了耸肩，才记起来自己的狐狸毛外套还在俱乐部里。

郑蓦瞥了胡蝶一眼，他沉默地掐灭了雪茄，车窗也被他摇起，车内逐渐没这么冷了。郑蓦此刻阴沉着脸，他的右手始终插在口袋里，那是一个小型的照相机。他在清野的办公室里，拍下了许多的文件。

胡蝶：五爷，你和艾老板，是心甘情愿做汉奸的么？

郑蓦：我们何曾是汉奸？

胡蝶：那为何阻止我刺杀北川？

郑蓦：你有十分的把握成功么？

胡蝶：没有，但我有十二分的信念。

那有屁用！你有你自己的战场，而不该像战士一样冲在一线，文艺界更需要你的声音。言罢，郑蓦再也无话。胡蝶是该有自己的战场，但他和艾蕊呢，他们究竟身处怎样一个战场？他们都是生存在阴影中的人，面具戴得久了，就会忘了自己究竟是谁，也会忘了，他们是不能站在胜利的阳光下欢呼的人。

相机在他的大衣口袋里静默地躺着，它的肚子里满满的都是胶卷，一副酒足饭饱的安逸样子。郑蓦并没有那么安逸，因为他知道，在相机的肚子里，有一张照片，那是他在清野的办公桌里发现的，军火供货协议。

合作方不是艾氏工业。

第六章　病毒

满是发霉气味的审讯室，架上吊着一个像是一朵盛开的血色花一样的，被折磨的体无完肤的人，皮鞭还在那人的身上游走，行刑的人狰狞地说，你招不招？

你们就这点手段么？被吊在刑架上的人垂着头嗤笑着，嘴唇因为失水已经干裂，每扯动一下，都会有一股甜腻的血腥味冲进鼻腔，但这些相比于身上不断散发出的血腥味而言，就像不存在一样。进了大狱，就没有人再怜惜刑架上的这个人，是否曾经是个美艳的女子。

警察局马头坐在烧着烙铁的炉子后面努力地摇着扇子，突然把蕉叶扇子一扔，骂了句，娘希匹，这天真热。走过去朝着刑架上的人就是一拳，说，艾蕊，你还当自己是大小姐呢？

一、抗体

到底还是打起来了。

在一个这样沉闷的季节，不管人群怎样举着横幅从大街上游行走过，日本人的轰炸机还是一架一架地飞过中国的上空。原先一直在杭城的日军少将北川，也受命调到上海去了。

到底还是打起来了，艾蕊慵懒地说着，倚在沙发里抽着雪茄。近两日，从各地逃难来杭城的难民越来越多，艾蕊隔着窗子的玻璃看着他们扛着包袱的样子，沉重地说，这个时候，哪有一个地方是安全的。

沈浩就是在这样一个沉闷的午后来找艾蕊的。当时景洛伊正在抱怨着没有活体实验体，抗体培育一直处在瓶颈期，边换下白大褂边说要去医院找几只小白老鼠或者兔子来。刚一出门，就碰上了风尘仆仆赶来的沈浩，景洛伊以为，他也是逃难来到杭城的。紧接着她又看到，当局又带走了一个女人，景洛伊吓得赶紧退回来，说这个女人是个明星，演过不少爱国电影。艾蕊还是倚在沙发里，像是没看到也没听到，很久才说，那群没用的东西。

杭城文化界举行大规模劳军公演，联合上海文艺界的一百多位明星共同排演抗敌话剧《保卫卢沟桥》，这像是又触到了亲日派的神经，下令疯狂地逮捕爱国人士，有些从上海过来的电影明星，也莫名地进了逮捕的名单。艾蕊起身给沈浩倒了杯红酒，平淡地说，你终于来了。像是料到他一定会来。

沈浩干咳了几声，说，战火就快要烧遍全国，你怎么一点惊慌的样子都没有。

这句话被刚走进门的郑蓦听到，走过来笑着撑着手杖坐下，说，她要是能惊慌，天都能塌下来了。艾蕊嗅到了一丝并不浓重的血腥味，皱着眉看了他一眼，说，你受伤了？郑蓦随即朝艾蕊一笑：我受伤不是家常便饭么。实际上艾蕊不知道，郑蓦在来的路上遇到暗算，原本以为对方是军统，郑蓦招招留有余地，直到在打斗中发现日本的族徽，这才拔枪杀了那两个人。

后来艾蕊取笑他妇人之仁，说，向你开枪的都是敌人，就算是党内的自己人，杀了也在所不惜，何况你还不姓国。郑蓦对此又是一笑置之。

当然，这是后话。

“拱廊”和“维也纳”一样，不管局势多么紧张，这里始终歌舞升平，也许是因为经营者的缘故。艾蕊从不在“拱廊”里放些“维也纳”的靡靡之音，反倒是通过留声机，放一些松散自由，却让大多数人听不懂的蓝调音乐，因为艾蕊觉得，蓝调音乐有一种无约束的精神，让人们用享乐的态度去面对惨淡的人生，在现在这种时候放，是再好不过的了。

有“蓝调之母”之称的马·雷尼，喜欢用不寻常的调来唱歌。她美丽雄厚的女低音，不断进行变调和延伸，使得她的演唱无人可比。沈浩在这样的歌声里告诉艾蕊，日本已经加速了对华的细菌战，说着拿出几支试管和一份配方，说必须要尽快大规模生产抗体，一旦真的开始细菌战，杭城恐怕也不安全。

艾蕊：你为何确定会打到杭城？

沈浩：因为北川少将任命清野建川负责细菌战，而很快，就有一位日本的生化专家要来杭城。

郑蓦望着沈浩愈发惨白的脸色，说，这些，你怎么会知道？

沈浩答非所问地说，中了他们的病毒，身上会长出些黑紫色的斑，之后，这些斑会溃烂，全身上下没有一块地方不溃烂，紧接着，连脏器都会病变。沈浩说着，解开左手的袖口，一块不大不小、已经开始溃烂的黑紫色的斑赫然像一把死神的镰刀，沈浩说，我最终还是被他们抓去了，他们拿我做了活体实验，我也是在他们的实验基地探听到的这些。

艾蕊总算是明白了，沈浩从进门至今惨白的脸色是怎么回事了。她问沈浩为什么不用抗体自救。沈浩一阵猛咳后告诉她，在里面根本接触不到抗体，逃出来之后也试了，但太晚了，没用了。他说，艾处长，我是军统上海区行动队员，陈明楚叛变之后，我就谁也不敢信了。然后他自嘲着，说，做这种工作的，又有几个是信得过的。

也是在这样的一片蓝调音乐里，项允中匆匆来报，警察局以教唆学生运动为名，逮捕了很多救国会和学联的成员，很快就要查到“拱廊”来了。

艾蕊吐出一口烟圈，看着窗外马路上混乱的人群和即将要冲进来的一个小队，说，允中，你下去周旋。而后她把抗体和药方都塞给郑蓦，就像小时候撕开包着冰棍的纸，又找不到地方去扔，随手塞给郑蓦一样，说，你们从地下室先走，刺杀日本生化专家。

郑蓦把抗体试管递还给沈浩，说，小艾，你们走，我留下。

艾蕊眉头一皱，说，负伤了就好好养伤，我被捕了戴老板会救我，你被捕了我可救不出来。

景洛伊说，若是，若是戴老板没有来救你呢？

那你们就当作……多了一个营救任务吧。艾蕊说着，挥手赶他们先走，自己则窝在沙发里，继续吞云吐雾，直到她的桌前围满了来逮捕她的人，直到马头对着她似笑非笑地说，艾老板，请吧？

艾蕊吐了马头一脸的烟圈，手指不经意地在桌面上敲击，笑靥如花地说，要我跟你们走？可以，放了其他人。

她在通过摩斯密码向项允中传递信息：致电戴老板，协助刺杀专家。

马头说，这可不是你说了算的。

艾蕊把雪茄含在嘴里，双手拍了两拍，“拱廊”的楼上围栏处，立刻出现一批持枪杀手，马头和他的人围着艾蕊，他们又被艾蕊的杀手围成一个更大的圈。艾蕊说，那你就别想活着走出“拱廊”。

二、病毒

郑蓦原先从没想过细菌武器可以让人生不如死到如此地步。沈浩的皮肤溃烂得很严重，但据他所说，内脏的损伤还会更加严重些。景洛伊要把抗体注射给他，他摆摆手说，不用了，没用的，何必浪费。

郑蓦在房间里踱来踱去，很快就收到了艾蕊被捕的消息。郑蓦兀自想着，马头暂时还不会来动郑公馆，但他以教唆支持学生运动的名义对艾蕊下手，他要么是汪精卫的人，要么，就是站在日本人那边。不过看来，他们还不知道艾蕊的军统身份。

不管怎样，这个人是留不得了。郑蓦想着，一切等到艾蕊被营救出来再行动，既然艾蕊愿意自己走进去，她就一定有方法走出来。

其实艾蕊自己走进去，还有一层原因。那天早些时候三娘来找过她，抱了一坛女儿红。女儿红是米酒，闻起来味道很重，艾蕊说，这是……？三娘说，这是她的代号。

艾蕊几乎是被扔进监室的，单独关押。艾蕊被捕后直接送进审讯室，折腾了几个小时还是什么都没审出来，马头说，先关她一夜，看她能横到几时。监室里让人窒息的霉味，艾蕊穿着一身本应华贵的长裙，没有一丝格格不入地，在角落里坐下了。身上的伤口几乎未经处理，一阵阵的血腥味比霉味还要令人窒息。周围全是关于她的议论，持续了整整一夜，她不是没听到，准确地说，她全都听到了，包括天色微亮时，一个女人，隔着两层铁栏杆，用藏不住的绍兴口音小声问她，你是艾大小姐么？

艾蕊：我是，你是绍兴人？

女儿红：是的。

艾蕊：你爱喝女儿红么？

马头带着一帮警员远远地走过来，艾蕊瞟了他们一眼，继续顾自地说，我从不爱喝这种米酒，味道大得很，偏巧就有个人送了一坛来我店里，简直不知所谓。

说着，马头粗鲁地打开了她监室的门，像是把她扔进来时一样，拎了起来，艾蕊毫不费力地站起身，朝马头吐了口血，说，我自己会走。

走过绍兴口音的女人身边，艾蕊突然向后扔出一串钥匙，方才马头拎她起身时，抬手从他身上取下来的，钥匙准确地穿过铁栏落在杂草堆里，连响声都没有，就像这监狱里的人，看似人多，在这种时候，连响声都没有。

沈浩的情况越来越糟了，这才过了不到 24 小时，沈浩就像是久吸鸦片的瘾君子，简直不成人形。郑蓦决定把他留在郑公馆，留景洛伊在他身边照顾，而杜诚和郑尤，都跟着郑蓦参与对日生化专家的刺杀行动。

就在他们出发前不久，郑蓦收到情报，日本生化专家冈本抵达杭城，刚被接至“大都会”舞厅，郑蓦算是“大都会”舞厅的常客了，从前还是艾成的副官时，常跟着艾成来这里。所以郑蓦带着杜诚刚踏进“大都会”，唐经理就像是见到多年老友一般热情地说，郑五爷，您可来了，楼上请。

唐经理把他们带至二楼的一个包间坐下，隔壁几个日本人吱吱呀呀地说着郑蓦听不懂的日文，杜诚眼看着郑蓦一杯一杯地喝酒，倚在几乎没有隔音效果的墙上说，五爷，艾大小姐总是这么待你，这样下去也不是办法啊。

郑蓦“啪嚓”一声点燃一支火柴，说，原是我配不上她。

很快，清野就借着去拿酒的空当踱进郑蓦的包间，说，我当是谁的声音如此耳熟，郑五爷好兴致啊，来“大都会”放松？

郑蓦倚在沙发里，右手夹着雪茄，整个人呈十字形，说，清野先生不也是好兴致？坐。

清野在郑蓦对面坐下，说，怎么，五爷在艾老板那里，又受挫了？

何止是受挫。郑蓦说着吸了满满一口雪茄，复又对着天花板用力一吹，似乎要把整个房间用烟笼罩，说，无妨，不就一个女人么。

清野说，五爷，换个心情，来同我们一起打打桥牌？

郑蓦一笑，眼里还是被酒精烧红的样子，说，你们的军队都打到中国来了，我哪敢同你们打牌，免得哪天锄奸队把我当汉奸给除了。

清野：五爷真会开玩笑，这里上下都是我们的人守着，外人是不会知道的。

郑蓦：也好，什么规矩？

清野：有钱便能入局。

郑蓦放声一笑，吩咐杜诚，去东亚银行，从我的账户里拿一百万，快些送来。

清野也跟着一笑，说，五爷大手笔啊。

郑蓦起身，一个“请”的手势，说，百万而已，无妨。

项允中跟在警察局梁局长身后，二人分明间隔了数步，项允中却能真切地感受到梁局长的怒火，像是要喷出来一样，健步如飞地往审讯室冲。

审讯室里的刑具比起艾家的来说，简直像是在闹着玩，艾蕊不屑一顾地看着精疲力竭的马头，说，我真不明白，党国怎么养了你们这群废物，连我的嘴都撬不开。

但实际上，马头自认为，他已经把各种酷刑都在艾蕊身上试了一个轮回了，还是什么都没问出来。马头想着：干脆定罪算了，自己早就看不惯这些含着通灵宝玉出生的贵族，今日好容易逮着机会，你艾蕊栽在我的手里，谁来也不让保释，看你还能威风到几时。

正想着，警员来报，说，梁局长回来了。马头立刻从藤椅里弹起来，慌乱地戴上警帽，边戴边说，他不是去重庆开会了么？

我若再不回来，你还一手遮天了。梁局长一脚踹开审讯室的门，怒不可遏地望着马头，喝了声，混账东西，党国的少校也敢抓。说着，梁局长三两步走过去，亲手把艾蕊放下来，说，艾处长，对不住。

被吊在刑架上太久，艾蕊落地时重心不稳地一晃，项允中立刻上前把她护在怀里，随后拿出带来的风衣，把遍体鳞伤的艾蕊裹得严严实实，说，大小姐，受苦了。艾蕊则抬头冲着梁局长唤了声，四哥。

梁局长闻声回身，说，艾大小姐，我早已不是当年的梁四爷了。

是的。艾蕊说，你从政了，真没出息。

梁叔成：是啊，我从政了，和你一样。

艾蕊说，我的军衔是世袭的，你不一样。她说着点燃一支雪茄，狠狠地抽上一口，像是解了她的瘾似的，说，也亏了我这个没人知道的军衔，否则我还发现不了你的警局，和你做生意的时候一样黑。

见梁局长不说话，艾蕊又猛抽了几口雪茄，说，四哥，你们手下一个普通警员的收入如何？

梁叔成：二十五块。

艾蕊：那你觉得，他抽得起亨牌的雪茄么？

艾蕊话音一落，梁局长、项允中以及审讯室里的警员个个朝马头身上看去，艾蕊又说，还有他腰间的实金怀表，我可是盯了两天了。梁局长登时脸色一变，说，马忠，你到底是谁的人。艾蕊在他身后，若无其事地抽着烟，说，反正他不姓共，看这样子也不姓国。

把他给我绑到刑架上。梁局长一声令下，警员们立刻把昔日的头子绑上刑架，艾蕊慢悠悠地晃到火炉旁，抽过一块烧得通红的烙铁。

她说，马头，你审我的时候，可曾想过你也会有今天。然后“嗞——”的一声，把烙铁死死地摁在马头身上。

马头在刑架上，惨叫得简直像是屠宰场里的猪。

审讯室的窗台上，不知怎的，开了两朵叫不上名的花，特别小，小到艾蕊觉得，风一吹，它们就要死了，艾蕊之前在刑架上一直盯着它们看，盯了两天。

梁局长送艾蕊出去，艾蕊拉着车门的把手说，四哥，有空回“维也纳”看看，白三爷和郑五爷，都很惦记你。

梁局长说，上头要在杭城成立警备司令部，我怕是没空了 。

艾蕊明白梁局长的意思，顺着话说，我会保你，但你要明白怎么做。说着拉开车门，坐进去，又透过窗户说，我要你抓的，抓；我要你放的，放。绝对在你的职权范围内。然后艾蕊一笑，车子朝着梁局长相反的方向开出。

项允中从后视镜里看着艾蕊虚脱下来的样子，抽到一半的雪茄被她搁在一边，整个人昏昏欲睡，项允中很少看到艾蕊虚弱成这样，说，大小姐，要紧么？

艾蕊惨白着脸说，审你两天试试。

杜诚回到“大都会”的时候带回来一支救国会小队，埋伏在周边，他听出了郑蓦打发他出来的意思，拎着一箱法币走回了“大都会”，杜诚开始觉得自己有些重要了。法币送到的时候，郑蓦已经赢了个大满贯，正咬着雪茄叫牌，看到杜诚拿着钱过来，郑蓦开玩笑说，可以玩把大的了，清野先生、冈本先生，跟不跟？

冈本看着杜诚把整整一箱法币打开，有点上不来气，郑蓦随手递给他一杯酒，说，那我们……慢慢来？然后挥手让杜诚下去了。

一枚白色的药丸悄无声息地落到酒杯里，“噗”地一下，溶解得消失殆尽。

其实郑蓦原本不会打桥牌，完全是跟着艾成看出来的，他的大手笔，也是受艾成的影响。艾成当时在“大都会”打桥牌那是一绝，当时还年轻的唐经理，总是托人去请艾成，因为艾成一来，总能吸引来许多杭城的大户。

那个时候艾蕊还不是艾处长，更不是艾老板，她只是倚在郑蓦肩头休息，唤着蓦哥哥的艾家大小姐。艾蕊也会打桥牌，不过她不喜欢赌，现在也不喜欢。

很快冈本就起身要去洗手间，清野嚷嚷着说这一局打完再去。冈本摇着手说不行，回来再打，不许出老千。他把自己灌得有些多了，扶着扶手下楼，有些摇摇晃晃的，郑蓦想，能撑到现在才去洗手间，也是赌到兴头上了。

第一声枪声响起来的时候，郑蓦还咬着雪茄数着手上的牌，清野还用生硬的中文嚷嚷着这都是一手什么牌，听到枪声，两人同时抬头，郑蓦比清野更快一步走到围栏，第一声枪响过后紧接着一阵枪响，一队统一制服的人冲进来，舞池里的舞女吓得抱头逃窜。

杜诚走过来说，五爷，看起来……是汪精卫的人。

冈本在楼下，被一群特高课特务保护着，清野和郑蓦在楼上只看到人头攒动，看不到是否受伤。杜诚觉得，这枪打得，跟外面的雨似的。清野顿时被几个日本特务保护得严严实实地往“大都会”后门撤，说，郑五爷，我们改日再组局。

撤退的时候郑蓦清楚地听到清野骂了句，巴嘎。

那是郑蓦唯一听得懂的日文。

三、鸿门宴

艾蕊刚回到艾公馆，下人就来报，清野家送来请帖，清野夫人请艾老板一聚。

此前在车里，艾蕊一路都迷迷糊糊，许是项允中尽力开得很稳，满身是伤的艾蕊一点儿也没有感受到颠簸。她看到眼前一片白茫茫的，她不在车里，在一个她也不知道是哪里的地方，她看见了她的父亲，父亲的背影伟岸得像一座山，父亲对她说，小艾，等你长大，嫁给蓦哥哥可好？她看到小时候庭院里的郁金香，那时候她还不知道这种花叫郁金香，只觉得好看。艾蕊回头，母亲穿着她最爱的月白色旗袍，坐在庭院的圆桌前看着她，笑着，和小时候看见的一模一样。

艾蕊伸手想拉着母亲的手，伸伸手却什么也够不到。艾蕊看看眼前自己的手，说，难道我是，死了么？

直到艾蕊在白茫茫里感受到，项允中把她抱出车子，放到床上。

她的眼前开始出现她把项允中从死人堆里捡回来的样子，但很快，就出现了项允中红着眼要杀了她的嘴脸，项允中说要杀了她，要取代她，接管整个艾家的产业。艾蕊开枪射杀了项允中，子弹是白色的，项允中的血也是白色的。

但项允中像是不会死，中枪了仍然站着，对着她笑，一会说，大小姐，醒醒啊，大小姐。一会又狰狞着，像是要吞了她。项允中一直在白茫茫的一片里对着她笑，直到笑得整个世界变成一片血色，艾蕊再往上看那张笑着的脸，一会是项允中，一会又变成了郑蓦，最后，他变成了杜诚的样子。血色的，张着嘴，冲着她笑。

几个医生在艾公馆折腾了两个钟头，艾蕊好歹是醒了，刚醒就撑着劲儿要坐起来。项允中拿了个枕头给她垫上，犹豫着把白苏平的请帖递过去，说，大小姐，要不我给推了？

艾蕊看了一眼，把请帖扔到一边说，鸿门宴？去，不去倒显得我心里有鬼。

想必他们已经知道了你的军统身份，如若他们要对你不利，大小姐现在的身体，很难突围啊。

我赌她不敢。

随后，艾蕊停了停，叫项允中倒杯杨梅酒给她，在里面两天碰不到烟酒，又抗着酷刑，艾蕊觉得自己的身体都要被掏空了，这大热天的，艾蕊竟然忍不住打摆子。直到一杯酒下肚，艾蕊才算恢复了一点精神，说，允中，通知行动队，带一个小队在附近设伏，她敢动我，就让清野给她收尸吧。

那晚白苏平穿着一身日本和服，跪坐在一家日式传统的居酒屋，艾蕊一席西式长裙走进时，居酒屋内的艺伎正唱着《樱花》，艾蕊在门边听了会，自言自语地跟了一句，见にゆかん（同去看樱花），两个日本浪人恭敬地为她拉开拉门，艾蕊走进去，盘腿坐下，说，清野夫人好兴致，想到约我一聚。

白苏平挥手屏退了房间里的人，除了不时端些酒菜进来的居酒屋服务生，只剩下白苏平、艾蕊和项允中三人，项允中走至窗边，拉上了所有的窗帘。白苏平向艾蕊行了个日式礼节，推了张不大的纸片给她。

纸片上赫然写着，有监听。

艾蕊不动声色地将面前的日本清酒一饮而尽，说，苏平，我记得你是不喝酒的。

白苏平低头一笑，说，我也记得，艾姐姐不是国民党政府的人。

她俩都知道，眼下清野的助手森田，也许不止他一个人，正在宪兵司令部的办公楼里，戴着耳机，一字一句地记录着，她们俩说过的每一个字。

艾蕊顾自又斟了一杯，说，那你记错了，我从出生，就注定了我是党国的人。就像……就像我一定得是艾成的女儿，就像我一定得是救国会的襄理，就像你一定得是清野夫人一样，都没法选择。

两人正说着，有下人来报，说冈本医生在“大都会”遭人伏击，现已送往日本领事馆医治，清野中佐请您尽快回去。说的是日语，但是艾蕊都听懂了，她开始明白，父亲在她小时候就逼着她学习日文和洋文的用意了。

白苏平低声应了句：わかりました（知道了），抬头看着艾蕊，眼里有一种艾蕊说不上来的感情，说，那艾姐，你会与我们作对么？艾蕊这才一笑，明白这场鸿门宴无非只是一场试探，清野暂时还不敢惹到艾家头上。

艾蕊说，我若想同你们作对，只消动半个仓库，这间居酒屋就没了，再动一个仓库，整个宪兵司令部都没了。当局的梁局长不敢惹我，因为他知道，我有七个仓库，你觉得我还能让什么没了？

白苏平说，我不想猜你还能让谁没了，我只盼望，艾姐和我夫君能好好地继续合作。

那就要看清野和你哥哥的态度了，艾某从不主动与人为敌，这你是知道的。艾蕊说着要起身，说，清野前些日子从我这订的五箱水连珠，明日就能送到，为表诚意，我再送他五箱。末了艾蕊补了句，当然，我从不做亏本生意，如果你们确定要和我作对，我也可以送他一个仓库。

白苏平说，艾姐，你真是个商人。

艾蕊起身快要走到拉门的时候，白苏平带着些怯懦地喊住了她，说，艾姐姐，我怀孕了。艾蕊猛地回头看向白苏平尚未隆起的腹部，半晌，道了句，保重。

四、冈本

冈本到底还是死了。

特高课的一行人把死鱼一样的冈本从“大都会”舞厅里拖出来，在冈本下榻的酒店门口虚晃一枪，就赶紧送到日本领事馆。清野一路都在抽闷烟，冈本是军部派下来的，一旦出事，细菌战计划要延期执行，自己则必定无法向北川少将交代。

一想到中国人已经开始研制抗体，清野就恨不能让冈本立刻好起来。

郑蓦等人回到郑公馆，景洛伊在沈浩床边哭得不成样子，说，五爷，我尽力了。郑尤三两步走过去，把哭倒在地的景洛伊扶起来，看到床边注射过的一支抗体，叹了口气说，沈浩先生，安息吧。

景洛伊说，他走得很痛苦，这种病毒太可怕了。而后抽着鼻子说，冈本死了么？

郑尤摇摇头，说，现场太混乱，冈本中了两枪，不死也快了。

景洛伊红着眼睛像是要杀人，说，他住在哪家饭店？

他们不会把他送回饭店的。艾蕊说着，被项允中扶着慢慢踱进来，步伐比原先还要缓慢，脸色依旧是惨白的，她看了沈浩一眼说，冈本被送往领事馆就医，正在从东亚医院请医生。景医生，你能让他“不治身亡”么？

景洛伊定定地看着艾蕊，说，可以，我可以把氰化钾注射进冈本体内，只是，我没有东亚医院的证件。

我有。艾蕊说着拿出证件给景洛伊，复又抬手想给自己点一支雪茄，但伸出的手在半空顿了顿，呼吸颤抖了一下，伤口又裂开了。郑蓦见状，接过艾蕊手里的雪茄，自己点燃，被宾治牌独特的味道呛得直咳，递还给艾蕊。艾蕊接过狠命一抽，才算稳住呼吸，继续说，允中、杜诚，带一个小队去截杀东亚医院医生，郑尤，带队护送景医生，余忞毅原先是亲日派江义城的副官，他会说日语，带上他。

话未说完，艾蕊就明显体力不支，晚上的鸿门宴已经耗尽了艾蕊的力气，当时她额头上渗出的冷汗，其实白苏平都看见了，如果白苏平真要她的命，单凭她和项允中两个人，基本是出不来的。艾蕊扶着床边滑到地上，说，郑蓦，白苏平怀孕了。

屋子里的人都被艾蕊发配出去，郑蓦叫来管家带人找个好地方把沈浩葬了，沈浩的口鼻是黑紫的，看上去十分痛苦。而后郑蓦在艾蕊身边坐下，说，你怎么样。

艾蕊把一大口烟吞进嗓子里，哑着嗓子说，我没什么。又说了一遍，郑蓦，白苏平怀孕了。在日本，侧室生的孩子……艾蕊没有把话说完，郑蓦在她身边，不知是又撕裂了伤口，还是她想到了什么。当年得知白苏平嫁过去只是个妾，艾蕊兀自内疚了很久，她始终觉得，当时他们是能救一把的。

那晚白苏平的衣着艾蕊根本就没有印象，她眼里的白苏平，始终是一身短袄长裙，齐耳短发，穿一双搭带布鞋，不施脂粉，不戴荆钗的学生模样。那时候郑尤也在上学，白苏平就经常让郑尤骑自行车送她回家，自家的汽车慢悠悠地在后面跟着，当时白振平还嘲笑他们，身后若再多几辆车，下学的路上，简直像是迎亲的车队，艾蕊还随即开玩笑说，要派艾家的车队去凑这个热闹，闹得白苏平一阵脸红。

艾蕊倚在床边闷闷地抽着雪茄，说，郑蓦，也许我们当时真该救她一把的。然后转头，刚好看到郑蓦要拥她入怀，艾蕊说，别动，我身上的伤口现在争着抢着要裂开。

郑蓦说，你没杀了马头？

艾蕊看看表，说，该有消息了。

果然很快，监狱就传来两条消息，一是女子牢房集体逃狱，二是马头扛不住酷刑，死在了刑架上。艾蕊一笑，说知道了。又说，郑蓦，把我扶起来，陪我喝一杯。

你都这样了还喝什么。

庆祝下，我又除掉一个汉奸。

郑蓦最终拧不过她，"噗"的一声打开一瓶红酒，两人坐在餐桌前，灯光有些昏暗，艾蕊不让郑蓦点亮所有的灯，洒了一杯酒在地上，说，沈浩兄弟，安息吧。然后又折了一朵白花，放在沈浩曾经睡过的床上，说，郑蓦，我们究竟还要死多少人。

郑蓦说，小艾，你累了，就撤离吧，安安稳稳做个生意人。

艾蕊说，我是党国的少校。

艾蕊说这话的样子，就像小时候在艾家训练场学格斗，不管怎么被打翻在地，都一个挺身站起来继续打，不管伤成什么样，都昂着头，说，我是艾成的女儿。艾成总是说，她比艾坤、艾肯要强太多，要强到，简直不像是个女孩子。但是郑蓦知道，艾蕊告诉过他，身上痛了，心就不会痛，人忙碌了，就没有空闲去想念母亲。说这话的时候，分明眼眶是红的，但她不承认她哭了。谁说我在哭？然后扯出一个并不好看的笑，眼里噙着泪说，谁说我在哭？

很快，项允中和杜诚就回到郑公馆，杜诚说，景医生应该是得手了，因为又有一拨日本兵，去东亚医院请医生了。艾蕊刚要说，带人护送景医生撤离，郑尤就把景洛伊安然地带了回来。说是日本人客客气气地把他们送出了领事馆。

景洛伊说，她去的时候，冈本就已经不行了，但她还是注射了氰化钾以绝后患，还在被取出的子弹上也涂了氰化钾，然后在清野面前指出，冈本是死于枪伤和氰化钾中毒，眼下子弹已经被送去化验了。

景洛伊顿了顿，说，清野一直在用日语骂骂咧咧，一会骂特高科保护不力，一会又骂汪精卫集团假意投诚，还要发电报给北川。

艾蕊笑着看向郑蓦说，汪精卫？

郑蓦也跟着笑笑说，我从不做亏本生意。

日本领事馆在那之后宣布闭馆，清野要求所有旅杭日侨撤离回国。他怎么也想不通，那晚他命森田发给北川的电报，为何久久不见回音。他擦着武士刀说，森田，我不明白，事发时郑五爷在我们这里，艾老板和苏平在一起，难道，我们真的怀疑错对象了么？

森田双腿一并，说，清野中佐，可能是救国会所为。

清野放下武士刀，摆摆手说救国会没了他们两个，就是一群乌合之众，不配做帝国的敌人。森田说，嗨咿。莫不是汪精卫集团假意投诚，骗了北川少将？

阿修罗……清野念叨着抽出武士刀，吩咐森田，你去通知藤井特工，他被激活了。另外，加快实施孤岛计划。

而后，清野猛地对着空气交叉挥了个十字，狠狠地用日语骂了句，バカやろう（混蛋）。

领事馆外一阵阴风，像是被清野的刀挥出了裂口，忽地张着血盆大口，吹得桌上的文件一阵乱飞。相隔不远的房间里，冈本看上去很安详，除了嘴唇变得乌黑。

没有人在意，冈本在日本是否有家室，那个开满樱花的地方，是否有个女人，带着孩子，在等着他回家。孩子仰头望着比他高出很多的樱花树，一片绯色的花瓣飘下来，孩子指着它，呀呀地说，さくら（樱花）。

第七章　犀牛

上海到杭城的官道上，轱辘还在独自转动的军车，车上的人已经奄奄一息，血从指缝里缓缓地滴下来，有些滴落到左手边的信件上，落款处那朵梅花，花蕊偏右的位置。

执行的人满意地抬起狙击枪，一股不算浓的火药味迫不及待地冲进他的鼻子。

他是成蹊，他工作的地方，在上海极司菲尔路76号。

一、梅花

梅花其实不是花，犀牛也不是动物。

那天的信息来得比较晚，收到信息的时候郑蓦正扶着球桌，思考究竟要以何种角度，才能把距离他老远的九号球推进底袋。助手郑尤递给他一封密电，郑蓦把球杆拄在地上，奥比松风格的地毯特别厚，球杆撞在地上，透过地毯，发出沉闷的一声，咚。

郑蓦扫了眼密电，递还给郑尤，却对密电的内容只字未提，只伸出手，说，架杆。

九号球“啪”的一声进洞，刚好配上不远处的桌上，肆意叫嚣的电话铃声。

郑尤接过电话，说，大哥，艾姐请你去一趟。

“维也纳”?

不，“拱廊”。

杭城有些冷了，郑蓦吩咐郑尤把他那件厚的大衣拿来，这是前几日上海的老师傅刚派人送来的，领子处，是一整张水貂毛，十分暖和。但是这种毛皮，艾蕊却一向不喜欢，她总是盯着郑蓦的裘皮大衣说，啧，杀生啊。

郑蓦偶尔会笑她，说，这话从你口中说出，怎么那么违和。

艾蕊眉头一挑说，至少我没有把人整张皮剥下来，还挂在脖子上。

眼下即使穿着裘皮，也还是抵挡不住猛然灌入的寒风。郑蓦望着郑公馆外开出的几点梅花，说，郑尤，你帮我收集些梅花，做成标本，祭奠我的一位老友。

郑尤也看了看梅花，说，是。

在杭城老百姓的眼里，艾蕊是可怕的，不仅因为她是军火商，还因为她有遍布全杭的势力。对于杭城人的畏惧，艾蕊嗤之以鼻：呵，那不过是他们根深蒂固的，对我父亲的畏惧罢了。

其实郑蓦觉得，并不像艾蕊所说的这样。人们对艾蕊的惧怕，是从艾成死后、艾蕊接管艾氏工业开始的。她的处事风格，和某些时候对于生命的漠视，都让人觉得，不寒而栗。

相对于艾蕊来说，势力同样大的郑蓦，看上去就要温和得多。

对此，艾蕊同样是冷笑一声，嗤之以鼻。

“拱廊”里永远放着国人不太听得懂的蓝调音乐，但这丝毫不妨碍那些富家少爷大小姐们隔三岔五来下午茶的心情，好像这天下危亡都与他们无关似的。艾蕊慵懒地倚在吧台后面宽大的椅子里，透过凛冽的马提尼，温和地看向不远处、正讨论着护肤养颜的官家大小姐们。

她的余光看见了披着整张水貂皮的郑蓦，她只是懒得动。直到郑蓦不紧不慢地走近她，在她吧台的对面坐下，她这才收回焦点，却也没有看向郑蓦。

她说，有时候我特别羡慕她们的无知，或许像我这种不知哪天会死的人，是永远意识不到这些话题的乐趣的。

郑蓦闻言，只一笑，并没有做出回答。他原本想说，你不用谈论这种话题，你已经很好看了。他看见了吧台上放着的今日的晨报，上面赫然一行铅字：杭城中尉军官凌晨遇刺身亡。

这是你们的……可是他的话刚说到一半，项允中就带着两个学生模样的人进门了。

走在前面的那个，见到艾蕊，叫了声，姐。

这声“姐”，像是冬日里飘忽着的棉絮，同清冷的雪混在一起，却更有温度。因此艾蕊在一片淅淅沥沥的雨一样的闲话声里起身，说，五爷，你要的酒已经在楼下酒窖备着了，请。

早前项允中脸色略微凝重地向艾蕊通报时，她正兀自站在艾公馆的大院，双手在喷泉喷出的水柱上来回游走。她不动声色地听着项允中向她复述着共产党的那个“阿修罗”，又瓦解了日本人的几次行动。日本人为了抓捕这个“阿修罗”又是如何伤透了脑筋。

再一次地摩挲之后，一条象牙色的丝巾竟凭空出现在她的手中。

艾蕊的手彩功夫很好，即使项允中就站在她身边盯着看，她手里的东西依旧变得来去自如，看不出破绽，就连那条丝巾是怎么在她手里变成一把掌心雷的，项允中都没有看清，只觉得就那么一瞬，艾蕊就“砰”的一声，放了声空枪。

完成这些动作，艾蕊满意地看着比她的手掌还要小一些的掌心雷，像是在同项允中说，亦像是在自言自语地说，4.5 英寸的 M1906 简直是完美之作，勃朗宁是个奇才，可惜美国人不识货，这才便宜了比利时。艾蕊说着，把掌心雷放进大衣口袋里，她用手握了握，枪身只比一包烟略大。

项允中说，大小姐，艾肯少爷来电说，要回杭见你。

有什么异常？

他在电话里吩咐，要吴妈准备他最爱吃的黄花鱼。

艾蕊轻抚掌心雷的手闻言一顿，复又继续用拇指滑过枪身，说，派人去官道接应他。

声音飘忽得，和她的指尖在掌心雷上的动作一样轻。

艾肯打小就有哮喘，他从不吃黄花鱼。

二、猎杀

郑蓦实在无法理解，位于上海极司菲尔路 76 号的建筑里，都圈住了些什么样的活物。

那日艾肯带来的人，据艾肯介绍，他叫成蹊，桃李不言下自成蹊的成蹊。

成蹊是带着情报来的，郑蓦当时看了他几眼，心想无论他的父母是希望“承欢膝下”还是“下自成蹊”，都绝不希望他踏入 76 号那扇阴森的门，走上靠杀人以得存活的路。

他们在酒窖里，桌上摆了几杯斟了酒的高脚玻璃杯，殷红的液体往外散发着浓郁的酒精味，有几滴顺着杯沿滑落下来，滴在被放在桌上的名单，像是血迹一样，很快就晕开了一小片。

但是在最下方的落款处那朵梅花，花蕊偏右的位置上，那片殷红的，一定不是红酒。

艾蕊扫了一眼名单，划着一根火柴说，苏穆每是你杀的？

成蹊下意识地双脚并拢，抬头刚好看到艾蕊略含愤怒的眼色，说，是，我到了指定地点，才知道目标是她。

艾蕊：她是我杭城军统的特工，党国的中尉。

成蹊：是。

艾蕊：她还是共党的联络员，代号“梅花”。

一直背向着他们，沉默了许久的郑蓦闻言转向艾蕊，说，你知道？转头却迎上艾蕊似笑非笑的神情，她说，我一直都知道。

桌上那份名单，是汪伪特工总部拟定的针对国民党和共产党的抗日志士的刺杀名单，他们管这次行动叫，猎杀行动。

像是死神的镰刀，一步一步地靠近每一个既定的目标。那份名单就躺在桌上，一动不动，此刻它也像是一具尸体，如果它不被郑蓦突然拿起的话。

上面的名字郑蓦都不在乎，唯独一行不大不小的字：

苏沪杭军统三处少校副处长　艾蕊

他看了艾蕊一眼，艾蕊正以一副超然的态度，往自己的杯里添上了许多酒，说，你们有什么计划？

成蹊望着艾蕊，但看上去亦像是望着郑蓦，眼里是一种无可名状的空洞，答非所问地说了四个字，苏门答腊。

只四个字，郑蓦却是心下一怔，放下酒杯问，你喝茶么？

成蹊：茶，我只喝祁门红茶。

郑蓦：一芽两叶？

成蹊：不，一芽一叶。

郑蓦：你是“犀牛”？

成蹊：是。

“犀牛”二字一出，艾蕊虽也是心下一惊，面上仍一副漫不经心的样子，却刚好这个时候，下人匆匆来报，大小姐，绍兴的急电。

绍兴近日的动静挺大，商会会长顾近冬带头站出来反日，一时间绍兴商界人士的反日情绪十分高涨。艾蕊随口吩咐项允中盘点仓库，转身上楼不提。

倒是郑蓦，微皱着眉，问出了艾蕊方才没有来得及说出的话，“犀牛”，你不是早已牺牲了么？

我没有死。成蹊涩涩地一笑，说，四年前我接到“雪茄”同志的指示，在汪系潜伏。

所以你加入了汪伪特工总部？目前什么官职？郑蓦说着，拿起酒杯，朝着成蹊的方向举了举，成蹊望着郑蓦杯里的红酒杯带动着有规律地上下浮动，用汇报的语气说，特工总部特别行动队第三分队队长。

他二人一来一去间，艾蕊已接了电话回来，她俯在楼梯的扶手上，慵懒地问，到底要死多少人，你们才启动那个该死的“苏门答腊计划”？

她的语气十分慵懒，姿态也有几分的懒怠，她此刻望向郑蓦的眼神很暧昧，像是眼前这份名单只是一张事不关己的白纸。郑蓦亦笑着望向她，唯独成蹊无法平静，他说，上了这份名单的人，恐怕很难活下来。他也说，“苏门答腊计划”是我党的重要计划，需要“苏门答腊”同志的指挥和配合。

“苏门答腊”是个代号，郑蓦早已听过，但这个人同“阿修罗”一样，他从未见过，他说，“苏门答腊”不在杭城，等他到位，76号的猎杀行动恐怕已经要收官了。

成蹊说，可是我们人手不够，也没有制定这项计划的指挥官。“苏门答腊”同志正奉命收集关于特高课打入军统和中共内部的情报。这是一次针对李士群及其暴行的自杀式暴露行动，一旦启动，我们潜伏在特工总部的同志就暴露了，倘若此刻我们内部也有内鬼，行动会全盘皆输。

成蹊一语落地，郑蓦和艾蕊都是沉默，他们反复想着近期发生的事，郑蓦大衣上的荧光粉、总是提前暴露的行动、意外死亡的证人。不排除救国会内部有内鬼的可能，艾蕊说，好，让他尽快，我给你们拖延时间。

言罢，她扫了一眼名单，指了指其中一个名字，她说，逮捕他。

成蹊照着名单念了出来，李浅？

艾蕊点头，说，他的身份不高，但也值得你们从上海跑一趟。给我送几个货真价实的汉奸来，我要他们给苏穆每陪葬。

成蹊说，好。

李浅是军统杭城站的副站长，平日不在“维也纳”的时候，任是谁也找不到他。但好巧不巧，成蹊带着人走进“维也纳”的时候，他偏巧就坐在“维也纳”的二楼，那个他经常坐的位子，早前他就是在这里，发展了东北来的武生付白衣。

今日付白衣也在，他一身西装革履，抽着雪茄的样子已经全然没了当日的局促，他说，李先生，感谢你给付某指了条明路。

李浅咬着烟头笑笑，说，那是付老弟你有造化，我入军统多少年了，都没有机会为戴老板传过一句话，党国愿意栽培你呵！

付白衣也跟着附和，说着感谢党国栽培。就在此刻，成蹊打了第一枪。

成蹊这一枪像是打断了木偶的扯线，“维也纳”的时间停滞了一般，歌曲停了，舞池里的男女一下子全都退到了两边，没有人说话，却也没有人尖叫。艾蕊从楼上走下来，说，是谁敢在我的地盘放肆。

说这话时，舞池两边化装成顾客的男女，即刻举起枪，把成蹊和他的小队全部包围在枪口里。艾蕊从楼梯上慢慢踱下来，她难得穿着国民党的军服，成蹊看着她的肩章，说，不过是旧政府的一个少校，谱儿摆得挺大。

那就看你今日，能不能走出这个少校的门了。艾蕊这话依旧是带着笑说的，她说，给我拿下，反抗者，就地处决。

“维也纳”的门口围了好几层的街坊，他们看着热闹说，杀！杀汉奸！

新政府很快派人来了。任何地方最不缺的，就是看热闹和传话的人。一夜之间，全城都知道了，艾蕊抓了几个 76 号的特务，也有传得离谱些的，添了几把火，把艾蕊描述成了对抗特务的女英雄，艾蕊哭笑不得地弹了弹烟灰，心想：骂我是杭城头号汉奸的，不也是这些人么。她找了个由头出了门，杭城行动处的汪处长来了，只见到了披着一身貂绒的郑蓦。

76号被人称作魔窟，进了76号监狱的人，极少有能完好地挺过来的。但汪处长真正踏入艾家的地牢才意识到，相较于艾家，76号的监狱竟有些仁慈了。

那日在“维也纳”被抓的有五个人，连同成蹊，一齐被关押在艾家的地牢。汪处长走到郑蓦的身后，满脸谄媚地唤着，五爷。紧接着，他看到了倒在郑蓦脚下，被折磨致死的一个特务。郑蓦往尸体身上弹着烟灰，说，汪处长，你们的人简直又臭又硬。

汪处长点头哈腰地说，区区小事，何至于劳五爷您的大驾亲自审讯啊。

小事？郑蓦闻言，从椅子里起身望向汪处长，他比汪处长略高些，视线冷漠地垂下来，说，你们养的狗，光天化日地去砸小艾的场子，这叫小事？

然后他掐掉了抽了一半的雪茄，向着汪处长的方向走近了一步，说，你难道不知道，小艾是我的女人？

汪处长是新政府刚上任的行动处长，虽然刚从南京调过来，但他知道什么人不能惹。他此刻赔着笑说，五爷，这群都是不长眼的混蛋，那您可查问出来，是什么人指使的？

郑蓦笑着，笑得汪处长不明所以，不远处登时传来一声撕心裂肺的惨叫，郑蓦此刻笑得更深了，说，问出了，他们都是上海来的，有个叫“猎杀计划”的东西。

汪处长蓦地一惊，附和说，“猎杀计划”？

“猎杀计划”汪处长并不知情，这四个字也是他出发前得知的，上面要他确保那几个人不会透露任何关于该计划的信息，必要的时候可以灭口。

郑蓦点着头，指向地上的尸体说，没错，可是这个混蛋招了一半，就挺不过去，死了，我的兄弟正在审问另一个，不过……郑蓦说着，望向被单独关押的成蹊，他说，这个人是他们的长官，他知道的信息应该更多些。我打算，拿他来弹琵琶。

汪处长心下一惊，弹琵琶是一种古老的酷刑，即用尖刀用力在人的肋骨上来回“弹拨”。

郑蓦浅笑着说，这弹琵琶，郑某还是从艾司令的书房里看来的，《明史》记载过，“其最酷者曰琵琶，每上，百骨尽脱，汗如雨下，死而复生，如是者二三次，荼酷之下，何狱不成。”我从没用过这种刑，但特别想看一看，这究竟是一种怎样的能让人哀声震壁，血肉溃烂的刑罚。汪处长也一同观看吧？

他们聊着“弹琵琶”的时刻，艾蕊正同清野和白苏平笑在一起。今日是清野儿子的生日，小人儿被白苏平抱在怀里，艾蕊逗着他，问，你叫什么？

孩子奶声奶气地说，我叫清野裕太郎。

艾蕊哈哈地笑着，说，裕王爷呀？

清野端起一杯酒说，敬艾老板。艾大小姐能赏脸参加清野的家宴，真是不胜荣幸。他顿了顿，又说，若是五爷也能赏脸，就更圆满了。

艾蕊拿着酒杯一饮而尽，她说，五爷？你就别指望了，我的宴会能不能请到他，都是个问题呢。

郑蓦一向不喜欢这些，他觉得觥筹交错，还不如子弹出膛来得痛快，何况此刻，他在艾家的地牢里，忙得正酣。他的言行打乱了汪处长的思路，他抽着烟问汪处长，你来这里，不是来给我施压的，而是来看他们有没有透露你们的情报，是么？

不等汪处长开口，郑蓦又说，汪处长放心，进了这里的人，怎么也得吐点东西出来的。

他又说，汪处长，你可知你如今，身处何处？

汪处长不明所以地说，艾……郑五爷的审讯室？

不。郑蓦若有所指地一笑，说，这里是苏沪杭军统三处的秘密监狱。

汪处长这才明白，他脸色一怔说，你就没打算让我活着出去？说着，他把手放进了大衣的侧袋里。

他的手慢了一些，郑蓦的枪口已经在他眼前。郑蓦用枪抵着他说，你说对了。

汪处长在情报部门混迹了半辈子，他也笑，说，你以为杀害政府官员，你逃得掉么？

郑蓦故作惊诧地收了枪，说，我差点忘了，汪处长原先是军统叛逃去汪伪的，来我这之前一定做了充足的准备。

而后，他在汪处长得意的神情里，向他的胸口开了一枪，汪处长登时倒在地上大口地吐着血泡，郑蓦说，你出发前发了两份电报，一封是给清野的，另一封是给李士群的，他们都收不到。明天他们能看到的，是你来我这灭口，反被76号特务队长挟持，僵持中不幸丧命的新闻，汪老兄，咱俩相识一场，我给你发头条，嗯？哈哈哈。

"砰——"

三、启动

"苏门答腊计划"是在迫不得已的情况下仓促启动的。

汪处长的死并没有长时间地延缓行动处的"猎杀计划"，名单上的人接二连三地出事或者失踪，成蹊在"拱廊"的酒窖里踱来踱去，说，不等了，启动吧。

那日清晨，郑蓦把汪处长的尸体扔在街上，又把成蹊的制服穿在一个死了的特务身上，制造了一个案发现场。巡捕象征性地来勘察过，自此，成蹊这个人就这么不存在了。

他的手上只有两三个他带出来的兄弟，除此而外，别无其他。艾家和郑家的人都不便露面，即使集合整个救国会，也不一定能同时救下名单上的所有人。

郑蓦在救国会里，把那张名单盯得快出了个窟窿，他把名单上所有在杭人员都圈了出来，问，小艾，军统的人需要保护么？

艾蕊在一边摇着雪克壶，漫不经心地说，我可以让李浅通知下去，撤离我们潜伏在各个方面的人，只是这么一来，军统的工作几乎前功尽弃。

郑蓦说，留得青山在。

艾蕊兀地放下雪克壶说，军统不需要保护，他们也都是战士。

郑蓦点头，继续盯着桌上那份名单。救国会在“拱廊”的地下，即使是白天，也要开着那几盏泛着黄光的灯，其中有一盏，拼命地吱吱呀呀，郑蓦说，赶紧把它给换了。

他誊了一份杭城地下党的名单，让成蹊交给三娘，说，杭城的地下党，就交给你和三娘这条线了。艾蕊拿了两杯马提尼过来，她极爱在冬日里饮马提尼。她说，三娘他们能行吗？让余忞毅再调一支救国会小队过去支援。

郑蓦说，好。他用手指点着名单上剩下的名字，说着就剩他们了。

艾蕊看着名单上，十几个人的学生团体，她说，学生太多，又毫无战斗力，他们已经被抓了三个，剩下的实在不好营救。她这么想着，唤了杜诚来，说，你去联合杭城学联，两小时后发动一场学生运动，要求当局释放那三名爱国学生，制造一定的混乱。同时，救国会行动二队、三队出发营救学生。

言罢，她看向一直等在一边的艾肯，说，艾肯，你带队，可以吗？

她以往一直不希望自己唯一的弟弟踏进这蹚浑水，她可以孤身撑起一个家，可以一个人在人们看不到的地方厮杀，她唯独做不到的，就是眼看着弟弟也走上一条和她一样危险的路。但路是他自己选的，他此刻望着艾蕊，说，姐，我可以。

艾蕊说，好。她的心像是被掏空了，眼前尽是父亲离开时的样子，她强迫自己静下来，说，在杭活动的绍兴地下党……

郑蓦立刻接话道，我去救。

景洛伊倚在桌面，嚷嚷着说，那我呢？

你就留下来时刻准备营救伤员。郑蓦说着，仰头饮尽了一整杯冰冷的马提尼，说，一小时后，行动。

省立第一师范学院，杭城人更习惯于称它省立一师，这是它以前的名字。艾蕊的父亲曾经与校长经亨颐先生有过接触，当时震惊全国的"一师风潮"得到全国各界人士的支持和声援，其中就包括艾蕊的父亲。这是艾蕊对于一师全部的记忆，她也上过学，但她上的是军校。

国立浙江大学南迁后，杭城的高等学府不多了，好在还有个一师，不断往外输送新的思想和学生力量。

艾肯和其他人被困在一师的小礼堂里，他们刚找到名单上的学生，就被特务围在了里面。特务头子在外面喊，放弃挣扎，新政府不会亏待你们的。艾肯心想：放屁，中国的学生，绝不会为日本人和汉奸效力。

正僵持着，艾蕊带着人从小礼堂后门过来，她伪装成教员的样子，头发被放下来垂在肩后，看上去十分柔弱。但她举着枪，抵在礼堂的门后，说，艾肯，你带着同学们撤。

艾肯也举着枪顶着，说，姐，你怎么来了。

艾蕊原本没打算来，按照计划，她应该在"拱廊"善后。他们刚各自行动，项允中匆匆来报，说有大批特务，往一师的方向去了。艾蕊研磨咖啡豆的手兀地一顿，一师，学生和渗透进学校的地下党都在那里。她说，多少人？

项允中凭着记忆说，至少出动了行动处两个分队。

艾蕊兀地打翻了研磨到一半的咖啡豆，换上大衣往外走，说，他娘的，有内鬼。

特务头子还在礼堂外面喊话，艾蕊吩咐项允中到礼堂顶楼准备狙击，她透过门板上的缝隙，看着外面荷枪实弹的特务，他们得到的命令是，如果无法活捉，就地处决。

十几个学生被困在礼堂内，他们也不惊慌，一个个像是战士，一个男生说，这就是我们的汉奸政府，我们有血肉，出去跟他们拼了！

艾蕊回头，冲他做了个噤声的手势，这种话她听过太多遍，最终无非都成了无谓的牺牲。她和艾肯伏在门上，听着外面的动静。一个戴着黑色帽子的人说，五分钟后强攻。

艾蕊用手势下了命令，三下倒数过后，艾肯带着学生往后撤，艾蕊带人顶着。学校里学生太多，行动处的人也怕误伤。

项允中在顶楼，向着楼下放了几枪，他戴了消声器，特务们一时间找不到子弹的来源，乱成了艾公馆院内喷水池里的金鱼。

艾肯带着学生们被一队特务追着拼命往后撤，他们被人拉进操场上的人群里，一个学生模样的人在人群中间的高台上，他嚷着，敌人有刀有枪，我们有血肉！

艾肯定睛看了看，那是成蹊。成蹊振臂呼着，打死不当亡国奴！

学生们跟着一起怒吼，打死不当亡国奴！

人群里有人拉了艾肯一把，艾肯抬头，有些震惊地说，姐夫？

郑蓦也伪装成教员的样子，他一身灰布长袍，带着金丝眼镜，说，你带着人往西撤，那边有我们的人，快走。

艾肯点着头，说，我姐在礼堂里面。

郑蓦说，我知道。兀地把艾肯往身后一拉，一枪打死了一个特务，说，快走。

艾肯刚转身欲走，身后响起了一声枪响，高台上成蹊的身形顿了顿，很快就像是一摊软泥一样地倒下了。艾肯登时三两步冲上高台，他想把成蹊拖下来。

一个队的特务涌着往台上跑，他们被学生冲散了，艾肯拖着成蹊的身体像在拖一颗被砍倒的香樟树，子弹打中了成蹊的肋骨，成蹊说，艾肯，别管我。

郑蓦也被学生隔在中间，他举枪打死了两个特务，但学生太多，他的宽檐礼帽被挤掉了，掉在哪里他不知道，但他现在这个样子，很容易暴露。一师的香樟树很多，长得也特别高大，郑蓦想着要不要从树上借道过去，就在这个时候，几个特务冲上台，把艾肯给逮捕了。

三娘带着人和特务发生了枪战，郑蓦一把扯下金丝眼镜，他返回车里，说，去维新政府。

在一个街角，郑蓦把伪装用的衣服扔出车外，还有一根点燃了的火柴。

那是艾蕊最小的弟弟，艾家此刻唯一的男丁。

行动处的刑讯室，进来的人必是要脱一层皮，何况是艾肯这样从小娇生惯养的少爷。艾蕊在刑讯室外抽着雪茄，隔着特制的玻璃，冷着脸说，放了他。

玻璃窗是特制的，里面看不见外面，也听不见。白振平站在艾蕊身后，披着灰白色的大衣，长及小腿，把他整个人包在里面，他跟着日本人久了，做派也像是日本人。他戴着白色的手套，双手拄着手杖，说，好。

刑讯室内挂满了各种刑具，墙上贴着几个大字，回头是岸。艾蕊扯着嘴角耻笑这四个字，她想，进来的都是抗日志士，回头？身后无路可走，就算有路，他们也一定不会走。她看着审讯官拿了一把钳子，狞笑着说，小少爷，你还是招了吧，接下去你怕是要……受不住了。

刑架这个东西艾肯在上海就领教过，在上海，他们把他的头摁在水里，他觉得自己快要死了，他的耳里、口里全是水。此刻他也笑着看着审讯官，说，我招什么？都告诉你了，我是止月，我是一师的学生。

审讯官说，你是艾肯，艾蕊的弟弟。说！你跟那些共党混在一起，是不是你姐的意思？

我姐？艾肯"嗤"地一笑，说，我姐最看不起的就是共党，不然，她怎么不来救我？

艾蕊不知道艾肯的骨头也是极硬的，她在玻璃窗外看着，心下想着：他拼命救的成蹊已经死了，死在救国会的酒窖里，景洛伊备好了手术室等着营救，可是成蹊没有撑到手术台，他倒在了获救的路上。他是为掩护艾肯死的。

刑讯室内，艾肯突然一阵嘶吼，小指上一片血肉模糊——他的指甲被连根掀翻。审讯官说，不急，我们慢慢来。艾蕊在外面，一把推开白振平，开枪打坏审讯室的门锁，拖着大衣冲进去，扯过审讯官的领子抬手就是一拳，咬牙切齿地说，你的目标是我对吧，我来了，你他娘的再给我横一个？

说这话的时候，她的枪口还在冒着白烟，灼热地抵着审讯官的脑门。白振平跟在艾蕊身后慢慢地踱进来，审讯官哆嗦着说，艾老板，误会，误会。

废物。艾蕊骂着，兀地扣动了扳机。

她今日没有戴消音器，开枪的声音十分大，白振平皱了皱眉，他似乎也没料到，艾蕊会在这里开枪，他说，行了，艾老板，快带着小少爷走吧。

艾蕊把艾肯从刑架上扶下来，她问，条件？

白振平：没有条件。

艾蕊：别装了，三爷，你我都知道你不是路见不平的那种人。

白振平：我刚上任，就当是我送给你和郑五爷的见面礼。毕竟……

艾蕊：毕竟？

白振平：毕竟，他都快给我跪下了。

这下轮到艾蕊皱了眉，她想着多年前，白振平在郑公馆门口下跪求郑蓦救他妹妹那会，郑蓦是一点脸也没给白振平。她此刻不敢想，这么多年之后，郑蓦会为了艾肯去求白振平，她也不敢想，白振平会否记恨当年的事。她说，你把郑蓦怎么了？

白振平叹着气说，兄弟一场，我能把他怎么样。我知道失去亲人的苦，快走吧，你这两枪动静太大，清野那边的人赶过来，我可救不了你。

艾蕊有些不可置信，她望着白振平，他已经有些老了，其实，就连艾蕊自己，也不年轻了。郑蓦有时候会看着郑尤和白苏平的照片不说话，艾蕊此刻想着，回到当初三家鼎立的时期，也比现在要好吧。她说，三爷，可否再帮艾某一次？

白振平：你说。

艾蕊望着审讯官的尸体说，清野那边是瞒不住的，你只消通报过去，说我亲手杀了艾肯，尸体我带走了。

白振平没有说话，他盯着墙上贴着的"回头是岸"四个字，良久才说，艾老板，把小少爷送出杭城吧，再进来一次，天王老子也救不了他。

回头是岸。

这四个字几乎覆盖了一整面墙，白振平抬手抚平了"岸"字卷起的边角，他记得，很多个夜里他睡不着，也是这样，一遍一遍地抚平白苏平的照片。照片里白苏平穿着学生装，躺在学校的草坪里，阳光打在她的脸上，她在笑，她笑着说，哥，我好想一直睡在这里。

四、出殡

艾肯的丧礼办得全城皆知。艾蕊丝毫不介意杭城的大街小巷里，卖报纸的孩子举着当天的早报喊着，号外，号外！国民党少校枪杀亲弟！她穿着一身黑色湘绣旗袍，往盆里一张一张地丢纸钱。杭城湿冷的冬日里，她没有披大衣，郑蓦要把她护在怀里，但她说，心是寒的，怎样都没用。

白振平是跟着清野一起来的，说，艾老板，节哀顺变。

艾蕊无力地扯着嘴角说，枪是我自己开的，有什么好节哀的。

清野今日穿着日本的军服，他说，艾老板大义灭亲，帝国对您的行为表示赞叹。

艾蕊并不买账，说，我是党国的军人，为党国排除异己，与你们无关。言罢她指了指棺木，说，棺木尚未盖棺，清野中佐若是要验明正身，请便。

清野躬了躬身说，得罪。

上好的黄花梨木，艾肯躺在棺内，他穿的是艾蕊特地为他做的新西装，他的脸上、手上，还有在行动处监狱内被虐打的痕迹，他的右手小指上没有指甲，血肉来不及长好，就糊在手上。清野顺着再往上看，他的脸色惨白得瘆人，再和青紫的伤痕一起，像是一种嗜血的厉鬼。清野再度躬身说，小少爷，得罪了。

艾蕊起身，说，清野中佐这是验明正身了？盖棺。

送棺的排场非常大，清野借着不方便，先行回了。

一行人刚放下棺木，一个杭城政府的要员腆着肚子晃晃悠悠地下车，他说，开棺，验尸。

送葬队伍闻言愣在原地，艾蕊此刻的眼神像是要杀人，也不知是冷风刮的还是怎的，她的呼吸颤抖着，蓦地从郑蓦的大衣口袋里拿出枪，上了膛向着刚下车的大肚皮走了两步，枪口正对着他日益向上的发际线，说，赵司长这是打算下去陪我弟弟？

来人是新政府的行政司长，他跟汪精卫似乎有些亲戚关系，在杭城像只螃蟹一样地横着走，他吹胡子瞪眼地看着艾蕊，张口就吼，你敢和政府作对？

艾蕊把枪口抵在赵司长的脑门上，说，你们算什么狗屁政府，艾某就没买过你们的账。言罢，她收了枪，枪口往上，说，兄弟们，子弹上膛。

在场数十个艾家的人，即刻全部子弹上膛，枪口指着天。艾蕊的声音不大，但也足以让现场所有人听见，她说，倘若有人敢破坏小少爷的葬礼，乱枪打死。

是！

郑蓦在一旁抬手一个手势，郑家的人也纷纷举起枪，他从大衣内袋里拿出一把柯尔特手枪，说，送艾少爷。然后，他发起了第一枪。

紧接着一阵枪声，这让赵司长接连几天耳里都回响着几十个人同时鸣枪的声音，他从没见过这种阵势，只记得那天用枪指着他的那个女人，眼里没有温度。

"苏门答腊计划"最终不算成功，这是郑蓦告诉艾蕊的，郑蓦坐在艾蕊的对面告诉她，李士群没有死，上海那边的人几乎全军覆没。三娘的地下党员牺牲了两个，绍兴的全部获救，但学生，一个也没救下。艾蕊泡着茶的手并没有抖，她说，军统，死了七个人。

她连着洗了两遍茶，这冻顶乌龙是台湾的供货商给她送来的，味道越泡越浓，称得上茶中圣品。她倒了一杯递给郑蓦，说，艾肯此时应该到台湾了吧。

那日的棺木内另有玄机，艾肯被放在棺木里抬着出了城，在下葬的时候被人从棺木后面开的口里拖出来，连夜护送着往台湾去了。走了不远，身后鸣枪声起，像是要把天给震下来。艾肯心想：别了，姐姐，别了，杭城。

早前艾蕊望着艾肯满身的伤，她的眼睛浸泡在泪里，说，两次了，艾肯，你可能真的不适合干这个，姐实在是经不起生离死别了。

艾肯：战争总会死人。

艾蕊：但死的不该是你。

艾肯：该是谁？

艾蕊：我。

艾肯一时间竟不知道该说些什么，他想起许多小时候的事情。他和艾坤都不是嫡子，艾成的正房身体不好，一直生不出孩子，艾成这才娶了房如夫人，直到艾坤四岁那年，正房才生下了艾蕊，但没几年就去了，艾成念着艾蕊，一直没把如夫人给扶正。艾肯当时年纪小，只记得大哥艾坤因为这事跟父亲怄气，他认为是父亲负了母亲一辈子。最后一次争吵的动静非常大，那时候艾蕊已经大些了，她把艾肯护在怀里，冷着脸看向书房，她听着那些吵过无数遍的话里，似乎多了些内容。

但她没来得及细听，艾坤就拎着箱子出来，他拉了艾成的如夫人，说，妈，我们走。儿子养你一辈子。

艾肯记得，那时候他被吓得哇哇大哭，一家上下都在拦着艾坤，艾成从书房里追出来，吼着，不肖子，让他滚！

这期间艾蕊一直护着艾肯，艾肯说，你不要带我走，我只要姐姐。

艾坤看了看艾肯，说，小王八蛋，连你亲妈都不要了。而后，拎着箱子就离开了家，再也没有回来过。艾蕊当时也是噙满了泪，她望着艾坤离开的方向，愤愤地骂了句，艾坤，你混蛋。

可是那日，艾蕊却垂着眼，她把手放在艾肯的手上，说，艾肯，去台湾吧，找你大哥。

艾肯：你知道大哥在哪里？

艾蕊：我一直都知道。

艾肯：可是他是混蛋，我不要去。

艾蕊：他不是，艾肯，他不是混蛋，早些日子的河内刺汪，就是他提供的左轮手枪。他跟你我都一样在为这个国家战斗。

艾蕊垂着眼给自己倒了杯冻顶乌龙，她的茶具非常精致，可像郑蓦这种爱茶之人，一眼就看出这套茶具并不常用，艾蕊也着实不是个能静下心来品茶的女人。她说，我必须去把那批学生救出来。

她的右耳上有伤，是子弹的擦伤。郑蓦安慰她说，你我都尽力了。谁也没料到会有汪伪政权的人潜伏在一师，还当了他们几年的老师，轻而易举地就把他们带走了。

艾蕊摸着右耳上的伤口说，杨万准，他曾经也是我的老师。

所以她一时没法扣得下扳机。

那日艾蕊追出一师的后门，学生们正在往另一辆车里转移，艾蕊举着枪，却看到了她早在几年前就哀悼过的、应该已经死了的杨万准，她心下一惊，先生？

那一瞬间她以为杨万准也是来营救学生的，但这一想法很快就变成了艾蕊用来耻笑自己的那把刀子，她看见了杨万准身后，水池里的金鱼一样多的特务，她说，杨万准，你他娘的也是汉奸！

杨万准呼出口气说，你不也是么。然后扣动了扳机。

第八章　近冬

杭城原本应该是一片月笼人家，沉香入画，而与这片安逸祥和相对的，是冬日的寒风。风掠过的地方，不管是西湖还是钱塘江，敷在人的脸上身上，竟像是要把皮肤给生生撕开。

柳浪闻莺已经看不见了，断桥上应有的残雪还没有下，连天都像是在赌气，只死命地刮着风，死命地把一棵棵枯黄的树吹成狰狞的样子。

同样狰狞的，还有日本宪兵队监狱内，对立的两个人。

刑架上的那个，已经不成人形，他穿着日本军服，是个二等兵，他用日本语反复说着效忠天皇陛下，可惜没有人相信，直到他再也说不出话。

一、路西斐尔

绍兴近日闹得十分紧张，就连郑蓦都收到了不少风声。郑尢垂着手立在一旁，看着郑蓦窝在能躺进两个人的沙发里漫不经心地听着公司董事会的业绩汇报，郑尢心下笑着那些董事们胆战心惊的样子，简直像是对面壁画里走投无路的路西斐尔似的。

其实郑尢怎么会知道，那是一幅作者不详的作品，被郑蓦特地托人从西洋请来壁画师翻画在墙上。他只是在但丁的《神曲》地狱篇里看见过。

那年郑蓦第一次读到这部文艺复兴的经典之作，那时他在海外，他始终觉得，如果不是上帝帮了米迦勒，路西斐尔是绝对不会战败的。

壁画的位置正对着球桌，更多的时候郑蓦捏着枪粉，一边摩擦球杆，一边不时盯着壁画上的路西斐尔。他不喜欢人们说路西斐尔的原罪是狂妄，更不愿称路西斐尔为邪魔，他原本应是众天使中最耀眼的一位。他也想那年，他还只是为艾成走私军火的郑副官，那年日本人还没有打进中国，那年，他是艾蕊的未婚夫。

这日，也是在壁画前，郑尤倚着墙，望向沙发里的郑蓦，说，大哥，顾先生的人回话，今日到杭。

郑蓦这才慢慢从沙发里起身，似笑非笑地说，他到底是来了，我当他不需要庇护呢。

大哥，他是这个么？郑尤说着，用手在自己面前比了个“八”。

郑蓦抬眼看了看郑尤，说，他是绍兴商会会长，是个商人。末了，他又补了一句，和你哥一样。

郑蓦原先并没有发现，歌女蝴蝶梦的舞姿也是极好的。

此前他进入“维也纳”的大厅，透过重叠着纠缠的男女，蝴蝶梦正在舞台上摇曳着、唱着“玫瑰玫瑰最娇美”。郑蓦想着，原先从没发现，蝴蝶梦跳起舞来，也像是一只被赋予了翅膀的蝴蝶，也算得上是能让人倾杯思卿妆的美人了。只是这蝴蝶梦比较特殊，她从不陪客，也从不下舞池。

其实，时常俯在二楼围栏上的艾蕊，或端着酒杯，或抽着雪茄，丝毫都不介意自己的一个歌女是否愿意陪酒赔笑，事实上，她根本就无暇顾及这些。

就像今日，才傍晚时分，黑色都还没来得及笼罩进“维也纳”，清野就带着人坐进了三楼的包厢里。一周内两批辎重被截，这让驻在上海的北川少将十分不满，几次发电文斥责清野严重失职，清野这才硬着头皮，第三次找上艾蕊。

货丢了是你们的事，我可是安全交到你们手上的。说话间艾蕊开了一瓶红酒，顾自饮了一口，说，货款你还得照付给我。

清野点头，说，那是自然。也不怕跌份地从艾蕊手上接过红酒，仰着脖子一饮而尽。又说，艾老板，我这还需要一批水连珠。

艾蕊说，没那么快，你这周几乎搬空了我所有水连珠的库存，我需要时间。

清野红着眼说，请艾老板尽力，帝国不会忘了艾老板的。他的眼睛像是撒旦一样血红，看起来像是谁的血溅了进去。

而艾蕊只是淡然地挑着眉，说，我说了，我需要时间。

也是在这个时候，她听见了楼下拖着长音的通报，郑五爷到——

清野也听见了，他反复向艾蕊说，拜托了，帝国是不会忘了艾老板的。即使艾蕊已经向他告了声，失陪。

艾蕊转身的时候轻声地说了句，帝国是不会忘了我，言罢回头看向清野，她是个眉目含情的女子，又再次说，帝国也不该忘了我。

出了包厢门后，艾蕊低声吩咐项允中，尾巴扫干净些，别让人发现，是我截了那两批货。

项允中点头称是，他问，大小姐觉得，他们还不知道？

至少面儿上是。艾蕊说着，推开贵宾室的门，她上扬了半边嘴角，说，他把面子做足了，咱也给他脸，再运一批水连珠给他，不过，动作要慢，别误了我的事。

房间里飘忽着坚果味道的烟，烟雾缭绕里郑蓦递给她一个包装十分考究的纸袋，嘴上却说着毫不相干的话，他说，绍兴的顾会长，今日到杭。

艾蕊不用看都知道纸袋里又是郑家丝绸厂的最新制品，她撕着纸袋答非所问地说，可以啊郑五爷，都什么时候了，你的丝绸生意还玩得下去？

这可不就快玩不下去了么。郑蓦把眼睛弯成了一道钩，好脾气地迎着艾蕊酸溜溜的语气，跟着打趣，要不你的军工厂借我玩玩？

喜欢？喜欢拿去。艾蕊说着，从撕开的纸袋里拿出丝巾，把玩在手上。那是一条桑蚕丝的丝巾，不算大，杏红的颜色配得上她的任何一件衣服。

不过重要的是，丝巾有个暗袋，大小刚好放得下一把掌心雷。

而他们不知道的是，对面的包厢内，清野自斟自饮地喝着红酒，憋了半晌，说，艾蕊这个人，能用就用，若有一天不能为帝国所用了，必须尽快除掉。

嗨咿！那么我们以后……？

她的那个助手……

嗨咿！明白！

二、武林门

又有一具军统特工的尸体浮在运河上，漂到了哪个不知名的码头，再被某个码头工人发现。像是一个固定了的程序，足足反复上演了半个月。

项允中来报告的时候，艾蕊还在对着艾公馆院子里的喷泉练习手彩，只是一个双手交错的瞬间，杏红色的丝巾就毫无征兆地出现在她的手里，项允中说，大小姐，杭城站的苏文进，死了。

接着项允中看到艾蕊的手顿了一顿，却没有说话，直到下一次的双手交错，原本应该出现掌心雷的那只手里，是一朵白色的花。艾蕊把白花递给项允中，问，苏文进家里还有什么人？

项允中：一个年迈的母亲，还有一个在上学的妹妹。

艾蕊：妹妹多大？

项允中：不大，十一二岁。

艾蕊朝着军火库的方向望了望，想着十一二岁时她已经可以拆装父亲随手拿来的枪。她从项允中手里接过一条棉质的手帕，有一搭没一搭地擦拭手上的水，她说，还是按老规矩，你送一笔钱去他家里，告诉他老母亲，苏文进殉国了，党国会对他的家人负责。

而后，艾蕊想了想，又说，另外，再带把枪给他妹妹，让她保护好家人，等再大些，凭这把枪来救国会找我，给她哥哥报仇。

项允中还没有来得及点头称是，杜诚气喘吁吁地一路跑进艾公馆，喘着大气说，大小姐，顾会长到了，可是清野的那个副官，带了两个小队的日本兵，和顾会长的人僵持住了。

僵持？艾蕊说着把手帕扔回给项允中，复又转头问杜诚，在哪里？

杜诚捋着还没有顺的呼吸，说，武林门。

艾蕊：郑蓦呢？

杜诚：郑家守着的人也已经去请了。看起来，日本人是不打算让顾会长进城。

他们也得有这本事。艾蕊冷笑着说，不等了，去看看，允中，拉开阵势，别在绍兴的商人面前跌了份儿。

武林门是杭城最古老的城门，因为康熙和乾隆皇帝下江南都是从此门入，武林门又被称为恩泽之门。艾蕊向来不在乎什么皇帝恩泽，她只记得，早些时候，北关以外，武林门一带，一直都是人烟辐辏、商贾云集之处。每当夕阳下山之际，樯帆卸泊，百货登市。这都是日本人没打进来之前的事。

这天艾蕊做足了阵势，前后开了近二十辆车，拉成了一个车队开往武林门，一下车，对双方剑拔弩张的样子置若罔闻，径直走向顾会长，自然地伸出右手一握，顾会长久等了，艾某来迟，还请顾会长不要见怪。

这样主动与人握手在艾蕊身上是极少的，就连对清野，她也是能避就避，项允中的印象里，只有戴老板，有过这样的待遇。对此戴老板还开过玩笑，说，小艾这手，比首长的手还要难握到。

今日，在杭城最繁华的地方，似乎要告诉所有人，这位顾会长，是她艾蕊的客人，谁都不能苛待了。

果然，艾蕊很快就转向清野的那个助手，说，森田君，顾会长是艾某远道而来的客人，你可不能苛待了。

森田丝毫不让地说，他也是清野中佐的客人。

艾蕊闻言，往后退了半步，然后缓缓地从口袋里拿出枪，“咔嚓”一声上了膛，说，这么说，森田君这是要跟我抢了？

艾蕊一上膛，艾家少说七八十人尽数下车，把森田的两个小队包在中间，也全部“咔嚓”一声，这是艾蕊最喜欢的，金属之间的碰撞声。艾蕊说，森田君自己看，眼下我的人就算两个人打一个，也能把你的小队全部歼灭了，就算我把你也杀了，你们那个清野也不能拿我怎么样。然后她往外走了两步，回身举枪指向森田说，放人，这是命令。

这样的举动让武林门一带的商户们全部走出店铺，伸着脑袋看着一群黑衣及地的人持枪把日本兵围在中间，看着被骂成杭城头号汉奸的艾蕊举着枪指着森田，也看着平日里作威作福的日本兵，此刻只能端着枪，连个屁都不敢放。

他们也在私下里想着，谁会先开这第一枪。

但最终谁也没开枪，因为谁都不想真的走到这一步。艾蕊说，森田君，我在等着你说这是一场误会。

说话间，森田的手一直停在腰间，他的动作没有艾蕊快，在艾蕊和项允中的枪口下，一直没有来得及拔枪，他说，我是帝国的军人，我不能违抗命令。

森田君的意思，是清野要跟我抢了？艾蕊此刻居然笑了，她笑着说，你回去问问清野，问他是否惹得起我。艾蕊紧接着指了指后面开来的车，说，就算你们惹得起我，也得掂量下，是否惹得起郑五爷。

提到郑五爷，就连附近的商户都是心下一怔，五爷行事说一不二，谁若惹恼了五爷，说不准哪天就能在运河边发现那人的尸体，何况是如今被几十个枪口对着的森田。

正说着，郑蓦拖着一身呢子大衣下了车，大衣的长度丝毫不亚于艾蕊，唯独不同的是，艾蕊的衣摆大到似乎要把整个杭城给包进去，而他的，却像是瀑布，笔直地垂下来，干净利落，和他的手段一样。郑蓦说，森田，叫你放人那是给你面子，别逼老子硬抢。

说着，郑蓦“砰”的一声，朝天上发了个空枪，顿时，周边的楼顶、窗户，看得见的和看不见的地方，又多出了许多的狙击镜。森田和他的小队被团团围在中间，像是打靶场的靶子，被上百把枪的瞄准镜盯着，只差一声令下，他们就能即刻变成沙袋，连反抗的余地都没有，只能往外冒着沙。艾蕊说，五爷待会下令的时候，让兄弟们多打几枪，艾某这里有的是子弹。

附近卖片儿川的店小二抱着柱子问“这得是什么样的人，能惊动郑五爷和艾大小姐两家来抢”，被掌柜的猛拍了下脑门，说，你小子别管这大户人家的事，免得把自己的小命搭进去。

小二苦哈哈地揉着脑门说，就我这命，他们都不稀罕要呢，我就是觉得痛快，多久没有敢这么跟日本人横的人了，你看那白三爷，以前也是个爷，现在怂的，巴儿狗似的。

掌柜的生拉硬拽地把小二拉进门，说，他是爷是狗，你都是店小二，没你啥事儿。

说着狗，一个穿着日本军服的二等兵，摇摇摆摆地跑得像只狗一样，伏在森田耳边嘀咕了一句，森田立刻向着艾蕊和郑蓦点头哈腰地说，误会，都是误会。顾会长，请。

艾蕊满意地收了枪，说，等的就是你这句话。她也不是非要跟森田硬干不可，转身就走向远道而来的人，说，顾会长，请。

艾家的枪收了，郑蓦还立在原地，郑家的狙击枪一把也没有收起，不时还有狙击镜的反光，好巧不巧地照在森田的脸上。郑蓦说，森田你给我听着，今晚郑某在“维也纳”设宴款待顾会长，你和你的清野主子最好能登门当面道歉，否则，把我惹毛了，郑某第一个站出来反了你们，到时候你们也得跟现在一样，连个屁都放不出来。

言罢，转身上车不提，直到车队开出了很远，郑家的狙击枪才撤了些，还有没有留着的，森田也不知道，只是长吁了一口气，生怕现在再不喘，很快就没机会了。

艾蕊这才得以正式地认识顾会长，她只知道，他是这段时间反日本人闹得最火的绍兴商会会长，他叫顾近冬，除此而外别无所知。她说，顾会长是姓国，还是姓共？

似乎只有项允中，此刻反复想着：这顾先生，好像在哪里见到过。

顾近冬长得剑眉英目，穿着一身长袍马褂，看上去倒也是儒雅得体，他抿着嘴唇笑笑说，我姓顾。

清野在宪兵司令部里反复擦拭着他那把军刀，刀被擦得锃亮，却从未见他用过。森田站在他的对面，向他汇报说，监狱里那个二等兵，熬不过重刑，死了。

死了就死了吧，总有人要为辎重的丢失负责。清野说着，用拇指划过刀刃，那是一把上好的野太刀，这种大型刀挥舞起来非常吃力，但杀伤力非常巨大。清野从不使用这把刀，在他看来，野太刀，是身份的象征。

象征。

就像在他眼里，郑募、艾蕊，就是杭城的象征。

就算清野不是个识相的人，他的主子却是极识时务的，何况他身边还有个土生土长的杭城人，他拿着一小摞电文走向白振平，说，有些时候，我真搞不懂上面那些家伙，我是帝国的中佐，何必要去讨好一个支那的少校。

白振平翻看着那些电文，几乎每篇的末尾，北川都会捎带一句，“切不可与郑、艾两家对立”，他看上去意味深长地笑了笑说，因为你们除不掉他们，艾成原本就是个军阀，他有多少关系在各个集团军，艾蕊又培养了多少自己的势力，这些以你们的情报组织那点能耐根本探测不到，而郑家的势力到底有多广，连我都不知道。北川将军当然不愿冒这个险去招惹他们。所以你只能认栽，给人道歉去吧。

清野气急败坏地指着白振平，说，同样都是杭城的大亨，你怎么就这么没用。

我没用，你别用我的场子洗钱。白振平哗啦一声把电文扔在桌上，喝到，你他娘的也别再让老子的人去给你抓人。

听到“抓人”，清野这才意识到语言失当，立刻换了一副神情地说，都是一家人嘛。那样子，像极了白振平小的时候，家里的那个管家，见到谁都点头哈腰，一副奴才相的那个管家。

清野说，上次抓来的那几个学生，都安排妥当了？

白振平怒气未消地说，屁话，放在杨万准那里，能出什么问题。

清野说，哟西，杨万准是维新政府的人，但到底是个支那人，不能全信。

白振平闻言，腾地起身，说，老子也是中国人，你以后别他娘的支使老子帮你办事，我也不可信。言罢，用手杖“咣”的一声砸在地上，一把推开试图要拦着他的森田，径直出门。

他这一走，电文被带得散落在地上，清野俯身一张一张地捡起来，他的副官也蹲下，一边捡电文，一边问清野，这个白振平，还能用么？

无妨。清野盯着最上面的一封电文，那一行“切不可与郑、艾两家对立”，他说，白振平的妹妹在我这里，他就算有二心，也得有这个胆。反倒是这两个，真是难缠的家伙。

然后他看了眼窗外，慢慢暗下来的天色，说，去“维也纳”。

三、空包弹

清野带着人走进“维也纳”的时候，艾蕊正在台上唱着《何日君再来》，清野娴熟地从吧台拿了杯酒，找了一个位子坐下。他想着：这歌词写得真好，人生能得几回醉，不欢更何待。

这样想着，他向不算太远的地方，郑蓦的位置举了举杯，郑蓦也往他的方向点头举杯，俨然已经没有了白天举枪对立的样子。但站在清野身边，落汤的公鸡一样垂头丧气的森田副官，他可不这么想，他今日差点死成一个沙袋。

很快，一曲终了，艾蕊在台上继续摇曳着，换了一种曲风，她的舞裙和酒一样红，她拎着裙摆，在节奏里旋转着，把自己转成了一朵盛放在“维也纳”的玫瑰，任尔金玉琳琅良驹成双，均不敌她眉间红豆朱砂。她停下来的时候，手里不知何时竟凭空多了一束玫瑰。

她对着台下一席长袍却戴着礼帽的主角，唱着：

玫瑰玫瑰最娇美，玫瑰玫瑰最艳丽。
常夏开在枝头上，玫瑰玫瑰我爱你。

清野从不知道像手彩这样传男不传女的艺术，艾蕊也能如此精通。而在清野对面坐着的郑蓦，则满脸浅笑，似乎是在嘲笑清野，你不知道的还多着呢。他望向舞台的眼里满是爱意，清野知道，郑蓦是极爱艾蕊的。

但是郑蓦眼里的爱意，很快就被一闪而过的惊怒所取代，在“砰”的一声里，在清野还没来得及反应的时候，郑蓦跨上舞台，飞身把艾蕊护在身下。

被突如其来地打断、此刻俯在舞台上的艾蕊，脸上仍挂着方才唱“玫瑰玫瑰我爱你”时，那样浓郁的笑。

这一切是很快的，也是很慢的。艾蕊盯着郑蓦的肩胛处多出来的那个血洞，洞口还在不断往外冒猩红色的液体，她用手去按，然后又从指缝中，看见了那一抹她无法控制的猩红。她说，郑尤，带五爷往后撤。

一时间“维也纳”内一片惊恐，原先的祥和顷刻崩塌，人们拎着舞裙和大衣，嚷叫着往旋转门口挤。很快，就响起第二枪，第三枪……清野也顺着人流的方向转移，他一边不时回头看向交战的方向，一边在人群里往外走，说，谁他妈干的？

他和森田今日都没有穿军服，森田的枪在裤腰上被卡住了，他使劲扯了扯，说，不是我们的人。

清野看了眼第一枪响起的方向，说，不是特高课？

森田回答，特高课今日没有行动报备，可能，是特工总部的行动队。

清野拉了拉帽檐，刚好看到艾蕊的右肩中了一枪，手里的勃朗宁手枪被步枪子弹的冲力甩出，冷清地躺在铺了厚重地毯的舞台上，清野觉得，可惜了，那是一把好枪。

“维也纳”的吊灯被流弹击中，吱吱呀呀地撑了好久，最终“咣当”一声砸落在顾近冬面前。早前装修得太急，来不及定做，这吊灯是让项允中随便买的。当时艾蕊看了眼账单，白眼都快翻到吊灯上去了。

顾近冬此刻看着面前歪斜着的明晃晃的吊灯，水晶的切面反光得像是要把他的角膜给刺穿。他的位置离舞台不算近，方才又被横竖交错的子弹耽搁了，这才在吊灯砸落、一时停火的间隙，三两步跨上舞台，捡起落在地上的勃朗宁，往二楼的十点钟方向，“砰”的一枪。紧接着，项允中不知从哪里跑过来，顾近冬随即说，项先生，艾老板受伤了，请带她撤离，这里交给我。

项允中也向着门口的方向发了两枪，点头说，好，你先顶一会，我随后就来。

一路低着头走出“维也纳”的清野，钻进车里，摸了摸脖子侧面不知何时被流弹擦出的伤口，骂了句，李士群这帮蠢货。

撤退的路线是一个酒窖，这个酒窖很多人来过，它直接通往“拱廊”的地下。当日艾肯就是把代号叫犀牛的地下党成蹊带进这里，也是这里，成了成蹊生命当中最后一个地方。项允中带着顾近冬往酒窖撤，一面想着，当日若非营救不及时，成蹊也不会死。

走了几步，去路就被挡住了。

艾蕊坐在正中，完全没有受伤的样子，问，允中，怎么样？

项允中望着艾蕊右肩处渗出来的血迹，汇报说，弹无虚发，战术灵活，顾会长受过训练，也有战斗经验。

他在说话的时候，顾近冬在一旁顾自地笑，他拎着那把勃朗宁的扳机说，空包弹？

得罪了。艾蕊说着，从右肩的大衣内袋拿出一个被打破的血袋，冲着后方说，行了五爷，人家早就看出来了。

然后她笑着望向顾近冬，问第几枪？

顾近冬摆弄着勃朗宁说，第一枪打的急，但你当真以为，连着两枪我还察觉不到，这是你们在试探我？

果然是专业的。郑蓦说着，看不出神色地从后面走出来，“噗”地打开一瓶红酒，倒着酒说，也不是试探你，原本是针对清野的，你只是刚好出现的一个额外收获。

红酒从酒瓶里稳准地落入酒杯里，就像是任人宰割的生物，从一个容器到了另一个容器。郑蓦把其中的一杯递给了艾蕊，另一杯则在顾近冬不解的神情里递给了他，顾近冬说，针对清野？他可是活着逃出去了。

艾蕊抿着红酒，说，我原本也没想让他死。只要他知道，老子帮他做事是拎着脑袋的，就够了。不过，允中你的枪法是退步了些，怎么着也得让他躺几天啊。

项允中闻言，也不说话，只立刻双腿并拢。倒是郑蓦，摆摆手替他说话，这也不能怪允中，前两发击中你我的是空包弹，现场混乱，又要换成实弹，有些偏差也是可以理解的。

艾蕊挑着眉说，借口。而后她仰头饮尽半杯的红酒，说，我比较好奇的是，顾会长你一个商人，是何时受过的专业训练？

没等顾近冬说话，艾蕊就继续说，你来杭城的目的根本不是我的军火，而是郑五爷，准确地说，是他救下的那批地下党。她顿了顿，看着顾近冬没有什么变化的脸色说，我没有猜错的话，你也是共党，你的代号是“苏门答腊”。

顾近冬的脸上这才有了点神色，他说，艾老板果然名不虚传，佩服。

佩服你娘的屁！艾蕊兀地摔了手里的玻璃杯，怒喝着说，那日若不是你行动缓慢迟迟不来，“苏门答腊计划”也不至于如此仓促启动，成蹊和其他几个共党也不会惨死在日本人手里。

然后她往椅子里躺了躺，说，当然，我更在乎的是，那一次，老子损失了七个人，他们都是正儿八经的党国军人，跟着我在军统出生入死，就他娘的为了救你们的人，一个个死在我面前。

艾蕊说这话的时候，正色盯着顾近冬，完全没了她一贯挑逗和暧昧的神情，她“嗤”的一声冷笑说，他们的抚恤金还只能按一线战斗人员算，顾近冬，你打算拿什么来还我？

四、寸白虫

那年在特训班的时候，有一门课叫通讯术，艾蕊对此一向漫不经心，她觉得，无非就是拍几个电报而已，怎么也轮不到她这个身份的人，亲自去拍电报。

那门课的教官，是杨万准。

杨万准早年怎么也想不到，他如今会是汪精卫政权的要员。这和艾蕊怎么也想不到，当年的杨先生还活着，是一样的。

但是艾蕊对于杨万准的缅怀，就在那日营救学生时，她和杨万准互相举起的枪口下，消失殆尽了。

杨万准的那一枪打偏了，子弹擦着艾蕊的右耳掠过，直直地撞进了墙里。杨万准和手下借机绑了学生跑了，艾蕊举着枪立在原地，她想着数年前，在特训班，杨万准给他们下达训练任务的样子，也想着那年，她收到杨万准的死讯时，用那张泛黄的译电纸折成的纸花。

连向党国宣过誓的少将军官都能叛逃，还有谁能信得过？

那以后艾蕊每每对着镜子处理右耳上的擦伤，都会顾自重复这一句，项允中立在一旁，他从不知道，杨万准的叛逃，会对艾蕊造成如此大的影响。他不知道要怎么向艾蕊开口，告诉她，顾近冬打算杀了杨万准，救出学生。

直到艾蕊自己开口，说，允中，联系五爷和顾会长，通知杭城军统，制裁杨万准。

郑蓦从不是个嗜酒如命的人，但顾近冬是，他除了绍兴的花雕，竟也钟爱马提尼。顾近冬穿着灰布长袍进入郑蓦存放洋酒的酒窖，这副模样理应是很奇怪的，但“拱廊”的服务生们对此毫无反应，因为那里还有一群更奇怪的人。

这是整个在杭活动的绍兴地下党组织，除了隐藏得好的，和已经死了的。

顾近冬说，组织上对你们，感激不尽。

郑蓦指着墙上新刻下的成蹊的名字说，别废话，带上你的人赶紧转移，别让我再往上刻名字。

他们就是在这个时候接到项允中的传话，制裁杨万准。

郑蓦不知道艾蕊是如何下的这个决心，因为他知道，艾蕊幼承庭训，虽然高傲，但尊师重教，他也知道，杨万准，是艾成的过命兄弟，早年在战场上，救过艾成的命。

制裁杨万准的行动按照计划如期进行，那天华灯初上，郑蓦从狙击镜里看着艾蕊走进杨万准的宅子，看着她浅笑着，一如当年。他此刻在杨万准家对面的民宅里举着枪，枪里两枚子弹，只等着艾蕊一个手势，一枚冲进杨万准的脑壳，另一枚，也得不偏不倚地击中艾蕊。枪声是一个指令，两声枪响过后，埋伏在杨家附近的军统立即行动，营救学生。

这是艾蕊的意思，她命军统的人都换上共产党的装备，好让她把责任全部推给共产党，完全撇清关系，同时让顾近冬等真正的共产党神不知鬼不觉地带着学生转移。

艾蕊今日并没有丝毫的防御措施，她把常用的勃朗宁手枪放在桌上，一副开诚布公的样子，她唤道，先生。

杨万准坐在艾蕊对面，把茶叶倒在一张白纸上，分辨粗细。他把最粗的放在罐底和滴嘴处，再将细末放在中层，又再将粗叶放在上面。艾蕊安静地看着他完成这些动作，她知道，杨万准是潮州人，他这是在纳茶，早前父亲还活着的时候，经常请杨万准去艾公馆，艾蕊从小就常看着杨万准气定神闲地泡工夫茶。

火炉上的水很快便已二沸，杨万准示意艾蕊提铫冲茶，艾蕊顺从地提铫，揭开茶壶盖，将滚汤环壶口，缘壶边冲入。杨万准敲着桌子说，提铫要高，所谓“高冲低斟”。

他敲桌子的节奏灌进艾蕊的耳里，他在说，有监听。

但是艾蕊像是没有收到杨万准的警告，她从壶口轻轻刮去茶沫，淡然地说，先生，请让我带走那批学生。

杨万准盯着艾蕊盖好壶盖，再以滚水淋于壶上。他说，新政府也需要人才。

艾蕊闻言，放下茶具说，若我一定要带走他们，先生打算如何阻止我？

杨万准说，那恐怕你无法走出这个门。

艾蕊“嗤”了一声，冷笑着说，先生，艾某今日唤您一句“先生”，只因那句“一日为师终身为父”，我不知道你在背叛党国时是否能做到像你现在表现得这样坦荡，但我始终是党国的军人，即使我向日本人运送军火，即使我现在是杭城最大的汉奸。我需要这些学生，党国需要他们。

杨万准：你要把他们送去重庆？

艾蕊：是。

杨万准：如果他们自己不愿意去呢？

艾蕊闻言，“啪嚓”点燃一根雪茄，她深吸了一口，烟从口中被吸进肺里，她说，那就杀了他们，他们都是可用之才，不仅你我盯着，共党也在盯着，我宁愿让他们死在这里，也不能让你们得逞，更不能让共党把他们送往延安。

杨万准却不怒反笑，他说，小艾，你真是一点没变，和你在特训班的时候一样。

对面民宅内，郑蓦透过狙击镜看着二人一来一去，复又掏出怀表看了看时间，抬手向设伏的方向发出了一个“全体准备”的讯号，接着“咔嚓”一声子弹上膛，重新举起了狙击枪。

艾蕊微微皱眉，她刚想说，相较于在特训班时的豪情，她已经懒散太多。但话锋很快被杨万准占据，他说，小艾，你还记得“听风行动”么。

艾蕊说，记得，那是先生布置的任务，要求我们三人一组，对军内的任何人上手段，并对其进行忠诚度评估。

杨万准点着头说，那时候，你们小组上手段的对象是我，你们还以为我不知道。

艾蕊也笑，点头称是，说，这才落入了先生的圈套。

话音未落，艾蕊夹着雪茄的手突然一顿，雪茄还在徐徐地燃烧着，停留在一个尴尬的位置。她像是想起了什么，不可置信地望着杨万准，用指腹在茶桌上无声地敲击了一组密码，杨万准随后，也同样敲击了一组密码。

较之艾蕊，杨万准的敲击非常短促，但足够让艾蕊心下一惊。她很快反应过来，一把扯过杨万准放在书桌上的旗座，起身走向窗口，向着对面的民宅，用小得离谱的旗帜，打了两组旗语，“L”和“X”。

郑蓦反复确认了艾蕊的动作，“终止行动”“立即停止”，这才将子弹退出来，收了枪。

艾蕊没有回头，她站在窗边说，“听风行动”十分失败，艾某为此茶饭不思了三天。先生既然一意孤行，艾某念在师生一场，不会为难先生，也不便久留了，告辞。

“听风行动”是艾蕊在特训班上的一次出色行动，只有她，在其他人认定杨万准是党内的叛徒时，坚信这是个圈套。

杨万准听出了艾蕊的意思，三日后，来接学生。

他看着茶桌上因为敲击留下的点点茶渍，独自品着茶。

你在潜伏？你是……？

寸白虫。

五、营救

只要顾近冬在杭城一天，清野就恨不能立刻杀了他。但偏巧他又被郑家人保护得密不透风，任你是76号还是宪兵队，别说子弹，一枚毒针都靠近不了他。

清野挥着他那把野太刀，想着在官道上设伏，让顾近冬无法活着回到绍兴。此刻森田上前告诉他，特高课报告，艾蕊昨日去了杨万准家里。

清野:做了什么?

森田:喝茶。艾蕊找他要那批学生,被他拒绝了。

清野挥着刀说,哟西。

顾近冬在“维也纳”听了三天的《何日君再来》,他看着艾蕊游走在各色人物之间,唱着那句“今宵离别后,何日君再来”,他怎么也不明白,这样一个流连于酒色的女人,是怎样能够投身到战斗当中。

那日艾蕊问他,要拿什么还她,他说,拿胜利还你。

可是今日,他不确定,这样的“友军”,能否并肩作战直至胜利。

不过很快,他又否定了自己这样的想法,他此刻希望自己的判断是错的,就如他以为郑蓦也是共产党一样,是错误的。此刻在杭城,他别无盟友,只能选择相信他们。

果然,在第三天的夜里,艾蕊和郑蓦各自向手下部署了行动,向着杨家大宅去了。

杨万准预先开了地下室的门,只等艾蕊的人来把学生接出去,这原本是神不知鬼不觉的事,如果清野没有特别留意他的话。

特高课在杨万准家附近设伏监视了三天,直到远远看见艾家的车,一个队员立刻撇下了馄饨摊子,跑回宪兵队报信去了。

可惜宪兵队来得不够快,艾蕊已经带着学生离开了。艾蕊在地下室的门口,向着杨万准敬了个军礼,一如那年,在特训班的时候一样,她说,先生,保重。

杨万准冲着他们挥手,说,快走,别耽搁了。言罢转身回屋,刚走两步,宪兵队的机车就哒哒哒地来了,为首的那个,指着艾家车队离开的方向说,とつげき(冲啊)!

杨万准猛地转头看向尚未来得及走远的车队,摇摇头顾自呢喃,艾成老兄,下辈子你得还我。而后引爆了预先埋好以防万一的炸药,在一片混乱中举枪射杀了几个日本兵。

即使杨万准事先布置了断后方案，但面对对方将近一个中队的兵力，杨万准终究还是倒在了一阵乱枪里，倒下的瞬间，他开枪打爆了预先放置的油桶。

爆炸的前一秒他想：艾成，下辈子你得还我，我在战场上救过你，今日又救了你的女儿。

艾蕊在车里，无声地望着身后冲天的火光，说，允中，我们赶紧与五爷会合。又说，杨先生，他是党国的军人。

项允中一边开车，不时看向后视镜里艾蕊沉痛的样子，他问，杨万准不是叛逃了么？

艾蕊四下张望着，找到了一张泛黄了的纸，心想上次她也是用这样黄的纸为杨万准折了白花。她一边折着，用不高的声调说，他是“寸白虫”。

项允中重复着，寸白虫？心下想着，只记得《古今医统》里记载过，寸白虫，长一寸，子孙繁生，长至四五尺，亦能杀人。

此时艾蕊已折成白花，她把白花托着举在眼前，说，他是党国打入汪系的间谍，像寄生虫一样潜伏在汪系内部，秘密开展行动，汪伪行动处现在有我们的人。

正说着，郑蓦的车队在杭城门口被守城门的日本兵拦下，军曹说着郑蓦根本听不懂的日语，完全没有要放行的意思。

这天郑蓦有四辆军用卡车随行，一辆是绍兴的地下党，中间两辆装满了军火，最后面那辆，是刚转移出来的青年学生。

艾蕊的车从车队的最后方开出来，天色已经有些蒙蒙亮了，艾蕊说，我赶着去给七十四军送货，耽误了，你吃罪不起。

军曹继续说着日语，艾蕊听得懂，但她不想多废话。她一个耳光抽向军曹，随即用枪口抵在他的额头，用日语说，放行。

车队在两排日本兵的枪口下重新启动，艾蕊这才放过军曹，丢下一句：有异议，让清野来找我。这才重新踱回车里。

清野“咣”地把报告砸在榻榻米上，睡眼惺忪的白苏平吓得赶紧抱着孩子躲到一边。清野骂道，巴嘎！一个中队出去，连几个学生都拦截不住？

森田点头哈腰地回答，特高课的人，看见了艾蕊。这批学生，很有可能是得到了艾蕊的帮助。

二人正说着，守城的士兵回来通报，说，郑蓦带人硬闯城门，艾蕊居然用枪逼着士兵放行。

清野怒不可遏地吼，全城搜捕艾蕊，叫白振平来，我要艾家的产业，全部遭到天灾人祸！

天还没有完全亮起来，杭城的民众还震惊在不久前的爆炸声里，短短几十分钟，数个艾家名下的商铺同时被洗劫一空。清野以日军中佐的名义发文，一天之内搜查不出艾蕊，他就要踏平整个艾公馆。

但就在清野一行端着机枪大炮要进入艾公馆的当口，艾蕊裹着一席肃杀的黑色大衣，不紧不慢地走出艾公馆，依旧用不轻不重的语气说：

清野建川，你放肆。

第九章　绍兴

子弹进入人的身体，除了伴随着烧伤，还有巨大的冲击力。艾蕊就是被这样的冲击力带动，“咚”的一声撞在军车的内壁。子弹没有击穿她的身体，血从右肩处新添的小洞里一汩一汩地往外涌。

军车内死伤一片，只剩下项允中和三四个死士，他们把枪口从篷布底下伸出去，奋力地抵抗。有些手枪随着奄拉下来的尸体落在艾蕊脚边，他们在官道上，遇上了预先设伏的日本兵。艾蕊看着军车内的尸体，冷笑着心想：郑蓦放手得太早了。

正想着，篷布被掀开，艾蕊下意识地捡起脚边的枪，左手举枪，但枪口指向的，竟是翻身进入车内的顾近冬。

一、上手段

特高课按照清野的意思，在“维也纳”的贵宾室里装上了监听设备。设备不大，刚好能够放进灯罩里。他们安放设备时，清野正俯在二楼的围栏，望着在舞台上摇曳着羽毛扇子的歌女蝴蝶梦，她正唱着“浮云散，明月照人来”。

这是国华电影公司的电影《西厢记》的插曲，崔莺莺和张生的故事清野没有看懂，他的中文并没有那么好，理解不了“晓来谁染霜林醉，总是离人泪”。他只是去电影院见一个他放出去的线人。

重新被装上去的吊灯比原先的还要豪华，清野的眼睛被晃了下，他想，入夜之后，在吊灯上也装上设备。

顾近冬翻身进入军车，他的裤脚沾上了血，说，你受伤了？

艾蕊无力地放下枪，耳边全是子弹出膛的声音，说，报应，那日我用空包弹试你，最终还是报应到我自己身上。她扯着嘴角笑了笑，又问他，你不去保护你的人，过来我这干吗？

她说话间，顾近冬捡起地上的一把机枪，翻看着检查子弹和枪膛，他说，鬼子都是从后方来的，保住你这辆车，前面的才安全。

艾蕊不置可否地望着他熟练地装枪，问道，你从外面进来，对方有多少人？

顾近冬：从遇伏开始我就在计数，不到三十。

艾蕊：现在呢？

顾近冬：损失过半。

艾蕊：可有把握一个不留？

顾近冬：打。

又有一个死士被击中，在项允中的身边倒下。项允中收回狙击枪，起身望了艾蕊一眼，艾蕊也从内壁旁扶着起身，左手举枪，说，打。

然后她和项允中同时举枪，打掉篷布的结扣，军车的篷布很快被风掀开，军车还在极速前进，艾蕊说，我有的是军火，耗也耗死他们。

但艾蕊刚举枪欲打，对方的掩体突然被袭，一阵爆炸过后，枪声明显稀疏了很多。很快，就冲出来一队穿着国民党军服的军人，项允中大致判断了，有一个连的兵力。他刚想向艾蕊汇报，转头却看到艾蕊体力不支地倚在军车内壁上，慢慢滑下。

援兵在顾近冬的配合下，很快就把那些日本兵消灭殆尽，艾蕊让军车停下，说，不要留下活口，但凡回去一个报信的，我们都麻烦。

一个连长模样的兵背着步枪跑过来问，你们是？

项允中从艾蕊手里接过染了血的军官证，递给连长，说，这位是苏沪杭军统三处，艾副处长。

艾蕊的军衔不高，从进入特训班起她就是少校，几年来一直没变过，但她在国民党内的职位在同级当中却是极高的，这是戴笠对她的重视，但在艾蕊眼里，却是戴笠对她的亏欠。她此刻倚着军车的内壁，她看到了连长胸前的胸牌，杨晔，上尉军衔。

果然，杨晔在翻看了艾蕊的军官证后，立刻双脚并拢，行了个标准的军礼说，长官好。

艾蕊倒是不紧不慢地问，番号？

第十九集团军第二军一〇五师一连。

艾蕊闻言，点头称赞道，十九集团军，淞沪会战下来的兵。她顿了顿，说，杨连长，我有军务在身不便久留，这里就交给你们了，后方可能还有追兵，请一举歼灭。艾某会致电第十九集团军军部，如实反映你们的战功。

而后她用没有受伤的那只手，回敬了一个军礼。

“维也纳”贵宾室里的台灯是郑蓦从西洋带回来的，这盏被放在路边橱窗里的铁艺台灯，让他莫名地想起艾蕊，它的灯罩不管是看上去还是摸上去都非常冷，如果不从里面透出暖黄色的光的话。

郑蓦把大衣和礼帽挂在架子上，说，我回来了。

宪兵队的监听室阴冷得让人战栗，除了机器运转的声音，就是三两个戴着耳机的情报员匀速的呼吸声，当然，他们互相也听不到对方的声音，因为耳罩里的声音已经够响了。

这已经是清野连续四天扎在监听室了，他反复分辨着耳罩里的声音。

对话的声音经过机器有些失真，但一男一女的每句话都像是刀子一样，反复刮着监听者的耳膜。

女的说，没耽误时间吧。

男人的声音在耳罩里听起来十分浑厚，他说，还好那日硬闯出城了，七十四军的补给快跟不上了。

女人的声音顿了顿，清野看不到他们的动作，想着应该是在点烟，果然很快，耳罩里就响起了火柴被点燃的声音，紧接着是女人轻声的冷笑，说，他们的补给跟上了，我这可就天灾人祸了，清野建川那个畜生。

被骂做“畜生”的人，坐在机器前笑了笑，他想：这些地面上的生意，你艾老板也不见得会在乎。

正想着，森田进来，附在清野的耳边说，顾近冬跑了，连同那些学生，全部消失了，整个杭城都找不到，我们在官道上设伏的战术小队，也没有任何回音。

清野骂了句“巴嘎”，说，我原本猜想是艾蕊出手帮了那些不知进退的家伙，但现在来看，不可能有两个艾蕊。

森田说，嗨咿，不过中佐，您确定，这真的是艾老板么？

二、柯岩

从没有哪一次的路程，让艾蕊感到如此颠簸。她此刻觉得，军车每颠簸一下，子弹在她的身体里就挪动一分，像是一只嗜血的寄生虫，疯狂地啃噬她的血肉。

项允中不知道寸白虫是否就是这样生存的，他用火柴反复烧着一把镊子，说，大小姐，我们没有麻醉剂了。

艾蕊有气无力地倚在车内，像是没有听到一般，同顾近冬开着玩笑，说，原先从未目睹过，顾会长开枪的样子，倒也有几分英勇。

弄得顾近冬哭笑不得地说，就几分？

尽管这样打着趣，镊子进入伤口的一刻，艾蕊还是颤抖着吸了口气，用她自己的话说，那口气抽得，和几天没抽烟的感觉一模一样。顾近冬下意识地把她拥在怀里，这才感受到，她浑身抑制不住的颤抖。

顾近冬此时才意识到，她是个女人。

她以往太过强势，太过独当一面，做着一些男人都做不到的事情。若不是她十分柔软的名字，“艾老板”这三个字出去，没人会认为这是一个女人。

但顾近冬这次来了杭城才发现，艾蕊这般强横的背后，是郑蓦的配合乃至支撑。似乎达成的某种共识，总是艾蕊去打前阵，郑蓦负责统筹和断后。他二人一前一后，彼此心照不宣，却留给对方一副水火不容的样子，以至于顾近冬看着他二人琴瑟不调的相处，和相得益彰的配合，觉得十分难以捉摸。

顾近冬笑着问艾蕊，我这是不是占了郑蓦的位子？

艾蕊由着项允中给她裹上一层层的纱布，说，郑蓦的位子，你还真取代不了。

然后她被项允中搀扶着下了军车，不失气势地走进轿车里。顾近冬望着她的背影，觉得这样一个女人，就算让她去赴死，她也能留给身后一个气定神闲的身影。

绍兴，艾蕊从没有去过，但绍兴人的傲骨倒是给她留下了深刻的印象，包括前些日子她在女子监狱救下的那个地下党员。她问过顾近冬，是否认识“女儿红”，顾近冬说，不在我这条线上，可能，在“阿修罗”那条线上。

但“女儿红”最终还是没有躲过76号的抓捕，她的名字出现在猎杀名单上并不是让人意外的事，唯独，她没能活到“苏门答腊计划”启动。她被76号逮捕了，这一次，没人来得及营救她。艾蕊去看过她的尸体，她的手指上全都没了指甲，这让艾蕊惋惜，她原先是一位婉约的绍兴女子。

惋惜，从艾蕊得知“女儿红”生前曾被关在狗笼里的时刻，就变成了愤怒，她握拳过于用力，指甲险些扎进了手掌里，她说，牲口，都是牲口。

艾蕊在心里答应过“女儿红”，要把她带回绍兴，即使“女儿红”已经永远地留在了杭城。艾蕊并不知道“女儿红”的真名叫什么，三娘也不知道，这让艾蕊觉得特别悲哀。

若是牺牲了，连身后事都无人操办，这是怎样的一种悲哀。

艾蕊顾自说，哪怕是衣冠冢，我也会带你回绍兴。

她说出这话的当晚，郑蓦给她送来一副“女儿红”生前的衣冠，她不知道郑蓦是怎么拿到的，她也没问。

可是艾蕊想象中的绍兴城，并不该是眼前这般萧条。

街上一副门可罗雀的惨景，不时有人从顾近冬等人的对面跑来，又慌乱地带翻了被遗忘在街上的小摊，像是看不见这些外来的人一般，拼了命地往出城的方向跑。有个年纪稍大的长者跑得慢些，被顾近冬拦下，问怎么了。

老者颤巍巍地拉着顾近冬的衣袖，说鬼子来了，见人就杀，再不跑来不及了。

顾近冬搀扶着老者，问来了多少。

老人说，好几十人。

顾近冬闻言，望了眼车内的艾蕊，说，先遣队。复又问老者，鬼子可是从坡塘方向进城的？

老人点头称是，顾近冬当即转身吩咐他的随从，开一辆军车，带老人家和我们的青年学生撤离到安全的地方，召集兄弟们，从后方包抄，把先遣队困在绍兴城内。

此刻艾蕊也在车内问项允中，我们在绍兴有多少人。

项允中粗算了一下，说，能迅速调集的，二十余人。

恰在此时，顾近冬过来说，我们有二十余人在柯岩一带设伏，那里是鬼子攻城的必经之路。

艾蕊说，好，允中，派人通知兄弟们，调十人过来与我会合，其余的，赶赴柯岩一带占据制高点，准备狙击。

而后，艾蕊若无其事地点燃一根雪茄，说，顾会长，请。

自打清野下令打砸破坏了艾家的店铺，“维也纳”的那位就没给过日本人一个好脸色，清野在监听器的那头，冷着脸听着那边一口一个“畜生”。原本预定好的辎重也被艾蕊扣下，一直不到位，北川从上海接连下了几道电文过来，要求清野无论如何安抚好艾蕊，一周之内再拿不到军火，就上报军部，降他的军衔。

清野烦闷地扔掉耳罩，问森田，我们的秘密工厂筹建得怎么样了？

森田小声说，策反了几个老师傅，但是设备一时半会还跟不上。

清野想了一会儿，说，供货商那边呢？

森田说，还在议价。

清野闻言，蓦地起身，他的动作过于大，木制的椅子被他带动得晃晃悠悠，“啪嗒”一声倒在地上。他愤怒地说，也就是一周之内我不可能拿到货？废物！一群废物！

然后他理了理大衣，说，去“维也纳”！

记不起来从何时开始，清野也穿起了黑色大衣，他把自己打扮得同郑蓦很像，好像这样，他就能像郑蓦一样拥有艾蕊，控制艾蕊。他对艾蕊没有兴趣，但艾蕊攥在手里的那些军火，却每天都滋扰着他，让他夜不能寐。

郑蓦俯在二楼的围栏上，让蝴蝶梦转告清野，“维也纳”不接待过河拆桥的畜生。清野窝着火说要见艾老板，眼看着森田就要沉不住气，郑尤却抢先一步在郑蓦身后举枪指着清野。郑蓦这才开口，怎么，清野先生，这桥你已经拆了，还想再过一遍么？

清野不动声色地摁下森田欲拔枪的手，仰头望向郑蓦，赔着笑说，误会，都是误会。

误会？郑蓦依旧俯在围栏上，他让郑尤收了枪，一副居高临下的样子，这让清野很堵心。郑蓦说，就算是误会，小艾不想见你，你的定金我们已经全数退回，今后也不会再合作，清野先生，请回吧。

清野说，郑五爷，别忘了，您和艾老板曾答应过，要为帝国效力。

郑蓦闻言，不怒反笑，说，郑某从未说过为你们效力，你我之间只是合作，如今是你单方面破坏合作，我有权利决定这场生意还做不做。

森田破口大骂：郑蓦，你也是个背信弃义的小人。

郑蓦"嗤"地冷笑一声，他说，你们也配跟我谈"信"？清野，当初是你用杭城人的性命逼着我和小艾同你合作，那时候你有资本，现在你们的大部队已经撤离，郑某若是被惹恼了，当真要和你同归于尽，你那千儿八百的兵能顶几天？恐怕北川的部队还没有进城，你就永远留在杭城了，你他娘的现在还有资本跟我谈"信"？你也配？

他二人如此一来一去正说着，从贵宾室走出一个女人的身影，她在郑蓦的身后站定，眼睛被垂下来的蕾丝挡住，清野看不见她的神色，但这分明，就是前几日被他惹恼了的艾蕊。

她用冰冷的语调说，我不和畜生做生意。

顾近冬在车内，看着艾蕊一口一口地抽着雪茄，车内很快就是一片烟雾缭绕，顾近冬是不抽烟的，他此刻顶着烟草味，反复向艾蕊确认，你真的可以吗？

他担心艾蕊的身体，可艾蕊并不领情，她吐出一口白色的烟，咬着牙说，废话。

被喷出的烟雾在他们的头上反复盘旋，此前被派出去侦察的人回来通报说，大小姐，来不及了，鬼子已经过了柯岩一带，很快就要和我们正面交锋，要不要改道？

改什么道？艾蕊说着，从车里下来，掐灭了手上的雪茄，说，把他们逼回柯岩，允中，我们这里有多少人？

项允中坐在副驾驶位，他也从车内下来，说，二十不到。

艾蕊说，这里距离预十师的驻地不远，你派两个脚程快的兄弟，拿着我的证件去要求支援。

项允中点头称是，复又问道，军统的军官证，他们会买账么？

艾蕊此刻已下令原地休整，检查枪支，她说，他们敢不买账，别说是方先觉，整个第十集团军恐怕都担不起绍兴失守的责任。鬼子的先遣队已经到了，后方就是三林部队，是否出兵，让他们自己掂量着办。

而后她转头，看着顾近冬交代着他的人，他说，我们人手少，老办法，跑起来打。

顾近冬今日难得没有一身长袍马褂，他按照艾蕊的意思，穿了一身西装革履。艾蕊出发前取笑他，倒也人模狗样的。艾蕊望着各自散开的人手，吩咐项允中，换牌，按计划行事。

项允中点头向艾蕊道了声保重，领了十几个人各自行事去了。留下三五个，手脚麻利地把所有的车都换上了日本车牌，艾蕊的车横在路中间，她刚要上车，顾近冬走了过来，他有些歉意，说，艾老板，连累你了。

艾蕊扶着车门，说，早晚都得打，我是党国的少校，就算为党国战死，也算是死得其所。言罢她顿了顿，又说，顾会长，若我今日战死了，希望你记得，是谁跟你并肩作战过。

顾近冬把她扶进车里，说，我知道，苏沪杭军统三处，艾副处长。

艾蕊在车内笑着说，是，也不是。

这句话顾近冬还没有听懂，日本的先遣队就到了，艾蕊的车停在路当中，挡住了先遣队的路，开路的日本兵刚开口欲骂，却看到了他们是日本的车牌。顾近冬似乎突然明白了艾蕊要他换身衣服的原因，而此时，艾蕊也伸了只手出来，顾近冬赶紧像个副官，又把艾蕊从车内牵了出来。

艾蕊往下掸了掸纯黑的大衣，用纯正的日语说，让你们长官出列回话。

她的日语十分流利，流利到没有人来得及去生疑，一个穿着军装大衣的军人出列，他并不知道眼前这个女人的军衔，但看上去来头不小，他敬了个军礼，说，津田一郎向大人报到。

艾蕊瞥了一眼他的军服领口，说，哟西，津田少佐，等的就是你们。而后她从大衣上方的口袋里拿出一本证件，说，我受清野建川中佐之托，特来向你传达最新军令。

那是郑蓦预先伪造的，杉本英子的证件。杉本英子是日本梅机关的要员，偏巧她又十分神秘，极少有人见过她，只知道她惯用的枪是美制柯尔特，这和日本军官普遍配置的南部十四式有巨大的区别。刚好这种枪，在中国南方最大的经销商，是艾家。

艾蕊说，清野中佐得到战报，支那方面的第十集团军就驻扎在此地附近，第十九集团军六十九军、七十四军将在后方对我军形成包抄之势，清野中佐命你们退出绍兴城外，原地休整，等待与我军三林部队会合，切勿让帝国的军人做出无谓的牺牲。

津田闻言，略微迟疑地说，可是大人，我接到的命令，不是这样的。

艾蕊说，战势突变，这才需要我来传达军令，怎么，津田少佐这是要，违抗军令？

津田立刻道，不敢，大人您误会了，只是，我还需要拍个电报，向军部核实一下。

艾蕊伸出右手说，请。

但津田刚躬下身回礼，艾蕊的手上即刻出现一把掌心雷。掌心雷的射程很短，不过此刻，子弹穿透津田的头颅，一点问题也没有。艾蕊看着津田仰着头倒下，依旧用日语说，少佐津田一郎，违抗军令，贻误军情，就地处决。复又提高了语调，说，小队长出列。

有三个小队长出列，站在津田的尸体旁。艾蕊复又说了一遍，执行命令，退出绍兴城外，等待与三林部队会合。

三人一时面面相觑，这让艾蕊“嗤”地冷笑一声，她转头给了顾近冬一个眼神，说，津田这个散漫的家伙带出来的兵，都是废物，就地处决。

她说的是日语，顾近冬只听懂了大概，他附和着说，嗨咿。配合着的动作却是，双手开枪，他和艾蕊只用了一声枪响的工夫，就又让三个小队长像树桩一样，倒下了。

子弹出膛的一瞬，艾蕊单手撑在车顶上借力，翻身落在车后，以车为掩体，在停火的间隙从口袋里拿出一把美制柯尔特，她用日语说，把这群违抗军令的家伙，就地歼灭。言罢又朝着日军的方向开了几枪。

其实后方没有人能听懂艾蕊在说什么，但所有人都全副武装地参与了战斗。顾近冬也回到轿车背部，他用手势指挥着绍兴地下党：

你们几个，正面进攻。

你们，绕到后方包抄，注意，给鬼子留下些撤退的空间。

你们，占据制高点，找时机狙击。

三、少佐

清野的住处内，白苏平抱着儿子，一句一句地教他唱“さくら”，白振平听了几句，实在听不下去，说，够了，别真把自己当个日本娘们了。

那首《樱花》，是日本的传统民歌，樱花树这种植物白苏平从没见过，自打嫁给清野，她就被困在所谓的“家”里，顶着“清野夫人”的名头，做着他的俘虏。她说，行了吧，你但凡有点能耐，我也不至于成个日本娘们。

白振平的脑袋耷拉下来，他说，我也不想。

不想又怎样？白苏平反常地愈说愈气，她指着白振平，说你看看你现在的样子，真有能耐你也像艾姐和郑五爷一样，和日本人对着干啊。

白振平冷笑一声，说他们不也是汉奸。

白苏平盘腿跪坐在榻榻米上，她说，他们那汉奸是假的，哥，你是真的。

白振平倒也不怒，似笑非笑地说，女儿家的，你懂个屁。

他这样说着，身子向墙上倚了倚，墙上挂着的日本天皇画像被碰到，十分不和谐地动了几下，似乎有些不情愿。白苏平有些惊慌，她说，你不要碰天皇画像。

白振平冷笑着，他说，嗤，天皇……而后他起身，把大衣和手杖都拿在手里，俯身逗着孩子，说，舅舅走咯。

小孩子咿咿呀呀地开口，叫了一声，舅舅。

他是清野建川的儿子。

但他说的是中文。

那日艾蕊和顾近冬在绍兴战得很苦，项允中被派出去保护沿路的百姓，这是艾蕊的意思，她说，我在杭城忍了太久，只有在保护百姓的时候我才能意识到，我是个军人。

项允中带着十几个人把乡亲们都保护到路边的粮仓里，他问，有能打的么？

一个八九岁的男孩站到项允中面前，说，我能。弄得项允中哭笑不得，小子，你还没有枪高呢。小男孩说，我跟我爹打过猎，猎枪也比我高，但是我可以用它打野猪。

不知怎的，小孩子的这几句话像把榔头一样砸在项允中心上，他觉得，一个国家，连个孩子都知道举枪反抗，这个国家不会亡。他拿了把步枪给男孩，带着他到粮仓的窗边找了个位置，把枪管伸出去，说，这可比猎枪的后坐力大，你端稳了。

项允中看着男孩端枪瞄准的样子，问，小子，你叫什么？

我叫顺子。

刚好在此时，艾蕊翻到车后，用日语说，把这群违抗军令的家伙，就地歼灭。项允中跟着艾蕊许久，他听得懂日语，他在粮仓里，用足以让所有兄弟听到的声音说，打。

“打”字刚落，粮仓的窗口即刻冲出稳稳的一枪，比艾家的兄弟出膛的速度都要快，项允中诧异地看了一眼顺子，他俯在用粗粮袋子堆成的掩体后面，也调皮地望着项允中。

艾蕊倚在车后，她的伤口又裂开了，血从大衣里渗出来，好在她的大衣是黑色的，只有她自己知道。她已经换了三次弹夹，在打完最后两发子弹之后，她把柯尔特往车内一扔，从座位底下拎了把狙击枪出来。

她穿过两层车窗，一枪击中正要扔手榴弹的列兵的右手，手榴弹的保险栓已经拉开，还没来得及落地，就“轰——”的一声，在它自己的地方，爆炸了。

项允中带着人把百姓护在粮仓里，日本兵根本没有机会接近粮仓，窗边不时有倒下的艾家人，倒下一个，后面就有一个立刻补位，拼了命地往外扔手雷。项允中一枪打爆了扔过来的榴弹，他怕冲击力震坏顺子，马上扑过去把顺子护在身下，捂住他的耳朵。

他在前线见到过太多尸体，有的甚至没有伤口，但被抬动的时候会突然流出黑色的血，这是被震死的。那时候刚打完淞沪会战，他和艾蕊逆着国军撤退的路线去上海，路上没有活人，有的是来不及运走的伤兵，来不及获救，就死在了路边。

制高点上掉下来一个人，掉下来的时候只是中了一枪，但一落地，就被十几把刺刀活活刺死。艾蕊在车后看见了，但她来不及救。她只能冷着脸举起枪，把那十几把刺刀的主人，一个一个爆头。

狙击枪的后坐力很大，艾蕊每开一枪，枪托都狠狠地砸在她的伤口上。她此刻像是一只嗜血的斗兽，直到预十师的增援赶到，她才带着一股血腥味收了枪。

顾近冬也从外围跑回来，他的右臂中了一枪，应该是扔手雷的时候被对方的狙击手击中的。他把炸药的引爆装置递给艾蕊，说，艾老板，你的炸药，你来。

艾蕊一手示意正赶过来的预十师暂时退后，一手按下了引爆装置。她不知道顾近冬是什么时候把炸药放在日本人的坦克下的，那是被国军称作“铁王八”的东西，国军老兵都知道，日本的“铁王八”特别厉害，有时候为了炸一个“铁王八”，要死很多人。

坦克一被炸毁，活着的那些个日本兵个个嚷着“撤退”就往回跑，顾近冬拦着要追击的兄弟，说，穷寇莫追。

艾蕊的伤口因为狙击枪的后坐力已经完全绷开，她的右手往下垂着，血顺着指甲不时地滴下来。她说，你们是方先觉的兵？

预十师隶属国民革命军第十集团军，是方先觉带的兵，战斗力极强。一个营长模样的人向艾蕊敬礼，说，陆军第十预备师步兵第二十九团第一营，向长官报到。

可是这些艾蕊都没有听到，她问出那句话之后，就拄着一米多高的狙击枪，仰面倒在地上。她的耳里只有方才激战时子弹出膛的声音，这些来自艾氏工业的枪声让她觉得安心，她不是孤身在战斗。

她已经孤身太久了。

按照他们的计划，那些侥幸逃脱的日本兵被预十师追到了柯岩，在柯岩再次遭到了重击，最终有几个活下来的，他们没有看到过艾蕊的证件，只听到了她说，她是受清野建川中佐的委托前来的。

清野此刻并不知道军部正在计划对他的调查，他在“维也纳”，在郑蓦的面前，苦笑着签下了三倍价格的合作书。郑蓦说，清野先生大手笔，郑某一定说服小艾，尽快出货给你。

森田一路小跑地跑进来时，清野还在赔着笑说，那就拜托郑五爷了。

森田带来了一个让清野瞠目结舌的消息，因为绍兴发生的事件，以及辎重一再丢失，军部决定，把清野降为少佐，停职查看。

郑蓦依旧披着大衣坐在沙发里，他饶有兴味地望着清野，盘算着清野此刻可以降职，但还不能死，也不能调离杭城。

他还没有拿到"孤岛计划"，清野这颗棋子还不可抛。

"维也纳"此刻欢快的舞曲像是在讽刺清野，更讽刺的是，艾蕊从贵宾室里踱出来，她的脸色看起来不太好，但心情却是极好的，她扶着围栏说，放心，那批货很快就会到位，清野……少佐。

四、龙溪

一张崭新的电文被放在桌上已经有些久了。

艾蕊把玩着手里的紫锂辉，透过紫锂辉淡淡的紫色发丝，漫不经心地问郑蓦，情报可靠么。郑蓦闷着声说，这是"书生"从里面送出来的。

艾蕊停顿了一会，"书生"是个代号，也在"阿修罗"那条线上。自上次猎杀事件过后，他销声匿迹了一段时间，艾蕊还以为他也牺牲了。她说，五爷，你怎么看?

郑蓦手闲似的，把礼帽挂在手杖上，说，清野想摆脱你我，那就故技重施，我们已经把各个口岸都封了，再封一个龙溪，彻底断了他的线。

龙溪是当时郑蓦留给清野的唯一一个口岸，周围全是伪装成工人的郑家人，他们把龙溪守得死死的，不管是日本的军需还是军火，只要从龙溪上岸，全都会耽误上几天，在商船上受潮。

后来白振平带着人把龙溪抢了过去，还赶走了龙溪一带的居民。艾蕊原先并不放在心上，说，且让他得意一会。

但破译后的电文，明确地说，清野秘密建立的军工厂，就在龙溪一带。艾蕊抬手打翻了面前的半杯红酒，她说我不仅要封了龙溪，我还要清野在龙溪的工厂，也遭到天灾人祸，从艾家叛逃的工人，全部为我的店铺殉葬。

郑蓦望着她烧红了的眼睛，说，那白振平呢？

艾蕊想着白苏平楚楚可怜的样子，想着破裂前平静的昔日，接着，又想到艾肯。她说，先留着吧，我还不大看得懂他，他若当真是汉奸，我一定亲手杀了他。

书生的信息越来越精准，清野的武器制造厂很快被锁定了位置，艾蕊打算等清野购置的那批美制设备运到后，一齐给他端了。她在"拱廊"里喝着马提尼，再一次把书生的电文烧得一干二净。

三娘摇着头说，艾老板，这事你和五爷都不能露面，交给我们抗日力量来办吧。

艾蕊咳了一声，肩上的伤口被震得又撕裂一样的痛。她吸了口气，冬日的杭城，空气也有些冷了，她说，你是怕，清野下令抓捕我？

不。三娘说，我怕他不下令，宪兵队和行动处的手段我们领教的太多了，请艾老板顾全大局，切勿暴露自己，做无谓的牺牲。

艾蕊不置可否地望着窗外，良久，说，我算个什么军人。

龙溪爆炸那天是腊八节，爆炸当时，艾蕊透过"拱廊"的窗子，看着对面的粥铺小二叫卖着"腊八粥唉""吃腊八粥咯"。这样的传统节日，南方也过，但节日气氛没有北方那么浓。在艾蕊的印象里，每年腊八，艾家都会张罗着，为郑蓦摆上一桌，他是腊八出生的。

其实郑蓦具体是什么时辰出生的，他自己也不知道，只是据母亲回忆，是生了他才喝的腊八粥。他已经很久没有过生日了，每到腊八，他就为自己开一瓶红酒，顾自说上一句，生日快乐。

郑蓦和着爆炸声穿过郑公馆的客厅，厅内摆了许多的贺礼，他随手拿起一件看了看，连贺礼的主人是谁他都不知道，他蓦地笑了，若不是他这个商会会长的身份，谁会在意他的死活？他让郑尢打理着，把这些贺礼归置起来，找个机会还礼。

但更让他头痛的，是过完腊八，便是她的生日。

艾蕊是含着金钥匙出生的大小姐，她的生日宴会，远比任何事情都头痛。

项允中垂首立在艾蕊身旁，轻声提醒着，大小姐，你还在服药，饮酒伤身。

艾蕊无力地笑了笑说，景医生的药劲太大，弄得我每日都昏昏沉沉的，我已经给它停了。她说着又开了一瓶红酒，吩咐项允中关上"拱廊"的门，说，允中，来陪我喝一杯。

"叮"的一声碰杯过后，艾蕊仰着头一饮而尽，她的眼里也红得像是红酒一般，项允中又为她倒了一杯，他望着艾蕊有些空洞的眼神说，大小姐，你的心里，还是放不下五爷的。

艾蕊盯着红酒在玻璃杯里，上下摇曳，她说，放不下，怎么可能放得下。

项允中问，大小姐还是怀疑，五爷背叛了司令？

微醺时的艾蕊褪去了往日的咄咄逼人，她抬眼望着项允中，喃喃地说，我从不认为他会背叛我的父亲。允中，我父亲早年满腔热血，拉起一支队伍投奔护国军，郑蓦跟着我父亲打过袁世凯，出生入死，子弹擦着他的头皮飞过去，他和我父亲是生死之交，他把我父亲背在身上，从前线走着回来，我不信这样的人，他会背叛。

项允中不解地问，那大小姐这是……？

艾蕊说，我只是想知道那三年，我苦苦支撑起一个快要垮掉的家的时候，他在哪里。

烟灰缸里躺着被烧成黑灰的电文，项允中说，其实大小姐心里已经有答案了，不是么？

艾蕊闻言放下酒杯，抱了个汤婆子，饶有兴味地看着项允中，等着他说下去。

项允中说，从三娘、女儿红，到成蹊、顾近冬，还有现在的书生，他们是一个网，但织网的那个人是谁？我不认为是共党那个阿修罗，阿修罗这个代号就说明了他是个有战斗力的战神，但并不见得适合排兵布阵。或许五爷那几年没干别的，就干这个了。

桌上放着的腊八粥已经冷透了，艾蕊打小就不喜欢吃粥，她也不认为一碗粥就能带来丰收，她像是没有听见项允中的话，又把酒杯拿起来，红酒在她的动作下又开始摇曳，她就势摇了摇酒杯，吸气闻着葡萄酒的味道。

她说，郑蓦，生日快乐。

那场爆炸后的大火烧了大半夜，制造厂被烧得干干净净，那些没来得及逃走的制造厂工人，要么被炸死，要么跳了运河，腿快逃走了的，也都在天亮之前被杀死，尸体上无一例外地盖上一块木板，上书：杀尽汉奸。

码头的工人天不亮就开始打捞尸体，像是捞死鱼一样，捞起一个，往岸上一扔，正眼都不瞧一眼。

三娘和余忞毅组织的行动非常成功，他们没有任何人员伤亡，手法也干净利落，这让被停职在家的清野又发了好一阵的火。

工人又捞上来一具尸体，这个不一样，是个十六七岁的女孩子。

有些工人在郑家干得久了，看见这具尸体，兀地瞪大了眼睛，有个年龄大些的，挥着手说，阿福，快去请五爷！

被唤作阿福的年轻工人刚跑了两步，又被老者叫了回来，老者说，这事先不能告诉五爷，你去，去请艾老板。

那是一具十六七岁少女的尸体，不是昨夜里跳进运河的，尸体已经被泡了两三天，浮肿得可怕。口鼻处的尸斑狰狞得吓人，她是被人捂死的。

她是郑芷嫣，郑蓦的亲妹妹。

第十章　灰色

尸体。

不管人们有多宠幸西湖，京杭大运河总是横在那里，宠辱不惊。它勤勤恳恳地充当运输要道，平日里确实没有什么特色，一样浑浊的水流，一样的杨柳岸，在夜幕下一样的看不清。

除了龙溪爆炸的那日。

被运河水泡肿了的尸体，刚打捞上来的时候还带有腐烂的臭味，少女的眼睛没有闭上，极其惊恐且愤怒地看着整个世界。

一、芷嫣

芷嫣死了的消息最终还是传到了郑蓦那里，那时候郑蓦还在打桌球，他的右手有些颤抖，九号球啪嗒一下撞在了库边，朝一个尴尬的角度滚去了。他兀地握着球杆狠狠摔在桌面，球杆咔嚓断成两截，断面十分锋利，郑蓦说，我真想去捅死他。

他的助手郑尢立在一旁含着泪，翻看着艾蕊送来的照片。他摇着头不肯相信，明明前两日刚收到过二小姐的来信，说香港也不稳定，她要回杭看望大哥。郑蓦看到芷嫣的来信极高兴，当即就吩咐郑尢估摸着芷嫣到杭的日子，在大华饭店定下一个包间，要为芷嫣接风。

可是他没有接到。

他接到的，是薄薄的一沓照片。

照片里芷嫣十分惊恐地瞪着眼，脸上身上全是伤痕，像是被行动处审问过出来的。景洛伊给她做了尸检，证实了她在死前被人奸污过，但大部分线索都被水给冲走了，唯独推断得出，死亡时间是三天前。

这些都是艾蕊告诉郑蓦的，听这些的时候，郑蓦一直闭着眼，满脑子想着：芷嫣还这么小，她才十七岁。

书房里有一张照片被郑蓦抚摸过无数遍，那是把芷嫣送去香港读书之前，他找了摄影师傅来家里拍的，照片里还有郑尤，他们三个坐在郑公馆的门前，芷嫣很闹，她一直动，郑蓦坐在芷嫣和郑尤中间，笑着，坐成了一副肖像画。

芷嫣出殡那天白苏平也来了，这是没人想到的。那天的天色灰蒙蒙的，看上去像是要下雪，可是刮了好久的风，也不见雪飘下来。白苏平穿着日本人的衣服，发簪上的流苏被风吹得甩来甩去，她跟着郑蓦上了车，问，五爷可有查出，是谁杀了芷嫣妹妹？

郑蓦摇着头点了一根雪茄，他说，别让我查到，否则我一定让他死无全尸。然后他想着白苏平今日的反常，说苏平，你有线索？

白苏平有些答非所问地说，我的丈夫有个怪癖，他在行房事前，总喜欢做一些让人难以启齿的事情，他用手铐把我拷在床脚上过，他像捆粽子一样绑过我，他鞭打过我无数次。白苏平说着，撩起了宽大的和服袖子，她说，如果你妹妹身上有这样的伤痕，就不用我说是怎么来的了吧。

被撩起的袖子里面，是根本不该存在于一个女子身上的伤痕，同照片里芷嫣身上的伤痕一模一样，只是，白苏平这伤有些旧了。郑蓦望着白苏平，眼睛红得像是杀红了眼的邪魔。白苏平此刻却用极平静的语气说，他就是个牲口。

从车里下来的时候，白苏平说，郑大哥，我此刻特别希望当一个寡妇。真的，如果能把阿裕托给一个好人家，我一定会在我丈夫的枕边，杀了他。

白苏平说这话的时候没有回头，但是郑蓦相信她，他派人去查过，确实有人见到芷嫣死亡那天，清野带着一个年轻女人去了龙溪制造厂。白苏平话里的语气恨不得当场就能把清野杀死，郑蓦心想，她也是个女人，她是白振平的妹妹，如果她和芷嫣一样了，白振平是否会像此刻的他，这么想着，他又对自己说了句，我真想去捅死他，立刻。

大华饭店原本为芷嫣预定的那个包间，郑蓦没有退，他宴请了清野。那天他和艾蕊的位置做了个对换，艾蕊端着狙击枪，设伏在对面的包间里。这是十分难的事情，因为大华饭店过于大，而清野带来的人，几乎要从这里排到清波门去。艾蕊没有问郑蓦今日的目的是什么，他若是要杀清野，她一定拼死为他打出一条撤退路线。

时间还早，艾蕊从口袋里摸出一个雪茄盒，盒子不大，做工也没有那么精细，但是艾蕊一直把它带在身边，很多时候供货商送来更好的，有镶了玛瑙的，或者是金银浮雕的，艾蕊都是把里面的雪茄拿出来，放在这个西洋杉制成的雪茄盒里。盒子很普通，唯独在内壁里，刻了个不大的“嫣”字。那是芷嫣去香港前，花了三天做出来的，她还做了一个给郑蓦，艾蕊不知道郑蓦那个到哪里去了，因为一直没见他用过。

艾蕊拿了一根雪茄咬在嘴里，拇指抚摸着盒子内的“嫣”，耳里尽是芷嫣满艾公馆追着她喊“嫂子”“大嫂”“艾姐”，眼里，却是那日在龙溪，躺在地上，冰冷浮肿的那个芷嫣。当时艾蕊蹲下身子，有些颤抖地合上芷嫣圆瞪的眼睛。她说，芷嫣，嫂子就算豁出这条命，也会为你报仇的。

但很快，她透过狙击镜看见的，竟是郑蓦被一群日本兵举着枪顶着，坐进清野的车里。从里面逃出来报信的杜诚说，五爷因为打砸了清野的地面店铺，而且拒绝为清野募集军需品，和清野吵起来了。

艾蕊收了枪，枪托砸在地上发出清脆的一声“啪”，她觉得郑蓦这是在找死。她知道这些天三娘一直反复提着那份“孤岛计划”，这是提醒郑蓦，在拿到孤岛计划前，还不能除掉清野。她想，郑蓦这样，是为了进去拿到那份孤岛计划，然后传递出来，再和清野同归于尽。艾蕊在包间内踱来踱去，一边骂着蠢货、找死，一边吩咐杜诚，联系顾近冬和三娘，发动一次大规模的工人和学生运动，向政府施压。

大华饭店距离西湖只有十几米，艾蕊在包间内抬眼就能望见西湖。她往一个方向看了看，她记得小时候，远山明灭的中间还有一座塔，它原名叫皇妃塔，因为塔建于南岸夕照山的雷峰之上，所以人们叫开了雷峰塔，后来有了白蛇的故事，人们不管信不信，都想去看一看，芷嫣也曾拉着艾蕊的袖子说，艾姐你带我去吧。

可是那年她们都还小，艾蕊也不过才十一二岁，雷峰塔轰然倒塌的那天，芷嫣哇的一声哭了。后来有人在报纸上庆祝这塔的倒掉，艾蕊觉得这个人一定不是杭州人，因为外人是无法懂得雷峰塔对杭州的意义的。

可是现在芷嫣死了，郑蓦不要命地往宪兵队里钻，艾蕊扯着嘴嘲笑了自己一会儿，她想，对呀，外人怎么会懂。

二、副官

刑讯室因为终日不见阳光的原因，有些湿答答的霉味，和黏糊糊的血混在一起，简直让人有几分想吐，艾蕊拿出一条杏红色的丝巾捂住了口鼻，她是被清野“请”来的，她说，清野少佐，有何贵干？

她的声音穿过丝巾，有些沉闷，她的眼睛一直没有离开刑架上的人，这才一夜，已经被折磨得不成人形，她往刑架走了几步，却被一个说着中文的审讯官拦住了。艾蕊抬手一记耳光打得那人一个踉跄，没等他站稳，艾蕊手上的丝巾不见了，没人看到她是什么时候换上的一把掌心雷，她用枪口抵着那个人，逼着他往刑架的方向退，她说，皇协军？你也配拦我？我连日本人的面子都可以不给，什么时候需要给一条狗面子。

艾大小姐。清野拖着一身军大衣站在门口，他叫住艾蕊，说，艾大小姐若是真心为五爷好，就请不要让我们为难。

艾蕊在刑架前站定，刚收了枪，那个皇协军就腿脚发软，连滚带爬地跑开了，他此刻只想远离艾蕊，就好像跑得慢了，会被生吞活剥了似的。艾蕊像看一只老鼠一样厌恶地翻了个白眼，她望着郑蓦前所未有的狼狈样子，他身上绽开了许多伤口，血把衬衫和他的身体粘在了一起。艾蕊就这么站着，如一副肖像画，良久，她才开口，说，清野，你到底要做什么。

只一件事，需要艾大小姐帮助。

给你们募集军需？

不，清野好脾气地笑着，他笑得让人毛骨悚然，他说军需品我们自有途径，不再需要五爷和艾大小姐的帮助了。

艾蕊听明白了，清野的意思是，郑蓦已经没有了利用价值，他随时可以死，而她，还有些价值，她并不急着问清野到底要什么，只伸出手，她把手放在郑蓦的手上，郑蓦被绑在刑架上，反握了握她的手。她的蔻丹红得像血，手也冷得可怕。

清野岔开话题说，艾老板，你昨日的发言我听说了，十分精彩。

艾蕊闻言倒是一笑，那是郑蓦刚被捕时，她让杜诚发起的一起群众运动。她穿着国民党军官的军装，军绿色的大衣比她平日里的略短些，倒也精神许多。她的肩章和领口的风纪扣都在告诉人们，她是国民党的少校。

那时她从人群后方走来，每走过的地方，人群都移往两边，似乎这是她与生俱来的气场。她在石阶上站定，说眼下站在你们面前的，并不是你们所司空见惯的军火商艾蕊，我是党国苏沪杭军统三处少校副处长，艾蕊。

而后，她向着人群，向着横幅和学生，敬了一个标准的军礼。

清野说，艾老板，我需要你帮我杀一个人。

艾蕊说，谁。

清野的脸色变得很严肃，说，戴笠。

戴笠二字一出，艾蕊兀地转身，她从刑架边一步一步走向清野，那几步她走得十分从容，像是通往她的刑场，她做了一个让她自己都寒了心的决定，她笑着同清野说，我从不做亏本生意。

清野笑了笑没有说话，抬手指向了刑架上狼狈不堪的人。

他可是你的未婚夫。

他背叛了我的父亲。

说这话的时候，艾蕊一字一顿，咬牙切齿，似乎多年的仇恨都在这几个字当中迸发了。她再也不回头看向遍体鳞伤的郑蓦，尽管她说出每一个字的时候都在心里说，郑蓦，你要挺住。而她张开口吐出的每一个字，都足以让人心寒到底。她说，他是我家的叛徒，这么多年我留他一命无非就是为了他手上的渠道和势力，眼下全杭城都知道郑五爷是我的未婚夫，他被你们逮捕了。如果郑五爷被日本人迫害致死，他的全部家产都会归到我的名下，你以为，我还会在乎他的死活么？

言罢，她狡黠地一笑，这个笑容是极好看的，清野觉得，她的眼睛都在笑，却让人不由地心寒。她说，戴笠是党国的英雄，他不像我，跟你们合作的那一天起我就成了党国的败类，一个败类是没有任何资格去处决一个英雄的。

艾蕊的大衣掠过清野的脚边，往门口掠去，只留下一个决绝不顾的身影。

清野说，上大刑。

艾蕊闻言顿了顿，缓慢地侧了侧脸，她说，这个人是我父亲的副官，是从打袁世凯的战场上活下来的，他受过的伤比我抽过的烟还多，你这些大刑对他没用，对我更没用，倒不如你杀了他，踩着他的尸体去杀戴笠。否则，别耽误艾某做生意。

而后，艾蕊掸了掸大衣，顾自走进车里，再没回过头。她离开得太快，并没有来得及看到，郑蓦当时眼里一闪而过的顾盼自豪。她听到清野咬牙切齿地用日语说，先打断他的腿。

她在车里拿出一小瓶药水，项允中看向她的时候，她连眼眶都是红的，她说，这沙眼的毛病是好不了了。

上午的"维也纳"向来是没有什么人的，"拱廊"也是一样，一旦到了下午，人都会陆陆续续地多起来。艾蕊俯在"维也纳"的二楼，俯瞰着从门口进来的形形色色的人，郑尤立在她的身后，她觉得她的眼眶很重。她转身走回贵宾室，点着雪茄问跟进来的郑尤，郑公馆此刻还稳定吧？

贵宾室的窗没有关，阴冷的风不时地吹进来，艾蕊手上的雪茄始终点不着，郑尤用手把火柴护起来，火光照亮了他手上的一小片，他说，郑公馆上下都很稳定，大家都相信大哥能回来。可是……他真的能回来么？

能。

艾蕊吐出这一个字后就再不说话，踱到窗边，她把烟吸进肺里，再吐出窗外，有时候刚好一阵风吹过来，烟又被扑面拍回她的脸上，眼睛被熏得禁不住有泪流下来，但她始终没有关上窗户。她说，一定出得来，他还有我。

景洛伊红着眼睛推门进来，她略带哭腔地问艾蕊，艾老板，你真的不救郑五爷么？

艾蕊漠然地回头望了她一下，她说，这个点你不是应该在"拱廊"么？

正说着，项允中送来书生的密电，他说，大小姐，清野来电说要你用两个仓库的军火来换郑五爷。

艾蕊不为所动地把雪茄搁在一边，打开译电纸，她挥挥手让景洛伊先出去，然后皱着眉头盯着电文，良久，她吩咐项允中，用秘密电台给书生回电，让他不要轻举妄动，通知五爷，等待营救。

而后她叫住了项允中，她低声说，秘密调查景洛伊。

是。项允中应着，说，大小姐，你怀疑她？

我从宪兵队监狱出来就直接回了“维也纳”，她是如何知道，我不救郑蓦？

项允中点头，复又像是想起了什么，他说，大小姐，郑尤，你们可还记得傅老先生？

他怎么了？

他死了。在76号的猎杀行动期间死了，死因是心脏病。最初，是景医生发现的傅老先生有心脏病，这是连老人家自己都没有注意到的早期心脏病，原则上说，没这么快发病。

即刻调查她。

言罢她把电文递给郑尤，这是他们的内线“书生”从里面传出来的，由于郑蓦的身份特殊，加之他刻意吐出了一些他和艾蕊指挥过的行动，日本梅机关决定派出要员提审郑蓦。

郑尤捏着那张译电纸问艾蕊，他们派出的要员是？

说这话的时候，正巧艾蕊从大衣里拿出一本证件，她就着郑尤的话，把证件“啪”地扔在桌上，说，杉本英子。

他们要赶在杉本英子之前把郑蓦提出来，艾蕊的意思是她去冒充杉本，在提审的路上制造一起拦截，只是，需要郑尤制造混乱支开清野。项允中觉得有些不妥，但也没有其他的办法，他们当中，只有艾蕊能说一口流利的日语。直到蝴蝶梦推门而入。

艾蕊坐在高大的座椅里饶有兴趣地望着她摇曳着走过来，蝴蝶梦今日穿着一袭金丝绒的高开叉旗袍，这让她看起来特别妩媚，却不失端庄。她总是能把自己打扮成不同的样子，这个艾蕊向来都是知道的。

蝴蝶梦说，艾老板，你去太冒险了，就算清野被隔开了，宪兵队总有人会认识你，一旦暴露，你和郑五爷都十分危险。

她的长相并不算出挑，但身材却是极好的，平日里总能见到她在“维也纳”的舞台上轻巧地婀娜着，唱着，跳着，不时把自己旋转成一朵巨大的玫瑰。但此刻，她收起了往日的妩媚，用让艾蕊很熟悉的眼神望着她，说，让我去吧。

你可想好了，自从军统一处改名中统局独立出去，你就不是我们的人。

我是中统的人，曾经在日本梅机关秘密潜伏过，成功找出并处决了我党的叛逃人员。

蝴蝶梦说话的声音很轻柔，也像是在唱歌一样。艾蕊十指交扣地抱着拳，双手的手肘撑在桌面上，她用双手拇指的关节借力撑着头，闭着眼睛思考了一会，说，我不知道良钰是你的代号还是本名，我也不想再建一个衣冠冢了，此行太危险。

艾蕊这一语点破了蝴蝶梦的身份，蝴蝶梦也坦然地换上了良钰的中统做派。

艾老板，良钰用不容置疑的眼神盯着艾蕊说，我在梅机关潜伏过，其实你根本就不像那个杉本英子，只要你帮我拿到杉本日常穿的裘皮大衣和美制柯尔特，不会有人怀疑我。就像在这“维也纳”，也没有人怀疑过我。

你会说日语？

良钰望着艾蕊笑了，她听出了艾蕊这句话的意思，她已经同意了。良钰用日文说了句，当然，今晚行动。

三、灰色

裘皮大衣和美制柯尔特，艾蕊有的是，她轻而易举地把这两样东西交到良钰的手里，然后看着良钰顾自把头发盘成日本女军人惯用的发髻。

良钰一边盘头发，一边问，你是什么时候知道我是良钰的？

我一直都知道。

艾蕊自己也不记得这是她第几次说这句话，事实上她确实调查过蝴蝶梦，在这个有点特别的歌女第一次踏入她的视线的时候。她怎么也不相信一个流离失所的歌女，会有闲情逸致去看一本未经翻译的洋文小说。

而对蝴蝶梦的怀疑，在她扔掉了贵宾室里被上了手段的台灯后，就在艾蕊心里的那块板上钉了钉。

良钰换上了裘皮大衣，她和艾蕊的身形很像，穿着艾蕊的衣服竟也有了些凛冽，她问，你为何不问我接近你的目的？

不需要。艾蕊说着，为良钰倒了一杯红酒，她说，当日在百乐门，我向你允过，如有需要，杭城"维也纳"找我。你来，自是有需要，你不说，我自不问。

良钰接过红酒一饮而尽，此刻救国会的战术小队就在门外。她说，出发。

"出发"这两个字说得有些萧瑟，艾蕊看了看怀表，下午六点三刻。她让项允中通知经理，今晚她亲自登台。

艾蕊目送着良钰一行离开，她在萨克斯和提琴的合奏里拖着舞裙走上台，对着那个她和良钰都十分熟悉的话筒，唱着：玫瑰玫瑰最娇美。

她的歌声透过吊灯上的窃听设备，传到清野的耳里。清野抽着烟，生生扯出一个不好看的笑，他笑着说，这个家伙，还真是冷血。

白振平去大狱里看过郑蓦。

准确地说，是白振平用了半桶水，把昏死的郑蓦又给浇了回来。

郑蓦自己也不知道这样的折磨还要持续多久，眼下是腊月寒冬，他被绑在湿漉漉的牢里，每天被水泼个三两遍，他已经习惯了冷水在他身体上的游走，顺着伤痕，沿着不规则的路线一点一点地滑下去。

原本被梳到脑后的头发也一根根耷拉下来，有些挡住了郑蓦的眼睛，他不大看得清白振平，于是他象征性地抬了抬头，又很快垂了下去，他说，老白，我就知道你会来。

白振平兀地把水桶往旁边一扔，水桶没有被放稳，晃晃悠悠地滚向了墙边。白振平说，郑五爷现在这个落魄的样子，我当然要来看看，还有没有伺候不周的地方。

郑蓦"嗤"地一笑，说，老白，弃暗投明吧。

明？白振平像是听到了天大的笑话，他大笑着问郑蓦，你告诉我明在哪里？投奔你么？哈哈哈哈！你看看你现在这个落魄的样子！

郑蓦被吊在刑架上，他不用花很大的力气抬头，就可以居高临下地耻笑白振平，我的落魄不会太久。

白振平闻言冷笑了一声，说，你的艾蕊此刻正在"维也纳"唱着跳着，她根本不在乎你的死活，你觉得谁会来救你？

就算我出不去，郑蓦说，至少我不是你这种不忠不义之人。

白振平的身上像是过了电一般，他从士兵手里夺过一根鞭子走向郑蓦，近乎嘶吼地说，别跟我谈忠义！我有今天都是拜你所赐，你又是什么忠义之人。

他二人的距离极其近，近到郑蓦可以感受到白振平呼吸时喷出的怒火。郑蓦在西方留过洋，他总是说自己就是一个斗牛士，他偏爱尽情地折磨一头公牛，而不仅仅是杀了它。白振平此刻的愤怒毫无疑问让郑蓦感到兴奋，他满意地笑着望向眼前这头被惹怒的公牛，即使嘴里满是甜腻的血腥味。

郑蓦的居高临下彻底惹恼了白振平，他抬手顺着郑蓦身上的鞭痕，日本人的鞭子下得杂乱无章，伤口也没有处理过，结痂的血把衬衫和血肉粘在了一起，几处横纵交汇的地方有些溃烂了，白振平说，当日我跪在你家门前求你救我妹妹，你像扔一摊垃圾一样把我扔了。但是又怎样呢，你做的事总会报应到你自己身上。

而后，他用生了锈的铁棍，往快要结痂的伤处捅了进去。白振平感受着郑蓦努力屏住的呼吸和控制不住的颤抖，他用幸灾乐祸的语气说，芷嫣的事我很遗憾，可惜了，她有你这么个大哥。

比起身体上的伤痛，“芷嫣”两个字无疑是在郑蓦这块油田上点了把火，他抬脚用力踢得白振平倒退两步，你再敢跟我提芷嫣，我便让白苏平死在你面前。

白振平被郑蓦这一踢，披在身上的及地大衣滑落在地上，白得刺眼的大衣沾上了地上的灰，被染得有些灰色。他俯身捡起大衣，说，郑蓦，其实你我本就是一类人，你比我高贵不到哪去。

不，你跟我不一样。

此时的郑蓦，即使被绑在刑架上，依然一副强者风范。他说，没错，比起人命我更在乎金钱、权力和地位，但我知道什么不能做。老白，若说你的灵魂已经被熏得乌黑，至少我还是灰色的。郑某再不济，也不至于做日本人的走狗。

放你娘的屁！白振平拎着衣领，把大衣随手甩给一个士兵，转身用一米多长的马鞭指着郑蓦吼，当年白家险被灭门的时候你在哪里？你为了保住你在杭城的地位，眼看着清野建川侮辱我的妹妹，你若伸出援手，白家何至于这么堕落。

白振平这些话说得咬牙切齿，仿佛害白家沦为汉奸的不是清野，而是眼前的郑蓦。事实上，郑蓦从未动过要救白家的念头，他犯不着冒着郑家被灭门的危险去救一个利欲熏心的商业对手。用他的话说，白家上下几百人是命，我郑家八百多口不是命？

郑蓦，今日你眼里这条日本人的狗，若是失手杀了你，你又能怎样呢？

艾蕊一向不喜欢小孩子。郑蓦有些答非所问，他的眼里闪过一丝狡黠，说，你妹妹的那个小崽子，不过才两三岁吧？

你混蛋！白振平近乎咆哮着挥起马鞭，极重的一鞭从郑蓦的左脸掠到右肩，郑蓦闭着眼睛等疼痛散去，说，老白，就当那年是我亏欠你，弃暗投明吧。

白振平收了马鞭，复又把大衣披在身上，他冷着脸说，你还是省点力气期盼你的未婚妻会来救你吧。杉本大人今天就会来提审你，我看你还能神气到几时。

艾蕊在台上接连唱了五六首，她望着舞池里纠缠着相拥的男女，把嘴角往上扬了扬，拖着舞裙顾自饮酒去了。她不知道她在心慌什么，也不想承认她是在担心郑蓦，手上的红酒在杯里没有规律地摇晃着，她并不认为这是因为她的手在抖。

项允中和郑尤神色凝重地在吧台后面找到艾蕊时，她已经喝了四五杯。她的眼睛有些红，望着如临大敌的两个人，对他们带来的坏消息置若罔闻。

他们接到线报，杉本英子将在两个钟头内抵达机场。郑尤说，艾姐，我们不能让杉本在良钰之前见到清野。

艾蕊起身往舞台的方向踱了两步，说，郑尤，你带着救国会行动队把杉本拦截在机场，余忞毅会说日语，带上他。允中，挑选几个身手好的杀手，必要的话，在机场了结了她。

乐团按照艾蕊的意思，奏出了“何日君再来”的前奏。她拖着巨大的裙摆登上台，她的嗓子被酒刺激过，有些灼热，她近乎怀念地唱：人生难得几回醉，不欢更何待。

她是一个顾盼生姿的女子，却总让人嗅到些冷漠而不可触碰的味道。她极爱红色，血一样红的舞裙和蔻丹，明明是热情似火的颜色，也被她用黑色大衣笼罩得，成了地裂之火一般，让人避之不及。

只是这样的日子，这样的方式，还要多久。

她记得小的时候，郑蓦在打靶场教她射击，他说，要你练狙击，只为了不在战场上杀错了人。你要记得，身手和权势都是拿来保护人的，而不是用来欺凌人的。

那时的艾蕊不过才几岁，她还没有枪高，她说，若我失手打死了你呢？

郑蓦被她问得一愣，他说，那你一定不要为我收尸。

可眼下，艾蕊在台上旋转着，唱着，想着郑蓦的那句“一定不要为我收尸”，她从未像此刻这样担心行动失败，她几乎赌上了她的一生。

四、提审

那天杉本英子根本没能活着走出机场，她被人接到了贵宾室，就再也没有出来过。机场的工作人员全部被换成了救国会的人。这个消息也就此被封锁住了。

良钰披着裘皮大衣站在郑蓦面前，她用日文问清野，这就是你口中，支那的那个地头蛇？

清野恭敬地一躬身，说，嗨咿。

也不过如此么。良钰抓了抓领口，目光越过清野，说，带走。

清野：大人要把他带去哪里？

良钰：这似乎不需要向清野少佐报备。

清野：大人误会了，只是这里在我的治下，我需要知情。

良钰动了动，腰间别着的美制柯尔特刻意地露了出来，说，清野少佐这是要干预梅机关的行动？

良钰在梅机关潜伏过，她太熟悉杉本英子的目中无人，此刻她和传闻中的杉本无异，她连正眼都不看清野，披着裘皮大衣往外走，跟着她的那些人手脚麻利地押了郑蓦上车，留下清野喘着大气站在刑讯室，还得躬身送走良钰。

车辆行驶在冬夜无人的膺白路，不时有些雨点打在挡风玻璃上。良钰松开了郑蓦手上的镣铐，说，五爷，受苦了。

郑蓦的双手被捆绑了几日，手腕处早已血肉模糊，他的脸上没有一点血色，问，为什么不杀了清野？

艾老板还没有拿到“孤岛计划”。

我不是告诉她存放的方位了？

那日艾蕊在刑讯室里握住郑蓦的手，郑蓦用食指在她的手心里敲击出清野存放计划的方位，这是他受了一夜的刑才从清野嘴里套出来的情报，他打算和清野同归于尽。艾蕊在他手上敲了四个字，让他登时改变了决定。

她说，我需要你。

机场跑出来两个日本兵，一个跑去了行动处，他喘着粗气告诉白振平，杉本大人被刺杀了，就在机场。

白振平站在行动处办公室的窗边，他说，你们逃出来几个？

两个，小野列兵已经去宪兵队了。

好。说完，白振平从腰间拿出一把柯尔特，这是他很少使用的枪，他转身一枪，那个日本兵还没顺过气来，头上就被开了个洞。

白振平说，把他给我扔回机场，让艾蕊的人做事利索点。其他人，跟我去宪兵队。

但他终究是来晚了，他到的时候，那个叫小野的列兵已经把机场的惨状原封不动地还原给了清野。白振平望着清野眼里的火，也说，少佐，机场出事了。

杀了他！连同那个女人！

宪兵队和行动处同时出动，这是良钰始料未及的事情。她只带了救国会一个战术小队，人数和装备都处于劣势，何况郑蓦现在的伤势根本不能作战。

妈的，他们怎么这么快。良钰骂着，猛踩了一脚油门，郑蓦坐在她身边，无力地笑着说，你可别小看了杭城行动处，当年商场对峙时，白振平就是无孔不入，不择手段。

眼看他们即将被包抄，良钰单手握着方向盘，接连撞翻了两辆追上来的车，复又开枪穿过两层玻璃击中了前方一辆车的司机，车子失控地撞在了路边，良钰左转打满避了过去。

在一个路口，良钰望向郑蓦，那是一种诀别的眼神。她说，五爷，请艾老板信守承诺。若拿到"孤岛计划"，请她送一份副本到中统。

而后，她猛地一推，郑蓦从车里翻滚了下去，路口早已等在那里接应的人迅速搀扶着郑蓦撤离。刚跑出两步，良钰的车就被追上来的敌人包围了，良钰也连着中了几枪。

郑蓦拖着一条骨折的腿挣扎要冲回去，他不能让别人替他而死。

但他没能冲得过去，良钰在车里拉响了手雷，连带着预先安置在车内的炸药一起爆炸，郑蓦的眼前很快烧成了一片火海。他瞪着眼睛站在原地，有几辆轻巧些的军用机车被炸得飞上天去，骑在上面的士兵掉下来，又被后掉下来的机车砸中，连哀号都没来得及出声。

爆炸把这个冬夜照成了红色，郑蓦和救国会的几个队员站在狭小的路口，有人说，五爷赶紧撤离吧，别让弟兄们白白牺牲。

郑蓦抬起血肉模糊的手，向着火海敬了一个军礼。那是他离开军队后，第一次再举起右手敬礼。他身后的队员们，也都满脸悲壮地抬起右手，五指并拢，放在了太阳穴的位置。

有个脚程快的，跑回了"维也纳"。艾蕊垂着眼，在别人看不见的地方，往地上洒了一整杯酒。她再次走回台上，路过乐队的时候，她压着嗓子说，《何日君再来》。

那是良钰以蝴蝶梦的身份出现在她面前唱的第一首歌，艾蕊此刻只能用同样的歌曲，送走她。她想：从此，“维也纳”不会再响起这首歌。良钰、蝴蝶梦，走好。

郑公馆的人从来没有担心过郑蓦的安全，他们也不会知道郑蓦原本玉石俱焚的打算。郑蓦的伤势有些严重了，景洛伊起初拿着纱布和棉花，不知道该从哪里下手。血迹和铁锈纠缠在一起，有些地方甚至化成脓水，景洛伊皱着眉头剪开他的衬衫，仿佛受伤的是她自己。

艾蕊来看过郑蓦，那时候他还没有入睡。艾蕊难得见到郑蓦如此无力的样子，印象里那个无所不能的斗牛士，此刻躺在床上，连动动手都需要花费很大的力气。他说，小艾，你不该答应清野用军火换我的，你明明知道他要这些军火是去攻打七十四军。

艾蕊坐在床边，说，不这么做你就会死。郑蓦，我从小接受的教育，包括我所在的政党都告诉我，人是可以被牺牲的，包括我。但是你不一样，你必须要保全和维护整个杭城的中共地下交通网，你不能死。

当日你说，你需要我，是这个意思？

艾蕊望着此刻虚脱的郑蓦，浅笑着从床边起身，这个笑看上去没有什么杂质，和她小些时候的笑容一模一样。她把手从郑蓦的手里抽离回来，拖着大衣往外走。

如果你的死可以让清野不打七十四军，不用他动手，我一枪了结了你。

她不会告诉郑蓦，那个笑容背后的那句话，她不会说，若是你死了，此生将只剩我一人，苟延残喘。

郑蓦获救的第二天，艾蕊就以他的名义登报声明，他从没被日本人逮捕过，都是误会。而与此同时，救国会肆无忌惮地在杭城进行反日宣传。

一时间让清野十分尴尬，他用一支红色的笔，在一份名单上加上了一个名字：艾蕊。

名单上有几个名字已经被划掉，那是已经被处决了，或者被策反了。清野把名单铺在桌上，在郑蓦的名字上画了个厚重的圈，紧紧挨着艾蕊的名字，像是解恨似的。

然后清野扔掉了手里的笔，重新戴上耳机，他听着耳机里的声音，想象着“维也纳”的那位在台上摇曳的样子。

她在唱：

家山呀北望，泪呀泪沾襟。

第十一章　陨落

艾蕊的葬礼是郑家主办的。

天色已经有些凉了，棉絮一样的初雪，飘飘忽忽地钻进脖子里，停留几秒，即刻化成冰冷的水，这才让郑蓦意识到，他还是个活物。郑蓦站在墓碑前面，黑色的大衣不时被风撩起衣角，他拿出口袋巾，慢慢地折成一朵白花，那是艾蕊为兄弟送行的方式。

小艾，我宁愿听到你说你不愿意嫁给我，也不希望听到你的死讯。

郑蓦冷着脸，把所有的情绪都折进白花里，放在艾蕊的墓碑前，说，小艾，你安息吧。

然后郑蓦伫立着，仰着头看向雪飘来的方向，也可能什么都没有看，雪粒飘进郑蓦的眼里，但感受不到一点冰冷，因为他的眼里，汇满了一种滚烫的液体。

小艾，安息吧。

一、马提尼

三娘被捕的时候艾蕊正在“拱廊”的吧台里拼命地摇晃着雪克壶，调酒师普遍爱好用口感清淡的琴酒作为基酒，艾蕊却偏偏喜欢用伏特加，她的那些外国合作商，都喝过她这种别出心裁的调酒。艾蕊摇着雪克壶，看见三娘的双手被反绑着，被押解着走向军车，那是汪伪特工总部杭城行动处的车。路过“拱廊”的窗口，三娘用唇语向艾蕊说了两句话。

一句是，有内鬼，另一句是，杀了我。

艾蕊把雪克壶“咣”的一声放在桌上，通过内置的过滤器把冰块过滤掉，倒出一杯调制好的马提尼，艾蕊在倒三角的高脚杯边放了半片柠檬，她喜欢这种自然而深奥的感觉。但她却不是个能静下心来品酒的人，一口喝掉半杯马提尼，就从吧台下拎出一把莫辛·纳甘步枪，留给整间酒吧一个淡然离开的背影。

三娘是在和一名代号叫刀疤的地下党接头时被抓的，粗布开衫的刀疤在三娘的摊位前经常出现，连艾蕊看了都觉得眼熟，每次都是买两个烧饼，但是这次，刀疤付钱的手刚伸到一半，腰间就被抵上了铁制的枪口。刀疤松开手，半根卷烟大小的情报就掉进三娘烤烧饼的炉子里，“嗞啦”一声被烧得连渣都不剩。

行动处的人见状暴怒，一个特工用枪托砸向刀疤，刀疤姿势夸张地反抗了两下，当即被他们控制住。艾蕊在楼顶通过狙击镜看着几个特工扭送着三娘和刀疤，心想：真不靠谱，一点还手之力都没有。然后一枪，给先前还飞扬跋扈的特工头上开了个小洞，接着砰砰两声，押着三娘和刀疤的特工各自应声倒下，刀疤蹲下来从特工的身上摸出钥匙，把自己和三娘的手铐解开，拉着三娘赶紧跑进小巷子里。刀疤回头，往屋顶、艾蕊的方向看了一眼，抱拳一礼，然后又拉着三娘撤退，艾蕊心下一紧，是他？他姓共？

只是一瞬间的分神，军车上冲下来十几个特务，三两个也跟着跑进巷子里，剩下的朝着楼顶连开数枪，掩护着几个人冲上楼顶。特务头子晃下车，咬着卷烟说，他娘的，敢耽误老子做事。艾蕊一枪打掉了还燃着的烟，再一枪爆了头，嗤笑了句，连汉奸都那么大口气。

艾蕊用的莫辛·纳甘步枪属于第一代使用无烟药枪弹的步枪，枪声清脆，特别是供弹、发射动作干脆利落，连续发射时像是水珠溅落一样，杜诚一直说，这种枪打起来，简直像是在下雨，因此这种枪又被称作“水连珠”。

行动处的人很快就躺了满地，艾蕊在楼顶不断变化位置开枪，他们根本无法判断具体位置，因此他们的枪声唯一的作用就是，对比出水连珠的干净利落。但艾蕊很快没了子弹，要撤退时听到有人上天台的脚步声，她三两步躲进天台铁门后听着动静，心下判断着，是一前一后两个人。艾蕊右手反持步枪，在前方的身影靠近时，一枪托砸在腹腔神经丛，反手一击由下往上砸在骸骨，左手抢过对方的枪，那人还未反应过来，头上就多了一个血红色的小洞。

第二个人刚推开铁门，额头就被艾蕊用枪抵住，接着艾蕊放下枪，说，允中？

项允中尴尬地一笑，说，我看到有人持着枪上天台，跟上来看看。

艾蕊不置可否地把步枪塞进刚打死的汉奸手里，吩咐项允中，扔下去。

项允中看了一眼步枪，说，水连珠，清野用得比较多。

艾蕊理了理大衣，杭城的初冬有些湿冷，艾蕊搓搓手，像什么都没有发生过似的，懒散着下楼回到“拱廊”，半杯马提尼在吧台搁置了一会，艾蕊觉得，已经不是最适宜的温度，完全没有了它该有的冰冷和锐利，皱着眉把它倒了，又重新往雪克壶里加上四份伏特加，和一份苦艾酒。她懒得用搅拌法，就直接拿起雪克壶摇和，她也知道摇晃会减弱酒的劲度，也会导致马提尼看上去没有那么的清澈透明。艾蕊一边摇着雪克壶，一边想：都乱成这样了，哪来的纯粹透明。

她和三娘的接触并不多，偶尔三娘会来救国会，参与几次任务，或是请艾蕊帮她捞出几个人，偶尔，她也会告诉艾蕊一些她早就知道了的情报，说是他们那个叫“阿修罗”的同志刚收集到的。

伪装成服务生的杜诚偶尔听到，会插插嘴，说又是“阿修罗”？那个很有名的共党特工？

二、议和

东亚银行行长田中存木被发现惨死在南山路的家中。

军统叛逃人员吕申，凌晨死在日式居酒屋。

亲日商户贾老板，被人打爆车胎从车里拖出，至今杳无音讯。

数位爱国明星被救出，继续排演爱国话剧。

……

对日抗战至今，救国会联合军统，参与了数十起行动，包括对汪伪中央储备银行的毁灭性打击，就连被艾蕊认为是文弱书生的杜诚，也能带着人独立完成反间和联络任务。一时间杭城风声鹤唳，戴老板指示中字里行间想要除掉的汪精卫，一夜之间成为南京政府的主席，艾蕊“啪”地把报纸拍到桌上，往图片上淋了整杯红酒，只有半边嘴唇往上扯了扯，说，呵呵，新政府。

维新政府派出外交官陈佑轩来拉拢杭城商界，第一站就拜访了杭城商会会长郑蓦，郑蓦望着仪表堂堂的陈佑轩，抽着烟说，日本人的钱，郑某拿不起。

艾蕊比飘忽不定的郑蓦要好找得多，除了在“拱廊”调酒，艾蕊的大部分时间都在“维也纳”，“维也纳”的生意一点儿也没受外界影响，尤其是到了晚上，照样夜夜笙歌、歌舞升平。艾蕊眯着眼睛趴在围栏上往下看，想着下个月干脆就在这里举办生日舞会，也想着舞会要请哪些人，白苏平的孩子，应该有三岁了吧。

留声机里一首歌还没放完，艾蕊就透过酒杯看见，郑蓦风风火火地进门，艾蕊在楼上笑笑，吩咐服务生再开一个包间，然后转身倚在楼梯口，手上拿了一杯马提尼，这是“维也纳”的调酒师调制的，用的是搅拌法，艾蕊觉得，颜色太过清亮了。

郑蓦问，陈佑轩来过了么？

艾蕊说，没有，汪伪政权的敢来找我，来一个死一个。

郑蓦其实并不太懂艾蕊这种国民党“正规军”对于新政权的恨，说是汉奸集团，但也没见艾蕊对清野和白家兄妹有如此的恨，郑蓦试着想了想，大概这种感觉，就像是自己的家产被人掠夺了吧。

说到家产，郑蓦提醒艾蕊，你要留神项允中。

艾蕊：为什么？

郑蓦：到底是捡来的。

艾蕊：郑尤也是你捡来的。

郑尤没私下接触陈佑轩。郑蓦说着，眼睛盯向楼下刚走进旋转门的男人，说，老四？

梁叔成现在已经是杭城警备司令部的代部长，刚走进“维也纳”的门就被郑蓦盯上，艾蕊让服务生带他上来，像那日在监狱时一样，唤了声，四哥。

他今日没穿军装，一身灰白色呢大衣倒把他修饰得极挺拔，这裁缝应该是上海来的，艾蕊心想。不管怎么说，艾蕊也是有些怀念当时，他们几人一起做生意的时候，那时候梁叔成还被称为梁四爷，而不是梁部长。

郑蓦把没来得及脱下的礼帽脱下，挂在衣架上，说，梁部长别来无恙。

梁叔成顾自点了根雪茄说，郑五爷，我倒听说，你最近生意不大好？

郑蓦笑笑称，意料之中，战争年代，还会有多少人在乎丝绸。反倒是从你那接手的面粉厂，生意倒是愈发好了。

梁叔成说，面粉是生活必需品，也是军需品。接着望向艾蕊，说，艾老板的生意，原本应该是最好的。

他们俩一来一去间，艾蕊已经饮尽手里的马提尼，又开了一瓶红酒，听到梁叔成的话，冷哼了一声，说，如果码头不被封，我的生意在当下理应是最好做的。

原先掌握在郑蓦手里的码头，近日被当局以各种原因封锁，只留了三个民用码头。艾蕊的军火一直脱销，大批订单在外面进不来，项允中那日说，又有一批货进不来，艾蕊差点命人去炸了钱塘江闸堰码头。

梁叔成接过艾蕊递来的红酒，说，艾老板，我给你开一个军用码头，你能进来多少货？

艾蕊单手撑在桌上，暧昧地笑着，说，你要多少？

正说话间，项允中来报，艾家军工厂一号仓库被劫，全部货物被连夜运走。三人闻言，不怒反笑。艾蕊笑着坐上桌子，举起高脚杯，说，来，为五爷的阴险，干杯。

郑蓦闻言也是一笑，说，这是计谋，计谋比武力更管用。

艾蕊说，上次你让我把动了手脚的水连珠集中在一号仓库，我还疑惑你要这些做什么，也幸亏四哥封了日本的军用码头，清野那边军需补给进不来，原来你早料到汪伪的人会来抢我的货去谄媚他的日本主子，呵，等他们发现子弹卡在里面出不来，恐怕已经上了战场了吧。

艾蕊笑得花枝乱颤，末了还不忘加上一句，五爷，你果然是黑心商人。

梁叔成也笑着说，抢来的，总比买来的好吃。

三人正笑着，有通传说南京政府的陈专员来了。艾蕊把酒杯放在一边，从桌子上滑下来，说，郑蓦，有时候我都觉得，我不去那些电影公司当个演员，真是太浪费了。郑蓦坐在沙发里无奈地看着她，说，行了，你快去吧。

看着明明对汪伪政权满腔仇恨的艾蕊像朵交际花似的迎上去说，陈先生，你可来了。郑蓦又倒了杯红酒，向梁叔成说，她不去当演员，真是可惜了。

那晚寂静得出奇，天上憋了三天都没下雪，连风也没有，不时有晚归的脚步声，但到了后半夜，连脚步声都没了，寂静得让人心寒。

南京新政府派来的议和专员，就是在这样一个夜里，在没人知道的时候，死在临时住所里，梁叔成带人赶到的时候，房里没有打斗的痕迹，也没有闯入的痕迹，唯独少了一箱原本就不该存在的法币。

那日在“维也纳”，陈佑轩舔了舔手指翻开记事本，指给艾蕊看杭城愿意合作的商户，艾蕊笑着让他转告当局和清野先生，艾某一定鼎力相助，艾蕊也说，让项允中准备一箱法币，送到陈先生的住处。

陈佑轩满心欢喜地舔着手指数钱时，根本不会想到，每一张法币上，都涂满了氰化钾。

艾蕊在后院里，一把火烧掉了所有被氰化钾泡过的法币，说，陈先生，路上省着点花，艾某一定鼎力相助。然后轻声地笑了笑，声音愈来愈响，最后变成了大笑。

三、爆炸

郑蓦从不是一个爱温习过往的人，从来不是。

他是个不择手段的商人，至少他自己是这么认为的。

“维也纳”从来没有像现在这样繁荣过，郑蓦从楼上往下看，有些电影明星也时常陪着各种人物周旋在舞池，郑蓦觉得，这些明星并不见得比艾蕊好看。梁叔成最近来得频繁，艾蕊帮他解决了不少军需补给。梁叔成也帮着艾蕊躲过了数次 76 号的暗杀。

听说汪精卫政府对陈佑轩的死极为震怒，艾蕊对此一脸无所谓的样子，反倒是同梁叔成开玩笑，说，你这“两颗钉”（中校），怎么做起了联络员的事？

梁叔成也笑，说，还不是为了救你这“一颗钉”(少校)。

艾蕊总是不屑一顾地说，什么暗杀名单，说得好像他们杀得了我似的。

可是项允中死后的好几天，艾蕊把自己关在“维也纳”的贵宾室里，坐成了一尊雕塑，像家具一样。郑蓦推开门走进来，室内漆黑一片，零星有点火光，那是艾蕊嘴里雪茄的微光。

那日艾蕊以杭城各界救国联合会的名义发表声明：杭城救国会不承认汪精卫政府，要同日军和亲日力量抗争到底。此前他们在学校、在难民收容所、在杭城商会等地都做过同样的声明。后来艾蕊的车经过一条巷子，见到个男孩，七八岁的样子，学着艾蕊的口气说，将有必死之心，士无贪生之念。又学着蒋公的口吻说，地无分南北，人无分老幼，无论何人，皆有守土抗战之责任，皆应抱定牺牲一切之决心。

爆炸发生那天，艾蕊从救国会出来，远远就看到梁叔成穿着军装走过来，艾蕊让项允中先去车里等她，梁叔成告诉她，警备司令部需要一批军火。

项允中拉开车门，就定定地立在那里，他看见了拉得半开的车门里，有一根发丝一样的细线，然后他抬眼看了一眼艾蕊，艾蕊似乎也感受到有人在看她，话说了一半，转头向项允中看去。项允中说，大小姐，永别了。然后松开把手。

那个傍晚，救国会门口的那片天，都被爆炸了的车染得血红，热浪迎面扑向艾蕊的时候，艾蕊根本没有闪避，定定地站在原地，看着前一秒还同她说话的项允中，被埋在一片火光里，什么也看不见了。

梁叔成在爆炸的瞬间用大衣裹住了艾蕊，艾蕊抬头看着他，说，四哥，这是我被炸的第二辆车了。

梁叔成说，啊？

艾蕊又看向车子，说上一次，允中也是这样，把我包在大衣里面。

梁叔成半晌才说，节哀。

郑蓦从不是个爱温习过往的人，艾蕊也不是。

项允中死后一周，艾蕊都不时地会叫错名字，虽然那时她身边的助手已经换成了杜诚。艾蕊总觉得，杜诚到底不是自己一手调教的，若是允中还在，她便不需要事无巨细地全部交代清楚。

有些时候，艾蕊会窝在救国会的沙发里，手边放着一本未经翻译的《蝴蝶梦》，艾蕊试着翻了两页，一句话也看不进去，她不知是怎么了，再也无法走进那个带着些诡异、却无限美丽的曼陀丽庄园了。艾蕊在救国会地下总部的墙上刻下项允中的名字，又用手帕折了朵白花，说，兄弟，安息吧。

郑蓦想要让艾蕊振作起来，至少忙碌起来，就总是去“维也纳”找她，看着她的笑在舞池里燃烧，郑蓦觉得，她笑得并不真实。

再一次旋转过后，郑蓦揽过艾蕊的腰，她的舞裙那样大，旋转起来整个张开，像是能把这个舞池给笼罩进去，郑蓦说，你真美。

郑蓦记得，当年艾蕊从学校回来，闹着要教郑蓦跳舞，还把留声机从书房搬到大厅。音乐放起来之后，艾蕊却不断地踩到郑蓦的脚。

这天他们跳了五支舞曲，郑蓦牵着她随着鼓点旋转，又像是恢复到很久前的郑家家宴，那日艾蕊也是一席深红色舞裙，和现在一样的优雅，只是当时，他们身上的伤痕都没有现在这么多。艾蕊说，郑蓦，我们有多久没这样跳舞了。

郑蓦在一低头就能吻到艾蕊的距离看着她说，几年了，你何时才愿意嫁给我？

艾蕊看着他，说，等天亮的时候。

那天晚些时候，艾蕊在舞池里接上了化装成舞女的三娘，还有一身笔挺西装的付白衣。艾蕊笑着说，你今日是付先生，还是刀疤？

付白衣原先是个武生，低头一礼，拿出一沓相片说，戴老板的消息没有，内鬼的消息要不要？

可是郑蓦并没能等到天亮。

他的眼前，在艾蕊说过那句“等天亮的时候”之后，就不断地浮现这样的场景，抗战胜利了，街上涌满了游行的人，他和艾蕊在教堂，也许是在郑公馆的大厅，对彼此说我愿意。

76 号的特别行动队在杭城的动作很紧，艾蕊在项允中的葬礼上说，我要抓到李士群，把他钉在墙上，让血流干。郑蓦在一边，不管她说什么，都说，好。

天色阴沉沉的，郑蓦在墓地里抬头，说，怎么还不下雪。

杜诚接到通知，匆匆赶来墓地告诉艾蕊，救国会抓了个 76 号特务，正在审讯室里绑着，艾蕊说，先拷打一通，我怕我现在过去，会直接毙了他。

艾蕊的确是直接毙了他，在他供出了很多同党之后。郑蓦看了看电椅上残缺不全的人，说，小艾，我先回趟公司。艾蕊点了支雪茄说，杜诚，收拾一下，去“维也纳”。

两人一同出门，一前一后地上了两辆车，朝相反的地方开。

杭城的空气里湿气很重，郑蓦觉得：冬天不是应该干涩才对吗。他一边想着，咬着雪茄扔掉了第二支火柴。第三支火柴燃起时，郑蓦的后方，“轰”的一声。

轰——

和项允中遇难那日一样，杭城的天又被烧掉一块。

郑蓦的眼睛红得像是要杀人，因为他的耳畔还能响起艾蕊的话：等天亮的时候。

天不会亮了。郑蓦抬头看着被火烧红的天，喃喃地说，天不会亮了。

四、葬礼

艾蕊的葬礼是郑家主办的。

郑蓦站在艾蕊的墓碑前，听着神父在念他听不懂的洋文，他只听懂了一句，就也跟着念了句，阿门。念完他想，原本应该说的是，我愿意。

他把艾蕊的手杖带在身旁，它被火烧过，已经没有原先锃亮的颜色了，手杖刀拔出来已经有些费力，郑蓦觉得，拿回去磨一磨就好。这根手杖陪着艾蕊的时间比他还要长，但那日也和他一样，被扔在了救国会门口，一片绝望的嘶吼声当中。

郑蓦从没有像这样绝望过，他不敢去“维也纳”，也不敢去救国会，他不是个爱温习过往的人，只是个不折不扣的商人，他本着商人的本能想要把艾蕊的产业接手过来，可是艾家的军工厂，现在却姓项。

项允中出现在艾蕊的葬礼上，这是所有人都为之震惊的，尤其是神父，因为他也为项允中念过祈祷文。

项允中说，我没有死。

郑蓦抓着他说，那你为什么没有早些出现。

他没有说完的话是，你知道艾蕊为你痛苦了几日么。

项允中说，我受伤了。

而后不到一周，项允中就拿着艾蕊的遗嘱接管了艾家的产业，包括“维也纳”和“拱廊”，郑蓦也不管他，也不找律师鉴定项允中手里遗嘱的真假，真的假的都不重要，人都不在了。

战势依旧紧张得很，只是艾蕊死后，76 号在杭城的动作就没有那么多了，郑尤和杜诚几乎包揽了救国会所有的事，有时候人手不够了，景洛伊也会脱下白大褂，拎着步枪或是掌心雷冲上去，但更多的时候她用的都是针剂，一针下去，要六七个小时才会死，景洛伊说，针剂可以延迟死亡时间，方便制造不在场证明。也说，艾蕊一直不希望暴露，直到牺牲。

有些时候郑蓦看着郑尤和景洛伊越来越默契，会忍不住想起艾蕊，他也不敢再去想他们的未来了，郑蓦觉得，人活着，都是命。

直到郑尤把郑蓦从郑公馆里拖出来，郑蓦才算是见到了太阳，郑尤说，去“大都会”，有一场好戏，你一定不想错过。

郑蓦盯着天上，冬日的太阳看上去并没有那么刺眼，郑蓦就这么盯着天上不大不小的太阳，说，关我屁事。

郑尤从车里拿了件米色的羊毛大衣给郑蓦披上，说，活人演的戏不好看，但是死人演的戏，一定要看。

冲着这句“死人演的戏”，郑蓦被拖到了“大都会”，他和郑尤从后门翻墙进去，以免“大都会”的唐经理太过热情。包间内，梁叔成用和郑蓦那日在“维也纳”取笑艾蕊一样的语气说，佑轩兄，你不去当电影明星，真是太浪费了。

陈佑轩的声音穿过窗户：还不是梁部长配合的好，只有我死了，艾蕊才会掉以轻心。

郑蓦在窗外看了郑尤一眼，抬手用手杖一棍敲碎了玻璃翻进去，郑尤也当即跟着翻了进去。“大都会”内歌舞升平，敲碎一面玻璃的声音，根本没人会听得到。郑蓦说，梁老四，你他娘的也是汉奸？

言罢不等梁叔成回应，郑蓦抬手一击冲拳直击梁叔成横膈膜，左肘紧接击喉。但梁叔成竟在生生接下郑蓦的冲拳后接住下一击，反身一个缠绕，瞬间困住满是仇恨的郑蓦。梁叔成说，我是个商人，谁的价高，我就跟谁干。

郑蓦骂了句，狗汉奸。一记外侧入身，在梁叔成尚为困住郑蓦而自得的时候肘击其下巴，同时由下方连着猛击梁叔成的肋骨，胸腔出血，这是呼吸摔的攻击型。艾成教他的并不是典型的格斗，没有花哨的招式，当年艾成在训练场对他说过，不放弃任何一个可以攻击或是活命的机会，这种实用且狠的格斗术，对于郑蓦这样手脚利落的人来说，再合适不过了。

梁叔成被郑蓦接连击倒，郑蓦出手之快是他始料未及的，逼得他来不及拔枪，待他反应过来，右手一个上部冲拳，但是胸腔破裂还是严重地延缓了梁叔成出拳的速度，郑蓦快速闪避，反肘右掌横切他手背，突然紧握其无名指一侧。

梁叔成自知不好，这么一来会被郑蓦控制死，他也顿时明白了方才郑蓦这么容易就被他困住的原因，在特种格斗里，要进行反击前必先被控制。

果然，郑蓦瞬间右腿向右前方踏进，同时左臂弯曲，从左上方，向下向内，压住他的手臂，只要郑蓦身体再向右一点，身体再下沉一点，梁叔成的手臂必断。郑蓦压着他，说，梁老四，你还是落在了我手里，随即右手猛地一提，郑蓦甚至抬腿用膝狠狠补了一记重压，筋骨断裂的声音顿时响起。

接着郑蓦抽出把匕首，在毫无还手之力的梁叔成大动脉上划了个口子，血喷了郑蓦一身，一旁把陈佑轩绑在椅子上的郑尤猛地瞪大眼睛，他从没见过活人被割开大动脉的样子。

郑蓦说，我此刻很想把你扔在这，慢慢放干你的血。言罢他从梁叔成身上抽出配枪，一枪给梁叔成的后脑上添了一个小洞，郑蓦看着梁叔成突出来的眼球，说，可是老子没那么多时间。然后转身，把枪里所有的子弹都打进了陈佑轩的身体，郑蓦说，你早该死了。

那晚郑蓦回到“维也纳”，在艾蕊平日喜欢待的贵宾室里窝了一夜，那一夜他折了很多白花，说了很多遍，小艾，安息吧。

小艾，我愿意。

雪茄的代号再次被提及，是在白振平来找郑蓦的那天午后。

那日的白振平和郑蓦一样，也是一副要杀人的样子，白振平说，郑蓦，你和我联手，杀了清野。

郑蓦坐在救国会的沙发里，和艾蕊一样地，抽着雪茄问他，凭什么？

白振平说，凭你是中国人。

郑蓦笑了，凭我是中国人？你是日本人的大舅子，说这话你他妈也配？

白振平定定地看了郑蓦一会，说，你不愿意也行，帮我照顾他。说着，把他带来的小男孩推到郑蓦面前，小男孩长得很像白振平，郑蓦问，你叫什么？

小男孩用生硬的中文奶声奶气地说，我叫清野裕太郎。郑蓦才意识到，他不是像白振平，他是像白苏平。

白振平推了小男孩的脑袋一下，说，你不叫清野裕太郎，你叫白裕威，是白振平的儿子。你娘死了，你爹杀日本鬼子也死了，白家后继无人，只能把你过继给郑五爷。

郑蓦闻言，把刚抽了两口的雪茄放在一边，他盯着白振平说，苏平，怎么死的？

白振平用鬼一样的眼神看着郑蓦，说，清野他妈的就是个王八蛋，不把自己的女人当人看。

白苏平是内出血死的，因为她不肯听清野的，去"服侍"军部特使，被清野拖进房内拳打脚踢。白苏平没撑过一夜，死在了儿子身边。日本人的侧室，过得还不如个艺伎。

郑蓦闷了好一会，才长长地吐一口气，起身给白振平倒了杯苦艾酒，说，老白，我太理解你的心情了。

白振平仰着脖子把酒一饮而尽，郑蓦这才看到，他也老了，他们针锋相对了这么多年，却因为仇恨，死对头也能聚到一起。白振平话锋一转，说，"阿修罗"怎么了，很久没接到他的指示了。

郑蓦一愣，说，你是？

白振平看着他，说我以为你知道，我的代号是"书生"。

这次轮到郑蓦用像鬼一样的眼神看着他，说你姓共你怎么不早杀了清野。

白振平说，我还没拿到“孤岛计划”。何况，我一直都是和“阿修罗”单线联系，他把指令发送给我，我只负责执行。我收到的最后一条指令是，继续潜伏。

郑蓦说，“阿修罗”也牺牲了，原来我们在日方的内线一直是你。

白振平说，在新的“阿修罗”到位之前，我要杀了清野。

郑蓦愣了愣，说，不会有新的“阿修罗”了，以后会是“雪茄”直接和你联系。顿了顿，又说，老白，你他妈藏得够深啊。

白振平也被多年亦敌亦友的郑蓦说得一愣，说，但是我对你的恨是真的，你的确没救我妹妹，苏平死在清野手里，你也有责任。

郑蓦又拿起那支雪茄，望着救国会墙上艾蕊的遗像。黑白的相片里，艾蕊浅浅地笑着，望着他，好像马上就要天亮了的样子，这种笑，以前艾成在的时候，郑蓦经常看见。

老白，你想怎么杀？

第十二章　阿修罗

郑公馆已经有些时日没有这样张灯结彩举办家宴了。

灯火通明的郑公馆，各自捧着鲜花和祝福的宾客，新娘身上的象牙白婚纱拖在地上，把新娘修饰得无比修长，新娘身后，一个四五岁的男孩子在努力地充当花童的角色。

有宾客问小男孩，你是谁？

小男孩奶声奶气地说，我叫白裕威。然后伸出小手指了指郑蓦，说，这是我舅舅。

一、绯烟

艾蕊死后一年，郑蓦就和一位叫作陆亦卿的法国华侨登报结婚。项允中坐在宽大的桌前，把报纸随意一扔，嗤之以鼻地说，他不是挚爱艾蕊的么？

杜诚递上喜帖，问项允中，那，去不去？

项允中说，我若不去捧个场岂不是得罪了郑五爷。言罢起身，理了理亚麻色的西装，说，人都到齐了吧？项允中要拍卖艾公馆，因为他觉得，这里到处都是艾蕊的影子，就连看见墙上艾成的画像，项允中都能回忆起艾蕊穿着一袭长裙，站在画像面前的样子。她总是这么站在画像前，说，爸，你告诉我，艾坤他在哪里？甚至夜间时候，稍微有些响动，项允中都会觉得，艾蕊回来了。

项允中扶着艾公馆的楼梯往下看，占地九百多平方米的艾公馆，以市价十分之一的基价拍卖，几乎杭城所有的商贾都慕名而来，包括白振平和郑蓦。项允中看不出白振平手上的钛晶现在价值多少，只是看着白振平一边把玩钛晶貔貅，一边同古董商赵老板有一句没一句地聊天。

郑蓦还是坐在一边，也没人敢过多地与他攀谈，无非是祝他新婚快乐，再无其他。项允中也踱下楼，说，五爷，新婚愉快。

郑蓦说，谢谢，可以开始了，我还等着把这艾公馆买下来，赠予我太太的家人呢。

项允中笑了，五爷，你这么快就忘了艾大小姐？

郑蓦也笑，说，允中，我忘不忘得了你家大小姐，你还不知道？

话音未落，原本灯火通明的艾公馆突然灯光一闪，接着吊灯就一直明灭不已，二楼的围栏处似乎有人影闪烁，一楼的商贾们一个个后背发凉，抬头望着二楼飘忽的窗帘，一句话也说不出来，也没人敢往上叫价。

项允中吩咐杜诚去配电间看看，但随后就听到杜诚撕心裂肺的嘶吼，灯光闪得更厉害了。杜诚的声音刚落下，二楼处飘忽起轻烟一样的声音，说，项允中，我生前从未立过遗嘱，你怎么敢，拍卖我的房产。

楼下的商贾听到艾蕊的声音，个个冷汗涔涔，白振平把玩着貔貅不紧不慢地说，艾大小姐当时死得蹊跷，这房子又是阴宅。说着看向项允中，直盯得他汗毛倒竖，方才继续，也难怪项先生夜不能寐。

郑蓦看向白振平把玩手把件的动作，他和项允中一样看不懂钛晶，他只知道，艾蕊也很喜欢天然水晶，艾蕊原先把玩着一串紫锂辉告诉他，白振平手上的钛晶成色极好，比金条都要值钱。郑蓦说，所以这栋房子，白三爷就别跟我抢了。

白振平闻言向郑蓦抱拳一礼，说，绝不夺人所爱。

紧接着艾公馆的所有灯突然全灭，很快又闪烁着亮起来，原先在二楼的人影，又出现在围栏的另一端，说，项允中，你每晚能安枕么？

项允中拔枪射向声音的方向，然后在商贾全都吓得魂飞魄散的时候，东西两个声音混在一起，交叠着说，项允中，你从我这夺走的，我都会一件一件，拿回来。

两个声音一起放声大笑，在场商贾一个个吓得先行离场，拍卖会被迫提前结束，郑蓦以低于市价十分之一的价格收回艾公馆，白振平说，恭喜你，五爷。

那日郑蓦花了好大的力气才劝住白振平，与其以自杀式袭击方式杀了清野，不如继续潜伏，拿到日本人的“孤岛计划”，一举端掉整个日本窝，苏平才算死得瞑目。

艾蕊死后不到一年，项允中就带着大量军火投奔汪伪政权，郑蓦望着带消息来的白振平，咬着雪茄说，这个人留不得了。

项允中怎么也不会想到，郑蓦和白振平这两个掐了半辈子的商人会联手合作，还兀自地站在人去楼空的艾公馆，命人上下查找刚才的异常。管家在配电间找到杜诚，被绑得像个粽子，也像是一只中秋节等待被宰杀的公鸡。

杜诚说，我看见艾蕊了。

项允中急切地问，你可看真切了？

杜诚脸色煞白地说，灯光太暗，没看见脸，但绝对就是她，她，她是飘过来的，她没有脚……杜诚说着，伸手去抓项允中，歇斯底里地喊，我都说了不要这么急干掉她，都是你！然后又冲着天，艾蕊，冤有头债有主，是项允中要除掉你，不是我！

项允中说，你真没用。

郑蓦在运河边的一个小公馆的监听设备前端坐着，他拿下耳机，看着对面哼着小曲儿的年轻女人，说，你何必这么急。

年轻女人叫陆绯烟，她抬眼看了郑蓦一眼，继续哼着小曲儿，直到把一整首《无锡景》哼完，才说，你都监听他一年了，我若不吓他一吓，怎么能拿到他们迫害姐姐的证据？

郑蓦一笑，眼前的绯烟出落得愈发像艾蕊，她并不是艾蕊的亲妹妹，却比亲生的还要相像。当日艾蕊才十几岁，把绯烟带回家的时候连艾成都是一惊。当时郑蓦和艾蕊在车里，看见衣衫褴褛的绯烟被人逼着沿街乞讨，艾蕊指着她，问郑蓦，你看，她和我像么？

你太像艾蕊了。郑蓦说着，拿着外套要给她披上，说，走吧绯烟，我带你去个地方。

绯烟刚进艾家的时候还不叫绯烟，她没有名字，艾蕊见她一身绯色，说话细声细气像轻烟翠柳，就给她取名叫绯烟。艾成怎么也不让捡来的孩子进入艾家族谱，艾蕊并不介意，反倒是让她随了艾蕊母亲的姓氏：陆绯烟。

只是从绯烟进门后，就很少露面，她被艾蕊藏在运河边的一幢小公馆里。

绯烟站起身，任郑蓦给她披上大衣，自己复又戴了顶法式宽檐女礼帽，面纱遮住了整张脸，她说，别人看到我的样子，都会吓到吧。郑蓦说，怕什么，你毕竟不是艾蕊。

是的，我毕竟不是艾蕊。绯烟说着，拿过手杖，说，我一直都是她的影子。

其实细看绯烟，她同艾蕊还是不同的，尤其是后期，艾蕊那种从内而外的冷，在绯烟身上完全没有，绯烟只是个被艾蕊保护起来、刻意模仿艾蕊的、始终相信美景良辰在脚边的孩子，就算她以艾蕊的名义出席各种商会，她的冷也是装出来的。

就连长相，郑蓦也能看出来不同，绯烟的眼角比起艾蕊，更要细长一些，看上去总是在笑。只是她和艾蕊都习惯戴一种有黑网面纱的女式礼帽，很少有人能看清她的眉眼。郑蓦把绯烟带去了一间工厂，厂里原先在艾家工厂的老师傅们见到绯烟，都个个惊诧地直呼艾大小姐。

可是绯烟毕竟不是艾蕊。

郑蓦有时候望着她会出神，他相信艾蕊并没有死，但这种观念在脑子里只能一闪而过，身上的担子太重，容不得他思考这些虚无缥缈的东西。郑蓦说，这间工厂，秘密运营近两年了。后来项允中接手艾家工厂，许多老师傅不是自己离开了，就是被他辞退了，倒是给我提供了很多便利，他在把自己一步步往绝路上逼。

绯烟张着炙热的眼睛，盯着这些她再熟悉不过的设备，成年后她同艾蕊越来越像，对于艾家工厂的业务也烂熟于心，她以艾蕊的名义参加过多次商会、接货，就连郑蓦都曾费解过，艾蕊是怎么做到在出席商会的同时完成刺杀的，直到艾蕊问他，你还记得绯烟么？绯烟是艾蕊的影子，有温度的影子。

绯烟：你早就怀疑项允中了？

郑蓦：我从没觉得他可靠过，我也早告诫过艾蕊。

绯烟：姐姐把他从死人堆里救回来，他居然害死姐姐，忘恩负义的东西。

郑蓦的手里，是艾蕊生前用的手杖，和绯烟手里的一模一样，只是被火烧过，少了些锃亮。郑蓦说，项允中，他要的不是义，是地位。只要艾蕊在一天，他就只是艾蕊身边的一条家犬。他要的地位，重庆政府不会给，他必然会投靠汪伪。言罢，郑蓦望着始终低着头的绯烟，话锋一转，说，绯烟，我有段时间没去看你了，最近好吗？

绯烟依旧低着头一笑，我很好，可是姐姐就不好了。

二、婚宴

郑蓦的婚礼场面之大足以震撼整个杭城,他特地从法国请来著名的西餐师,因为新娘陆亦卿是法国华侨。项允中脱下深咖色呢大衣,交给杜诚,说,我真不知道该夸郑蓦体贴,还是该骂他是负心汉?

三娘挽着付白衣入场,他们现在早已不是行动处的目标,付白衣转行做了郑蓦旗下一个交易所的经理,中共地下党员三娘,现在是付太太。76号在杭城的特别行动队此时全掌握在白振平手里,白振平不知道他俩是不是假结婚,他不关心,只要三娘和刀疤还能向外传递情报,他就能向组织有交代,组织,当然不是76号。

三娘盘起头发穿上旗袍,看上去大家闺秀的样子,完全没有了当初在"拱廊"门口卖烧饼时,为了一两块烧饼钱大动干戈的模样。郑蓦对白振平说,你们的地下同志,个个都是演员。说完他就想到了艾蕊,嬉笑着对他说,郑蓦,我不去当演员,真是太可惜了。三娘挽着付白衣路过项允中,投以一个轻蔑的眼神,那种带有些轻蔑的怜悯,就像贵妇在看路边的一条摇尾乞怜的流浪狗。

郑蓦和新娘在一片鼓掌欢呼声和祝福声中入场,西式的婚礼,宾客们都看得很稀奇。新娘长可及地的洁白婚纱,及耳的内扣短发,有意无意地撩拨头纱,郑尤和景洛伊兴奋地充当伴郎和伴娘,拖着婚纱的花童奶声奶气地问白振平,爹地,我什么时候可以吃蛋糕?郑蓦不知道白振平是怎么做到让清野把孩子过继给他,白振平俯身吻过孩子的脸,安慰他说很快,很快就让你舅舅给你一块最大的。然后白振平抬头看见项允中的脸色,在新娘走过他身边之后,瞬间变得惨白。

神父说,现在,新郎可以吻新娘了。

郑蓦掀开新娘的头纱,所有宾客全部投以惊讶的眼神,到此刻才明白，一生一世只爱一人是什么概念——新娘陆亦卿，简直和艾蕊太像了。

项允中的眼神，在陆亦卿撩起头纱的一瞬，就从没有移开过一秒钟。他问杜诚，你觉得，她像艾蕊吗？其实他根本不需要答案，他从心里就觉得，太像了，他需要的答案其实是，艾蕊到底有没有死？

席间，换好衣服的陆亦卿端着满满的香槟向宾客们敬酒，内扣的短发，艾蕊的脸，温婉的微笑，配上中式的旗袍，是一种从未有过的碰撞。郑蓦向她介绍每位宾客，走到项允中面前，郑蓦说，这位是我的合作伙伴，项先生。陆亦卿用生硬的中文说，项先生，你好。

项允中望着陆亦卿伸出的右手，愣了一愣才回握过去，要知道艾蕊是从不会主动与人接触的。

趁着陆亦卿同她的洋人朋友们交谈的空当，郑蓦端着酒杯走向项允中，说，太像了，是吧？今日的郑蓦看上去意气风发，一身白色西装，郑蓦浅笑地倚在项允中面前的桌旁，他也不需要项允中的答复，他只需要看清项允中无法平静的内心就好。

早前绯烟问他，既然连 76 号特别行动队都在自己人手里了，为什么不暗杀项允中。郑蓦说，死？让他死是再容易不过了。他要的是权力和地位，我就要一点一点拿回来，让他生不如死。他说着，像艾蕊一样猛抽了一口宾治牌雪茄，浓郁的烟味很快就把郑蓦和绯烟包围在里面，绯烟挥了挥手，郑蓦才意识到，绯烟是不抽烟的。

陆亦卿的酒量并不是很好，三两杯香槟下去，面上就有些微醺，郑蓦从她手里接过一杯香槟，一饮而尽，说，我替你喝。

杜诚说，她不是不喝香槟的么？

项允中说，她不该还活着。

宾客们起哄要新娘唱歌，陆亦卿在郑蓦身后浅笑着回应说不会唱中文歌，郑蓦揽着她的腰说，你祖籍在无锡，给各位唱一首《无锡景》吧？陆亦卿的身材在旗袍的衬托下更加婀娜，依旧躲在郑蓦身后，怯生生地说，好。

她站在扬声器前，像是一个发光体，付白衣看着台上跟着音乐悠悠摇起羽毛扇子的陆亦卿，想起他受组织派遣，刚来杭城初见艾蕊的样子，那时候他是东北来的武生，他的任务，是与杭城的译电员三娘接头。

我有一段情呀，
唱畀拉诸公听，
诸公各位静呀静静心呀，
让我唱一只无锡景呀，
细细那个道道，
唱畀拉诸公听。

这是一首江南时调，多用方言演唱，陆亦卿摇着羽毛扇子，婀娜着身姿，用无锡方言的咬字方式唱这首歌，郑蓦说，这是一个不一样的江南女子。

在项允中的印象里，艾蕊从不喝香槟，从不会与人握手，很少笑对他人，也绝不会怯生生地挽着郑蓦的手，或是躲在郑蓦身后。不管怎样，婚宴结束的时候，项允中坐上车子，说，杜诚，安排下去，暗杀郑蓦。

但项允中的话刚说完，一枚子弹穿过车窗，精确地穿透他的左肩。那是一枚 M1891/30 狙击步枪的子弹，这种枪只有艾家才有。

三、亦卿

自郑蓦低价收回艾公馆后，他又接连从项允中手里收回“拱廊”和“维也纳”，项允中要的只是艾蕊的地位，至于经商，他根本不是这块料。何况项允中现在哪里还敢出门，只窝在 76 号驻在杭城的办事处，用两根手指捏着那枚穿透左肩的子弹。他想：救国会的人都是艾蕊一手调教出来的，暗杀极少失手，就算一次失手，不择手段也要完成，那么这颗子弹不是要他的命，只是一种警告？

不管怎样，一定要把郑蓦除掉。

项允中吊着左边肩膀，吩咐杜诚一定要把他的密函亲手发至每一位合作商，约他们三日后杭城一见，他认为既然艾蕊已除，眼前的这枚子弹，就无疑是供货商当中出了问题。

而后项允中把郑蓦的照片扔在桌上，指着相片命令面前整队的行动队员，说，这个人，必须给我除掉。郑蓦的照片被队员传来传去，照片里的郑蓦虽然脸上挂着笑，却是不怒而威，同他平日里一样，陆亦卿在他身旁，整个人显得特别娇小，挽着他的手，留给镜头一个恩爱夫妻的画面。

越是在这样硝烟四起的时候，郑蓦就越是淡然得不像话，陆亦卿也是。婚后郑蓦就把“拱廊”交给陆亦卿打理，她从法国回来，自然懂得经营酒吧。但陆亦卿全然不在“拱廊”里放法国歌曲，反倒是一遍一遍地循环放着江南小调：我有一段情呀，唱畀拉诸公听……

婚后的郑蓦是个恋家的人，大部分的时间他都是在“拱廊”，看着陆亦卿忙碌的样子，她调酒的动作中规中矩，一边搅拌一边哼唱《无锡景》，不知从什么时候开始，郑蓦也愈发喜欢这首柔软的时调了。他说，亦卿，你是个不一样的女人。

陆亦卿在吧台望着他，而后低头一笑，手上的马提尼已经搅拌完成，纯净透明的样子看上去有些凛冽，陆亦卿端着酒杯坐到郑蓦的腿上，望着墙上艾蕊的遗照，说，看着自己的遗照，感觉挺瘆的。

三娘走进“拱廊”，刚好见到郑蓦揽着陆亦卿，说，那就把它撤了。三娘从那之后就再也没见到艾蕊的遗像。三娘也是“拱廊”的常客，她和其他的阔太太一样，盘起头发，穿起旗袍，空闲的下午总会来“拱廊”喝茶聊天，数落着自家男人的毛病。三娘每次带来的消息，都足够让陆亦卿满眼笑意，陆亦卿管这叫，下午茶。

只是陆亦卿再也没听过那个名词——孤岛计划。

陆亦卿喜欢穿着洋装在吧台里忙碌，郑蓦觉得，她就像是一个洋娃娃，白苏平小时候最喜欢的那个，每每想到白苏平，郑蓦总会兀自一叹，苏平是个好姑娘，只可惜，走得太冤。

这天，陆亦卿换下平日里的法国洋装，换上一袭绯色长裙，长裙的衣角在纯黑色及地大衣里若隐若现，郑蓦递给她那把被火烧过的手杖，陆亦卿说，但愿我的那些老友，还记得我。而后她戴上法国女式礼帽，望向桌边倚着的同她近乎一模一样的女子说，绯烟，走吧。

陆亦卿和绯烟、郑蓦兵分三路，在会馆、在游轮、在舞厅，赶在项允中召集合作商开会的前一晚，向所有人都发布了一条信息：艾蕊没有死。陆亦卿在华丽的英国游轮里同乔治先生举杯，用纯正的英语说，Let the party begin（好戏开始了）。

陆亦卿站在甲板往下看，连流动的水都变得欢快了起来。

那晚项允中在“大都会”包场设宴，拍卖艾公馆后，没人知道项允中具体住在哪里，他像是被行动处保护了起来，就住在宪兵司令部也不一定，他吊着半边胳膊的样子看上去有些颓废，用没有受伤的右手举起香槟，说，Cheers。

酒过三巡，项允中才说明了用意，他要以市价三倍的价格同所有的供货商签订独家供货的协议。合作商纷纷表示，刚同另一位合作商签订了独家供货协议，对方给的是市价的十倍。项允中咬牙切齿地问，对方可是姓郑？但全体供货商都摇头表示，姓陆。

“大都会”的气氛在这一刻变得尴尬，歌女还不知情地在台上顾自唱着，直到陆亦卿挽着郑蓦的手，从楼上缓缓地走下来，身后跟着大批郑家的随从。项允中说，你们怎么会在这。

陆亦卿今日的装束完全就是艾蕊的模样，黑色的及地大衣像是要覆盖整个“大都会”，陆亦卿笑着说，你不知道，唐经理和我家是多年世交，就像你不知道，我为什么没有死一样。

项允中拔枪欲击，陆亦卿快走两步，就着项允中举枪的手借力弹起，抬脚夹住项允中的脖子，项允中顺势用右手抓住陆亦卿的衣服往外扯，本能地想要摆脱陆亦卿的束缚，但这个力被陆亦卿再次借用，再加上身体的惯性，落地时项允中被带得一个空翻倒地。

倒地后陆亦卿左手大力卡住项允中的喉咙，完全控制住他的活动，右手拔出项允中腰间佩带的匕首，狠狠在项允中身上补了两刀，说，杀你真是易如反掌，我还不想让你死，你欠我的太多了。而后起身，通过扬声器宣布，成立陆氏实业。话筒把她的声音无限放大，她说，世上还有没有艾蕊这个人并不重要，中国人的军火生意，绝不能落入汉奸的手里。

救国会的特工埋伏在“大都会”对面的餐馆里，望着对面的灯红酒绿，想来谁也无法预知，里面会是怎样一番景色。陆亦卿在这样的景色里举杯，和她的多年老友一起，一饮而尽。

只有少数几位军火商不愿同陆氏实业签订协议，因为汪伪政权给他们的条件更好，陆亦卿一笑表示理解，只是此后，再未有人找得到他们。

同往常一样一身黑衣的郑蓦，关上轿车的门，坐回到陆亦卿身边，揽着她，用像是讨论今日股市的语气，淡然地吐出两个字，死了。

漂亮，还有几个？因为车里的温度略高，陆亦卿抬手脱掉黑色的呢大衣，内搭的绯色长裙让她看起来，同以前叫艾蕊的时候没有什么两样。

一边的景洛伊虽然听不太懂他们具体在说什么，但她也同样有那种感觉，换句话说，前段时间的安稳，好像就只是做了一场很现实的梦而已。

郑蓦给自己点了一支雪茄，说，六个，我请他们明日开会，能策反更好，顽固的话……说着吐出一口烟圈。艾蕊的振作和回归，好像让郑蓦很高兴，从上车他就一路揽着她，生怕一松手，艾蕊又要离开他，躲到很远的地方，让他苦找一年，让他站在墓碑前，一遍一遍地自我暗示，艾蕊没有死。想到这些，郑蓦不由地把艾蕊搂得更紧了，说，小艾，不要再生离死别了。

怀里的人眼色一冷，说，怕死，还打什么仗。

郑蓦：我不怕死，小艾，我怕你死。

艾蕊：我是陆亦卿。

四、阿修罗

白振平在走廊的尽头抽着雪茄，眼睛直勾勾地望着窗外的黎明，黑得让人窒息，连一阵风也没有。白振平说，郑蓦，白家就要败在我手里了。

郑蓦站在他身后不远的位置，他把手放在裤子侧面的口袋里，说，白裕威怎么办？

不到五岁的白裕威此刻是白振平唯一放心不下的人，他是白苏平和清野建川的儿子，但他有个中共地下党员的舅舅，白振平怎么也不能让他认贼作父，他说，你可否领养他？

郑蓦说，可以，他依旧姓白，等他长大，我告诉他，他娘被日本人杀死了，他爹杀日本人也死了，他是抗日英雄的儿子，他爹还有个名字，叫"书生"。

白振平笑了，把抽完的亨牌雪茄扔在地上，踩了两下，说，郑蓦，苏平不是我亲妹妹。

郑蓦也不合时宜地笑了，说，"书生"，我并不是"雪茄"。他说，"雪茄"是艾成，他此刻并不方便露面。

白振平说，我早已知道，我唯独不明白，你是怎么瞒过"阿修罗"？

郑蓦一惊，你亦知道"阿修罗"是谁？

白振平抬起踩灭烟灰的脚，答非所问地说，走吧，明天依计行事。

陆亦卿盯着眼前这只比金条还要值钱的钛晶貔貅和一枚金怀表。貔貅放在陆亦卿的手里显然太大了，貔貅的头和身子被把玩得锃亮，陆亦卿用红布把它包起来，放进一个红木盒子里。复又拿起那枚精致的怀表，放在放大镜下看了很久，才说，这就是“孤岛计划”？

怀表的金壳内，刻上了密密麻麻的小字，这是缩小了数倍的“孤岛计划”，是白振平拼了性命拿来的。早前郑蓦被捕时，他在日本人的刑架上套出了“孤岛计划”的存放位置，可惜他的日语不够好，只听到了“保险柜”几个字。

后来艾蕊命人搜遍了宪兵司令部所有的保险柜，一无所获，她只得致电“书生”，要求“书生”从内部配合。

白振平就是那个时候开始绞尽脑汁的。他可以进出清野的宅子，但他从未见过清野家里有保险柜。

直到苏平死后，他独自一人盘腿坐在苏平原先喜欢抱着孩子哼唱“さくら”的那块榻榻米上，坐了很久。他不知道时钟转了几轮，直转到他的脖子开始生疼。他扬了扬头，看见了当日白苏平喝令他“不许碰”的天皇画像，想着：清野怎么会把天皇的画像挂在卧室里。

他用手杖拨了拨画像，画像不和谐地动了动，后面，是一个不算大的保险柜。

“孤岛计划”。

他用了数天的时间，把“孤岛计划”刻在了怀表里。他觉得自己一定活不到看着这份计划失败了。怀表在陆亦卿的手里有些发亮，她此刻对郑蓦说着，事成之后，我亲自去一趟重庆，你复制一份，给组织送过去。

陆亦卿看了看窗外，时局特殊，原先那个叫艾蕊的国民党少校必须死，换成一个与战场和杀戮无关的，陆亦卿。她望了望窗外，郑公馆的大门口，那棵巨大如伞的香樟树，说，那年，白振平就是跪在那里的么？

郑蓦望着陆亦卿眼神的方向说，我若知道他是“书生”，也不会介意做一次亏本生意去救下白苏平。

陆亦卿说，你若救了，他如何拿到“孤岛计划”？

香樟树没有白杨树的斑驳、没有柳树的婉约，看上去中规中矩的样子，树冠却在空中划出圆润连绵的书法。陆亦卿说，人活着，都是命。

清晨，白振平拖着白色长披肩，看起来还像是几年前，他是日本人的大舅子，还是在这拱宸桥，用一千万金条买下整个拱宸桥码头。他抬头，毫无意外地看见码头上，飘摇着长裙、孤身抽着烟的陆亦卿。

见他走近，陆亦卿也不回头，依旧抽着烟，望向远方根本什么都看不见的一片浓雾，说，前两日，你怎么杀死李士群的？

白振平：毒死的。

陆亦卿：今日你又怎么约到清野的？

白振平：他儿子在我手里。

陆亦卿从未见过清野穿军装的样子，今日总算见了，陆亦卿说，清野先生，好久不见。

清野身后跟了十几个荷枪实弹的士兵，在码头栅栏外下车走向陆亦卿。清野说，艾老板。

陆亦卿抬眼一笑，用流利的日语说，我姓陆。不过这里，的确有艾老板的一个仓库。言罢，拱宸桥码头上堆积的货品，防尘的布被人揭开，露出一箱一箱带着火药味的“威胁”。陆亦卿拖长了声音说，但凡有一点火星……说着她从口袋里拿出手枪，拆掉子弹，“啪”地往水里一扔，说，我们就一起死。

清野和身后的士兵闻言都是一愣，只是几秒钟的迟疑，“砰砰”几声枪响，清野身后的士兵个个应声倒地，白振平带着人从货堆里走出来，说，妹夫，商人的话，你也信？

尽管郑蓦并不明白，上午怎么会有人愿意去酒吧，但每天上午，他都会陪着陆亦卿一起来“拱廊”，看着她哼着小曲儿忙忙碌碌。有时绯烟打扮成陆亦卿的样子，挽着郑蓦的手走进“拱廊”，也是一副郎才女貌的扮相。绯烟穿着洋装在吧台里安静地调酒，不时有顾客说，郑太太，请给我两杯马提尼。

她是替陆亦卿来和三娘接头的，郑蓦要三娘和付白衣把孤岛计划送出去，可是过了约定的时间，他们二人一个也没有出现。郑蓦喝完了第三杯红酒，对着绯烟说，亦卿，回家。

绯烟似乎感受到了不对，但她并不知道，此刻三娘和付白衣，双双被捕至行动处的审讯室。白振平刺杀了76号的头子李士群，当即就登上了特别行动队暗杀名单的首位，凡是白振平保过的人，都要挨个地查。特工拿着火钳，凶神恶煞地问满身是血的三娘，白振平是不是共匪？你们这条线上，还有哪些人？

三娘啐地吐出一口血，说，我是付太太，我要见律师。

项允中双手插在口袋里走进来，说，不用审了，她那条线上的人，我太熟悉了。然后从口袋里摸出枪，“砰”地，为被血覆盖的三娘又添了一个血洞。

拱宸桥码头。

陆亦卿刚转头让白振平去掩体后面，清野在一片狼藉里见空忽地窜过来，陆亦卿躲闪不及，小腹挨了狠狠一拳，接连几个直拳生生砸在陆亦卿身上，陆亦卿借力转身跳起，落地时迅速一个鞭腿，乘胜一个重拳直击清野胸腔，空气里甚至划过了，胸腔破裂的声音。

陆亦卿揪住清野接连几个摆拳，竟有些体力不支，抓着清野的左手渐渐无力，清野似乎也看出了陆亦卿的破绽，毫无疑问，那日的爆炸伤了她的左肩，旧伤让她无力防守，清野立刻反攻，接连几个重拳猛攻陆亦卿的左肩。

稍一分心，陆亦卿被清野牢牢卡住喉抵在码头的墙边，清野说，你早该死了，那场爆炸，你就该死了。陆亦卿就这么面无表情地盯着清野，感受着呼吸越来越困难，喉咙被卡得像是要断了。清野的表情越来越狰狞，说，死里逃生又怎样，你受过重伤，你以为你还是当年的艾蕊吗？说着加重了手上的力道。

陆亦卿别无他法，右手被清野控制住，左手此刻几乎不能用，这样下去情况只能越来越不利。她只能尽量阻止眼神涣散，猛抬右腿，膝盖直击清野裆部。清野当即跪倒在地，陆亦卿紧跟着一个弹腿，一脚蹬在清野胸腔，进一步让他胸腔破裂，然后飞快从大衣内袋拿出把枪，清野的反应也是极快，双方几乎是同一时间举枪指着对方。

陆亦卿只看了一眼停在她眉心的枪口，淡淡地笑了，纯粹地不像是受了重伤大开杀戒的女人，她像往日同清野合作时一样，用日语说承让了，然后赶在清野子弹上膛之前一枪击在他的胸腔，确保他动弹不得，抬脚踩在枪口处，清野现在肺部进空气，呼吸都困难，早已经喊不出声。

我可以用更简单的方法杀死你，清野。陆亦卿的双眼在卷曲的睫毛衬托下美得令人发指。她说，但我更想让你明白，苏平死前的痛苦。

陆亦卿抬手在清野头上和胸口各补一枪，看着他没有死透的身体在地上挣扎着抽搐，陆亦卿脸上的表情居然还是少有的温柔。

后来人们都传说，清野死得很惨，因为拱宸桥码头被炸成了瓦砾。

当时的码头上确实布满了炸药，那是在陆亦卿枪杀清野的同时，白振平带人一点一点从远处搬过来的，陆亦卿坐在白振平的车里，抽着雪茄看着白振平布完线，说，上车。然后将带着火星的雪茄往后猛地一扔。

车子开出没有几步，身后接连几声爆炸，比那日在救国会门口，艾蕊的车子爆炸，要惨烈得多。白振平回头看了看，火烧云在天边，直到他们开了很远都还没有散开。

陆亦卿说，老白，你的貔貅在我那里，改日送去还你。

白振平笑笑说，我听说你也爱好天然水晶，貔貅就赠予你这个有缘人了。

两人正聊着，经过一个岔路，前方突然逆向闯出一辆车，待他们反应过来，那辆车已经横在他们面前，白振平低呼，倒车。陆亦卿猛地一拉杆，车往后倒两步，被后方冲出来的车堵个正着，逼得陆亦卿猛踩刹车。这时左右又各驶过来几辆车，说来时慢，其实几乎就是几秒的事，几秒钟内，陆亦卿和白振平就被困在中心。

陆亦卿猛地一脚油门，车子高速冲出，白振平从座位下方拿出一把毛瑟冲锋枪，打开天窗，半个身子伸出去。陆亦卿扭头看了看白振平举枪的样子，又是一脚油门。

后方的车子跟得越来越近，这条路几乎再没岔路，一条大路到底，这让陆亦卿连转进小路突围的可能都没有，只能硬打。

前方突然冲出来的车灯几乎闪花了陆亦卿的眼睛，白振平双手端枪，前后一阵扫射。

无奈后方的车跟得太近，前方又逼过来，除非跟他们死扛，或是转弯冲进运河里逃生。但后者这种没骨气的方式陆亦卿当然不会选择，其实对她来说，只有死扛这一条路。

一时间路面一阵混乱的枪声，陆亦卿只得从后视镜判断白振平的情况，极力保持车的平稳。

白振平忽地一声闷哼，右臂猛地向后一震，连带整个人跌进车里，右肩中弹。

陆亦卿眼神冰冷，关上天窗，左手拿过白振平手里的冲锋枪。接着刹车和油门一起猛踩，甩掉后面紧跟的两辆车。再直冲正前方的军车，眼看就要撞上了也不减速。快要撞上时陆亦卿猛打了一下方向盘，车子死死贴着对方的车，贴近驾驶座的时候，陆亦卿左手持枪，一阵扫射，直到确认车里的人无一生还。

那辆军车打了几个旋，最后横在路中间，陆亦卿开着的车子，没有减速的意思。车里，陆亦卿放下枪，从车载抽屉拿出手榴弹，撤掉拉环，接连向后方丢了三个。

一时间后方炸得烧红了整片天，等它烧完，也没人能活下来了。

“拱廊”酒吧。

郑蓦拉着绯烟还没有来得及出门，就从窗户里看见一个小队的人从三辆车上下来。不知道是特高课的人，还是行动处的人，但带队的，郑蓦定睛一看，是项允中。郑蓦让绯烟赶紧下楼通知救国会成员撤离，自己则在“拱廊”里，端起绯烟刚调制好的马提尼，笑着看向鱼贯而入的特工，说，项先生，又高升了？

话音未落，项允中抬手一记直拳直击郑蓦腹部，复又抬手打掉郑蓦手里的高脚杯，说，带走。

郑蓦依旧浅笑着被带上项允中的车队，他看着项允中上了第一辆车，而自己却被三个人押着，进了中间那辆，最后一辆来不及看清长相，是个经典的四人行动小组。郑蓦粗略算了一下，要对付的有十一人，三辆车都是敞篷军车，抗撞击，但应变性能不好。

正盘算着，郑蓦从后视镜看到陆亦卿的车停在“拱廊”门口，竟堂而皇之地大笑一声。然后右肘猛地击向右手边看守他的守卫，从守卫身上摸出把枪，发了一枪：砰——

剩下四发子弹继续沉稳地穿过两层车窗解决了后面一辆车的四个人，所谓招式无快不破，郑蓦这一系列动作，快到都没有人能反应得过来。司机反应过来想要变道时已经来不及了，郑蓦用随身携带的手杖勒住司机的脖子，死死勒住拼命挣扎的司机，车子不受控制地加速向第一辆开过去。

眼看就要撞上，郑蓦猛地用力一抬手杖，把司机从挡风玻璃扔出去，司机从前方车的上方径直砸进去，在前方车内一片混乱的时候，郑蓦猛地一脚油门，整辆车加快速度地朝前面的车撞去。两辆车撞上的一瞬，郑蓦从车里跳出来，一个空翻，平稳落地，抬头看向不远处还在燃烧的两辆车，走过去把还活着的项允中拎出来。

陆亦卿把白振平送到楼下医务室安顿妥当，拿着枪赶过来，项允中还剩半条命，残喘着倚在路边，郑蓦一席黑色大衣，看上去要高大得多。陆亦卿说，项允中，我从来没有像现在这样觉得，你就是一条狗，连家犬都算不上。然后在他的四肢和腹腔各补一枪，说，你的清野主子已经死了，你也该去了。而后转身，挽着郑蓦离开。

等到有人找到项允中的时候，血恐怕早已流干了。

“拱廊”的门外，在人们从没有注意过的地方，开出了一种血红色的花，是鸡冠花的样子，又没有鸡冠花那样娇艳，而是有种夹缝中的绝望，这种花看上去却是极其好斗的，尽管只是一阵风，它也要拼命地挣扎，好像它的一生，就是为了战斗似的。

而此时，在楼下救国会的医务室，景洛伊往白振平的身体里注入了一毫升氰化钾，前来通知她撤离的绯烟见状，怔怔地呆在门口，景洛伊转头看见她，微微一笑说，艾大小姐，安息吧。

砰——

后　记

清野建川死后，日本军部从本土又派了一位中佐来杭，他们针对东南沿海的“孤岛计划”被瓦解，渐渐逝去了往日的势头。

陆亦卿在“维也纳”贵宾室里，端详着艾成的遗像，说，郑蓦，你准备什么时候告诉我，我父亲就是大名鼎鼎的地下党员，雪茄。

郑蓦说，你怎么知道的？

陆亦卿倚着书桌，看着他笑，说，因为我是“阿修罗”。

窗外几声枪响，陆亦卿撩着窗帘，说，他在哪里？我的父亲？

郑蓦说，在战斗！

陆亦卿闻言无话，从桌下拎出一把改进过的“水连珠”，打开窗户，乍暖还寒的风灌进书房，案上的书被风吹得哗啦哗啦地响，陆亦卿通过瞄准镜，看见“维也纳”的安保同一批伪军在门前持枪对峙，伪军的口型在说，怀疑“维也纳”窝藏政治犯。

郑蓦看着陆亦卿端着枪的背影，默默地想：你怎么会知道，你的父亲已在战斗中惨死，“雪茄”的代号，是我在替他活下去，要么死，要么胜利。

陆亦卿在窗边，端着步枪，无声地望着，而后，轻轻地，扣动了扳机。

当然，这是后话。